셰어하우스

플라주

셰어하우스 プラージュ

플라주

혼다 데쓰야
권남희 옮김

비채

차 례

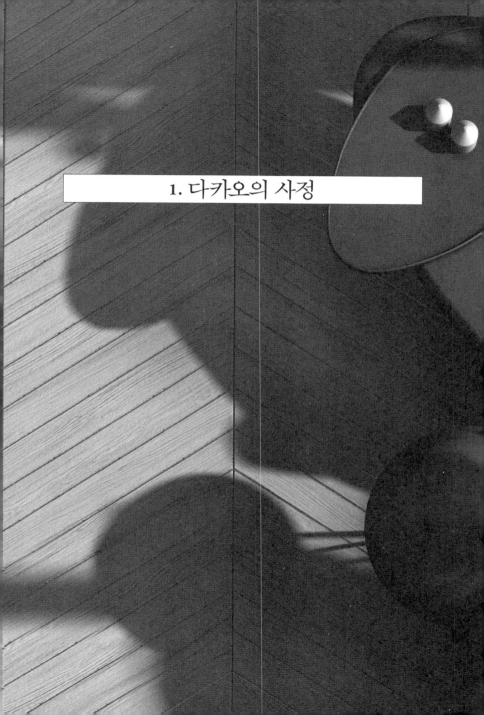

1. 다카오의 사정

일어나. 빨리 도망쳐!

어스레한 꿈 너머에서 그런 소리가 들렸다. 빚쟁이나 경찰이라도 그렇게 사정없이 두드리지는 않을 듯한 강렬한 노크 소리에 잠에서 깼다.

익숙한 원룸 다세대주택의 천장. 옆을 보니 머리맡 탁자 위 자명종은 4시 20분을 가리키고 있다. 시끄러운 노크 소리가 이어졌지만 이 집 현관이 아니었다. 옆집 아니면 그 맞은편이리라.

그러나 이어지는 한마디에 다카오는 완전히 잠이 깼다.

"불이야! 불! 빨리 도망쳐!"

거짓말이라고 의심한 것은 극히 한순간이었다. 방 안에 약간 연기가 찬 데다 커튼 너머로 보이는 밤의 색이 평소와 조금 다름을 깨달았다. 황급히 침대에서 굴러 내려왔다.

불? 도망치라니 도망은 치겠지만 이대로는 안 된다. 일단 휴대전화와 지갑. 현금카드는 지갑에 들어 있다. 면허증과 보험증도. 그럼 가방째 들고 나가면 되려나.

챙기는 김에 벗어 던져놓은 점퍼와 청바지도 주워들고, 나란 놈 의외로 침착하구나 생각하면서 현관으로 향했다. 나가자마자 불길에 휘말리면 어쩌나 불안해서 순간 멈춰 섰지만, 밖에서 소리치는 사람이 문까지 두드릴 정도면 괜찮을 거라 생각을 고쳐먹고 뛰쳐나갔다.

다카오의 집은 1층 한가운데. 바깥 복도를 지나 도로로 나가려면 문을 두 개 지나야 하는데 이미 열려 있었다. 문짝을 몸으로 치면서 빠져나갔다. 시야가 나쁜 것은 연기 탓일까 단순히 미명의 어둠일까. 무의식중에 숨을 참아서 연기는 마시지 않았다. 눈은 좀 따가운 것 같았다.

도로로 나가자 10미터쯤 앞쪽에 입고 있던 옷 그대로 나온 듯한, 낯익은 입주자들이 멍하니 건물을 올려다보고 있었다. 불이 난 곳은 다카오네 집 바로 윗집인 203호인 모양이다. 열린 현관문 안에서 붉은 빛이 맹렬하게 날뛰고 있다. 꽤 떨어져 있는 데도 얼굴에 열이 느껴졌다.

소방차는? 불렀습니다. 입주자는 더 없나요? 네, 모두 나왔습니다. 옆집은 깨웠어요? 네, 아까 스즈키 씨가 알리러 다녀서요. 119 신고는? 네, 아까 했습니다.

몇 분 뒤 빨간 램프를 빛내며 소방차가 도착하고, 순찰차 몇 대가 나타나 거리를 봉쇄하고, 화재 진압이 시작됐을 즈음에야 다카오는 깨달았다.

점퍼와 청바지를 들고 나온 줄 알았는데 다시 잘 보니 점퍼와 플리스다.

갑자기 여러 가지가 불안해졌다.

경찰서에서 절대 유쾌하지 않은 사정 청취를 견뎌냈다. 겨우 해방됐을 때는 이미 한낮 무렵이었다.

"……장난하냐."

다카오에게 그 원룸은 유일한 안식처였다. 그 집이 있어서 자신은 다시 시작할 수 있다고 생각했다. 빠른 시간 안에 예전과 그리 다르지 않은 인생으로 복귀할 수 있다고 믿었다. 설마 눈 깜짝할 사이에 불타 사라져버릴 줄이야.

별수 없다. 살 데가 없어졌다고 어영부영 친구 집을 전전할 처지가 아니다. 절차는 제대로 밟아야 한다.

다카오는 걸어가면서 휴대전화를 꺼냈다. 연락처에서 '고스게 다이사쿠'를 찾아 통화 버튼을 눌렀다. 고스게라니, 이름도 촌스럽네. 그런 생각을 하고 있는데 신호음이 두 번 만에 멈췄다.

"네, 여보세요."

"어, 저어…… 요시무라입니다. 요시무라 다카오입니다."

"응, 웬일이야. 취직했나?"

"아뇨, 그런 게 아니라 좀 곤란한 일이 생겼습니다."

간단히 사정을 얘기하자 고스게는 당장 오라고 했다.

고스게가 사는 오타 구 히가시카마타까지는 버스로 오 분 정도. 고스게는 볕에 그을린 홋토코입이 튀어나오고 눈은 짝짝이인, 익살스럽게 생긴 탈처럼 못생긴 남자로, 소탈한 건지 빈상인지 모를 차림을 하고 다니지만 그래도 지역 유지라고 한다. 실제로 어마어마한 저택에 차는 벤츠와 렉서스와 경차까지 세 대. 퍼그와 시바견을 키우고 정원 연못에는 비단잉어가 우글거린다.

멋진 문기둥에 붙은 초인종을 누르자 "네, 누구세요" 하는 가사도우미의 목소리가 들렸다.

"안녕하세요. 요시무라입니다."

"아, 요시무라 씨. 바로 열겠습니다."

문이 자동으로 열렸다. 옥자갈이 깔린 정원을 곁눈으로 보며 현관까지 갔다.

"어서 오세요. 자, 들어오십시오."

"실례하겠습니다."

늘 그랬듯 서재로 안내받았다. 고스게는 응접세트의 소파에 앉아 있고, 테이블에는 벌써 돈가스덮밥이 이 인분 준비돼 있었다.

"고생했네. 일단 좀 먹게."

"죄송합니다…… 감사합니다. 잘 먹겠습니다."

마침 아침부터 아무것도 먹지 못한 터라 돈가스덮밥은 정말로 기뻤다.

하지만 먹으라고 해놓고 고스게가 잇달아 질문을 퍼붓는 바람에 좀처럼 먹을 수 없었다.

"불이 나다니, 전소한 거야?"

"아뇨. 상태로 보면 반소일 텐데 바로 윗집에서 불이 났으니 가재도구고 뭐고 전부 젖었을 겁니다."

"그런 것치고는 차림새가 멀쩡하네?"

아래는 잠옷 대용의 운동복이지만.

"네…… 가방하고 웃옷만 얼른 갖고 나와서요."

"지갑이나 통장은?"

"통장은 없지만 카드가 있습니다. 지갑은 갖고 나왔고요."

"어디서 지낼 거야?"

그러니까 그게…….

"바로 그 문제 때문에 의논드리러 왔습니다."

고스게는 "으응" 하고 긍정인지 부정인지 모를 어중간한 각도로 고개를 갸웃거렸다.

"거처라…… 그게 참 어렵군."

나도 압니다. 아니까 굳이 의논하러 왔죠. 그렇게 대꾸하고 싶지만 꾹 참았다.

"어떻게 좀 사정을 이해해줄 부동산이라도 소개해주시겠습니까."

"그러게. 문제는 그 점인데…… 집행유예 기간이라."

집행유예 기간이니까 보호사인 당신한테 의논하러 왔잖아. 그게 아니면 못생긴 탈바가지 같은 얼굴을 보러 오겠냐, 하는 말도 생각만 하고 꾹 삼켰다.

고스게는 종지에서 단무지 한 개를 날름 집어 먹더니 뭔가 생각
난 듯이 시선을 들었다.

"아, 그렇지. 스기이 씨한테 물어봐줄까."

스기이 씨가 누군지 모른다.

"번거롭게 해드려서 죄송합니다. 부탁드립니다."

다카오는 황급히 밥공기와 젓가락을 내려놓고 이마가 무릎에 닿
도록 깊이 머리를 숙였다.

발밑의 체크무늬 마룻바닥이 오늘은 왠지 무척 사랑스럽게 느껴
졌다.

고스게는 볼일이 있어 동행하지 못한다며, 역 근처에서 부동산을
하는 스기이라는 남자에게 전화해 사정을 얘기해주었다. 이름은 '미
즈몬도리 부동산'. 휴대전화로 지도를 보며 두리번두리번 걷다가 이
윽고 색 바랜 노란 천막에 그 이름이 적힌 것을 발견했다. 솔직히 미
덥지 못할 정도로 작은 부동산이다.

임대 물건 전단이 빼곡하게 붙은 유리문을 열었다.

"실례합니다."

안을 들여다보니 정면에 카운터가 있고 아주 개성 넘치는 차림새
의 노인이 앉아 있었다.

백발에 짙은 선글라스, 흰색 재킷에 검은색 셔츠, 그리고 빨간 넥
타이. 한마디로 '하얀 오치무샤전쟁에서 패하고 도망친 무사'다. 뭐 그래도 선
글라스는 이해가 간다. 출입구가 정서향으로 난 탓인지 가게에는 석

양이 강렬히 쏟아져 들고 있었다.

"예. 어서 오슈."

첫마디는 듣는 쪽이 답답할 정도로 탁한 소리. 그리고 심한 담배 냄새.

"저, 보호사 고스게 씨 소개로……."

"요시무라 씨. 들었소. 내가 스기이요. 자, 거기 문 닫고 들어와서 앉아요."

"네, 실례하겠습니다."

다카오는 권하는 대로 스기이 맞은편에 앉았다.

"잘 부탁드립니다."

되도록 정중하게 머리를 숙였다가 들고 몇 초 기다려보았지만, 스기이는 딱히 무슨 말을 할 기미가 없었다. 팔짱을 낀 채 이쪽을 보고 있을 뿐. 아니, 실은 선글라스가 너무 진해서 눈을 뜨고 있는지조차 알 수 없다.

"어, 저기…… 고스게 씨한테……."

사정은 들으셨을 거라 생각합니다만, 이라고 말을 계속할 수 없을 정도로 스기이의 침묵이 무겁다. 이윽고 스기이는 말없이 안주머니에 손을 넣어 담배를 한 개비 꺼내더니 입에 물었다. 슬쩍 보인 앞니가 녹이 슨 것처럼 누렇다.

카운터 끝에 있는 탁상 라이터로 불을 붙인 뒤 크게 두어 모금 천천히 토하더니 이윽고 입을 열었다.

"뭐, 했어?"

끼릭끼릭. 듣는 사람의 고막을 긁는 낮은 목소리.

"아, 네…… 각성제입니다."

"집행유예 몇 년?"

"삼 년입니다."

"지금은?"

"네?"

"얼마나 지났느냐고."

"아직 삼 개월입니다. 어, 저기 석방된 지 일주일 됐습니다."

크허, 하고 또 한 마디 낮게 뱉는다. 상대에게 연기가 가지 않도록 하는 배려는 일절 없다. 환풍기도 켜지 않아서 가게 안은 금세 연기 속. 따가운 석양까지 가세해서 시야는 진한 젖빛으로 차단돼간다.

"약으로 집행유예라……."

스기이가 문득 천장을 올려다보았다. 그 자세로 또 한참 정지.

다카오는 목덜미 언저리에 점점 따끔따끔하게 거스러미가 이는 것 같았다.

각성제 단속법 위반으로 받은 집행유예가 그렇게 중죄냐.

다카오는 올해 1월 즉 삼 개월 전까지 여행사에서 영업사원으로 일했다. 영업이라 해도 지점 창구 근무여서 고객을 맞이하는 일이었다. 지점을 찾아온 고객의 이야기를 듣고 거기에 맞는 상품을 제안하고 계약한다. 대충 말하자면 그런 일이다. 보람 따위는 없었다. 좋지도 않고 싫지도 않았다. 요즘 세상에 이렇다 할 학력도 없는 자기 같은 남자를 고용해주고, 매달 월급을 주는 회사에 나름대로 감사했

다. 게다가 영업 성적은 '중'…… 아니, 엄격하게 말하면 '하' 쪽이었
다. 그래서 견뎠다. 말만 많은 상사가 "계약 건수가 너무 적어" "단
가 너무 싸" "옵션 너무 안 넣었어" 등등 잔소리하고 괴롭혀도 이를
악물고 참았다.

그러나 역시 인내의 한계란 게 있다.

"애초에 넌 눈빛이 안 좋아. 여자들이 뒤에서 뭐라는지 알아? '버
드나무'래. 버드나무 아래에서 유령이 원망하며 보는 것 같다고. 너
변태냐? 성격이상자야? 망할."

같은 지점 동기인 와타나베 리쓰코가, 언제나 밝고 귀여운 리쓰코
가 그 상사와 불륜이란 걸 안 직후이기도 해서 충격은 전에 없을 만
큼 컸다. 반론할 의미도 찾지 못하고 다카오는 그대로 가방만 들고
지점을 뛰쳐나왔다. 서른이나 돼서 한심할 따름이지만 울면서 달리
니 눈물이 뒤쪽으로 꼬리를 끌며 흘러내렸다.

그날 밤에는 도쿄에 사는 고향 친구 몇 명에게 연락해 술집, 캬바
쿠라카바레식 클럽, 가라오케를 돌며 북새질을 쳤다. 어느새 모르는 사
람도 합류했는데, 그중 한 명이 "속이 부글거릴 때는 이게 최고지"
라며 주사기를 건넸다. 취기가 돌기도 해서 냉정하게 생각하지 못했
다. 아니, 생각하고 싶지 않았는지도 모른다.

가는 바늘이 팔꿈치 안쪽 피부에 쑥 묻혔다. 직접 놓았는지 누가
놓아주었는지는 기억에 없다. 다만 눈 깜짝할 사이에 몸속에 쌓인
것이 사라지고 흐린 의식이 맑아지기 시작했다는 것만은…….

"한 집 있긴 한데."

스기이의 갑작스러운 말에 다카오는 정신을 차렸다.

"네? 이, 있습니까?"

"다만 약으로 집행유예란 게……."

딱 한 번이었고 실제로 집행유예를 받았으니 이 정도로 문제 삼을 일은 아니지 않나. 그렇게 생각했지만 어디까지나 전과자의 자기변명이라는 것을 다카오 자신도 잘 알고 있다.

"그 점을 어떻게 좀 잘 부탁드립니다. 저, 다시 시작하고 싶습니다. 일자리도 찾고 제대로 살고 싶습니다. 그러려면 먼저 주소가 있어야……."

그러자 느닷없이 스기이가 주먹으로 카운터를 내려쳤다.

"그런 건 나도 알아!"

소리를 지르다가 선글라스가 흘러내려 처음으로 스기이와 눈이 마주쳤다. 자기 입으로 말하기는 뭣하지만 자신의 눈이 작은 새처럼 귀엽게 느껴질 정도로 스기이의 눈길은 험상궂었다. 이 오치무샤, 아마 예사 인간이 아니리라.

"이봐, 응석 부리지 마. 세상은 자네가 생각하는 것보다 훨씬 전과자에게 엄격해. 인생을 다시 시작하고 싶은 건 성실한 사람도 마찬가지야. 하지만 그것도 어지간한 인내로는 어림도 없어. 자네 같은 멍청이가 다시 시작하고 싶다느니 가볍게 말할 게 아니라고. 이번에는 고스게 씨 소개니까 갈 만한 곳을 알려주지. 여기서도 안 되면 달리 갈 데 없을 거야. 명심해."

석양이 비치는 담배연기 자욱한 부동산. 스기이가 쥔 담배 끝에서는 보라색 연기가 하늘하늘 피어올랐다.

이웃 아이인 모양이다. 밖에서 들려오는 "바이바이, 또 봐" 하는 천진난만한 목소리가 다카오는 너무나 부러웠다.

스기이가 안내해준 곳은 같은 오타 구의 미나미로쿠고에 있는, 약간 색다른 건물이었다.

"아…… 이런 곳이군요."

주택이라기보다 빌딩이라고 할까. 주택 지붕처럼 경사진 데 없이 거의 직사각형에 가까운 모양이었다. 정면에서 보이는 창 숫자로 보아하니 2층 건물인가. 그렇다고 하기에는 1층 천장이 별나게 높다. 옆 빌딩과 비교해보면 알 수 있다. 2층 창이 옆집의 3층 아래쪽에 있다. 출입구도 특이했다. 1층 벽면은 세로로 삼등분해 좌우는 크림색, 한복판은 오렌지색으로 구분했다. 출입구는 오렌지색 부분에 있다. 작은 창이 달린 복고풍 나무문에는 초록색 페인트로 'Plage'라고 쓰여 있다. 플라게? 아니, 플레이그인가. 외관은 다세대주택이라기보다 세련된 카페 같다.

스기이가 문을 당기자 가볍게 카우벨이 울렸다.

"실례합니다."

그렇게 한 마디 해보았다.

"어서 오세요. 아아, 스기이 씨. 빨리 오셨네요."

나지막하지만 낭랑한 여자 목소리가 어디에선가 대답했다.

안은 예상대로 카페였다. 역시 천장이 높고 커다란 실링팬이 두 개나 돌고 있다. 창이 여러 개여서 전체적으로 분위기가 밝았다. 오른쪽에는 제법 높은 롱 카운터, 왼쪽에는 동그란 테이블이 세 개, 가장 안쪽에는 낮은 소파 테이블석이 한 군데 있다. 왠지 썰렁해 보이는 것은 면적에 비해 좌석 수가 적은 탓이리라. 바닥이 널빤지여서 그런지 어딘지 모르게 영화에서 본 미국의 드라이브인과 비슷하다. 영업 준비 시간이어서 손님이 하나도 없는 건가.

대답한 여자는 카운터 안에 있었다. 크고 검은 눈동자가 인상적이고 몸집이 자그마했다. 나이는 다카오보다 약간 많을 듯하다. 삼십 대 초반이거나 중반쯤. 예쁜가 안 예쁜가 하면 예쁜 편이지만 그보다 '왠지 무섭다'라는 것이 다카오가 느낀 첫인상이었다. 무엇이 무서운지는 알 수 없었다. 아니, '무섭다'보다 '강하다' 쪽일지도 모른다. 뭔지 모르게 엄할 것 같다. 응석을 허락하지 않을 듯한 그런 '강함'을 느꼈다.

스기이가 카운터 쪽으로 가기에 다카오도 따라갔다.

"준코 씨. 갑자기 미안한데, 이 사람…… 어떻게 안 될까?"

"아아, 네."

준코라는 그 여자가 노란 수건에 손을 닦으면서 이쪽으로 다가왔다. 카운터 너머로 눈도 깜박이지 않고 다카오를 바라보았다.

"각성제로 집행유예 기간이라고요?"

이런 말을 대놓고 하는 사람인가. 생각한 대로랄까 뭐랄까.

"아, 네……. 죄송합니다."

"나한테 사과할 거야 없죠."

다카오의 대답을 기다리지도 않고 준코는 스기이에게 시선을 옮겼다.

"딴 데는 안 된대요?"

"이런 문제에 세상은 냉정하니까. 돌아다녀봐야 헛수고지. 고스게 씨 소개야. 편의 좀 봐줘. 아직 방 하나 비었잖아."

다카오는 전후 사정도 각자의 힘 관계도 모르지만 고스게가 의외로 영향력 있는 인물이란 데 놀랐다.

준코가 떨떠름한 표정으로 고개를 끄덕였다.

"집행유예 기간이니…… 뭐 할 수 없죠."

크고 검은 눈동자가 다시 다카오에게 돌아왔다.

"우리 집 사정은 들었어요?"

다카오의 "아뇨"와 스기이의 "아니"가 거의 동시에 나왔다.

준코가 "그래요" 하고 또 고개를 끄덕였다.

"우린 다세대주택이라기보다 셰어하우스share house에 가까운데, 그건 괜찮아요?"

그런 얘기는 지금 처음 들었다. 스기이는 오는 길에 이곳에 관해 한 마디도 설명해주지 않았다.

"셰어하우스가 다세대주택과 뭐가 다르죠?"

"욕실과 화장실은 공용. 다른 셰어하우스는 어떤지 모르겠지만, 이곳은 원하면 식사도 나와요. 준비는 내가 하고요. 그리고 각 방에는 문이 없어요."

너무 당연한 듯이 말해서 무심코 흘려들을 뻔했다.

"어…… 문이 없다고요?"

"그래요. 문이 없어요. 어쨌든 커튼이 있으니 프라이버시는 문제없어요."

아니, 커튼 한 장으로 지킬 수 있는 프라이버시라니. 없는 거나 다름없잖아.

다카오의 의심을 꿰뚫어 본 듯이 준코가 눈썹을 찡그렸다.

"물론 마음에 안 들면 딴 데 찾아봐도 되지만 일단 보기나 할래요? 보는 건 공짜니까."

준코는 그렇게 말하고 앞치마를 풀더니 바로 반대편 카운터 쪽으로 걸어갔다.

"아…… 네."

다카오가 황급히 따라가자 스기이도 뒤따라왔다. 가게를 열어둔 채 가도 되나 싶지만 쓸데없는 오지랖인가.

2층은 어디로 올라가나 했더니 가게 안쪽이었다. 얇은 가림막 커튼이 드리웠고, 그 아래로 지나가니 왼쪽에 계단이 있다. 학교나 오피스 빌딩에 있을 법한 리놀륨 계단이었다.

다 올라가자 느닷없이 현관 바닥처럼 되어 있다.

"여기서 신발 벗어요."

왼쪽에는 또 학교처럼 목제 신발장이 있다. 아래쪽 절반에는 샌들이나 스니커, 구두 등이 여기저기 들어 있고 위쪽에는 슬리퍼가 몇 켤레. 준코가 세 켤레를 꺼냈다.

"저기, 이상한 질문 같지만…… 그 운동복은 패션?"

"아뇨. 불이 나서 허둥지둥 나오느라…….”

“어머, 그거 안됐네. 이거 신어요.”

“감사합니다.”

꺼내준 슬리퍼로 갈아 신고 파란 카펫이 깔린 바닥을 디뎠다. 오른편으로 복도가 뻗었고 좌우로 예닐곱 개의 방, 커튼 쳐진 출입구가 나란히 있다. 복도 막다른 데 창이 있어서 분위기는 이곳도 밝다.

“뭐 대략 이런 느낌. 지금은 다들 나갔지만. 여기 들어온다면 당신은 이 방.”

준코는 좀 걸어가서 오른쪽 두 번째, 커튼조차 없는 출입구를 가리켰다.

“어때요?”

“……하아, 그렇군요.”

구조상 세 평보다 좀 넓을까. 정면에 허리 높이의 창이 있고 왼쪽에는 붙박이 침대, 오른쪽에는 목제 선반이 설치되어 있다. 그러나 그게 전부다. 세면대도 옷장도 없다.

“저기…… 월세는요?”

“기본은 5만 엔. 식사는 별도 상담.”

싼지 비싼지 판단도 할 수 없다. 욕실과 화장실 공동 사용에 이런 구조라면 비교적 비싼 편이다. 하지만 세 끼 식사를 생각하면 싼 거 아닌가. 두 끼라면 어떨까. 아침밥만 먹기로 한다면…….

그런 생각을 하는데 갑자기 옆방 출입구의 커튼이 흔들렸다.

민소매의 어깨가 나왔다.

그리고 가늘고 하얀 팔. 이어서 굵은 웨이브의 밤색 긴 머리. 긴 머리로 다 가려지지 않을 만큼 등이 훤히 드러난 원피스. 나오면서 가볍게 턴을 하니 옷감 얇은 원피스 자락이 활짝 펼쳐지고, 건너편 창으로 들어오는 빛에 허리 아래 실루엣이 희미하게 드러났다.

여름의 귀부인. 아직 4월이라 봄이지만 그녀가 걸친 공기는 틀림없이 여름이었다.

"아, 시오리 씨. 있었네."

준코의 한마디에 그녀가 이쪽을 돌아보았다.

"어머나, 신입?"

담백하고 건조하면서 높은 목소리였다. 맨발의 그녀가 바람을 타듯이 왈츠 스텝으로 다가왔다.

다카오는 그대로 굳어버렸다. 고개를 끄덕이는 정도의 인사도 하지 못했다.

좁은 복도를 걸어온 그녀는 다카오의 어깨를 가볍게 건드리며 귓가에 입을 가까이 했다. 옛날 영화를 보는 것 같았다. 그러나 이어지는 장면을 떠올릴 수 없다. 다음에 그녀가 무엇을 할지. 어떤 대사를 들려줄지.

"귀여운 신입이네."

입김이 달콤하고 장미처럼 향기롭다.

"좋은 것 가르쳐줄게. 여기서는 요바이성관계를 목적으로 타인의 침실에 침입하던 일본의 옛 풍습 마음껏 해."

"저기, 시오리 씨."

준코의 목소리 따위 다카오의 귀에 전혀 들어오지 않았다.

이미 이곳밖에 없다고 생각했다.

하얀 벽지가 장밋빛으로 물든 듯 보였다.

2. 기자의 시선

창문을 타고 떨어지는 빗방울에서 눈을 뗄 수 없다.

파란 어둠과 거리의 불빛을 왜곡하고 익숙한 풍경을 얼룩으로 만들며 투명한 뱀은 계속 구불구불 떨어진다.

어디까지 떨어지는 걸까.

어디까지 갈 생각일까.

모른다. 알고 싶지도 않다.

"저기, 배고프지 않아?"

하얀 시트와 여자의 등에도 비슷한 얼룩무늬가 비쳤다. 이 손에도, 꼬불거리는 털이 기어 다니는 가슴과 배에도.

"배고프다니까. 뭐 먹으러 가자."

멀리 구름이 잠깐 부옇게 보였다가 잊을 무렵에 천둥이 쳤다.

잠깐 창을 열었다. 진한 물냄새.

"좀…… 추워."

비 섞인 바람에 얼룩투성이 커튼이 팔랑거린다. 뒤이어 먼지내가 따라온다.

담배를 찾았지만 손이 닿는 범위에 없다.

"닫아줘."

한 번 더 천둥소리를 듣고 싶었다. 그 무자비한 섬광을 보고 싶었다. 이미 질릴 만큼 보아온 도쿄의 야경이, 뒷골목의 뒷골목까지 다 아는 도회의 풍경이 아주 잠깐이나마 달라 보이는 데 악취미 같은 흥미를 느꼈다.

"아이, 좀 닫으라니까."

바람이 더 세게 불어 들어오자 여자가 몸을 일으켰다. 색을 잃은 유방이 처져 있다. 타원형의 엉덩이도 시야에 들어왔다.

뭘 착각했는지 여자가 갑자기 창틀을 붙잡고는 왜, 하고 달콤한 목소리로 물었다. 굳이 이유를 든다면 기다리는 것이다. 낙숫물 따위에 방해받고 싶지 않다. 너한테도.

그때, 왔다.

"꺄악."

새로운 섬광. 거의 동시에 울리는 천둥소리.

가깝다고 생각한 것은 착각이 아니었던 모양이다.

거리를 송두리째 흔들던 굵은 천둥소리는 순식간에 일대의 빛이란 빛을 전부 빼앗아갔다.

"아우, 뭐야. 정전?"

나쁘지 않은 풍경이다. 사회니 뭐니 하는 그럴듯한 말은 단 한 방의 벼락으로 간단히 차단할 수 있는 환상이었다. 껍데기가 된 문명은 이제 인력으로는 애도조차 불가능한 괴물의 시체다. 믿을 자유는 있을 것이다. 그 나태에 턱 아래까지 잠겨서 죽어가도 좋으리라. 그편이 행복하다면 이해가 가기도 한다. 하지만 현실은 다르다. 이 현실은 사회와도 문명과도 양립할 수 없다.

현실은 빛과 동등한 어둠이고 죽음에 둘러싸인 우연한 생이며 잔혹하기까지 한 일방적인 시간의 흐름이다.

"뭐 좀 먹으러 가자. 라면이 좋겠어. 역 앞에 그 가게 이름이 뭐더라…… 저기 봐. 역 쪽은 불 켜져 있잖아. 정전이 안 됐네."

분명히 그렇다. 역 쪽은 평소와 다름없이 일곱 가지 색으로 기름져 보인다.

작년 초쯤, 그 사내에게서 연락을 받았다.

"신문 봤어요?"

신문도 여러 가지가 있다. 주요 신문 세 가지 말고 스포츠 신문, 타블로이드, 지방지도 신문은 신문이다.

"무슨 소리야."

"선배가 옛날부터 쫓아다니던 그 사건요."

깜짝 놀라 휴대전화를 떨어뜨릴 뻔했다.

깜빡했다. 줄곧 신경 쓰고 있었는데 솔직히 최근 며칠은 체크를 게을리했다.

"뭔가 움직임이 있나?"

"어, 정말로 모르시네. 의외네요. 내가 일부러 방청을 갔을 정도인데 말이죠."

머잖아 항소심이 시작된다는 건 알고 있었다. 아니, 이건 방심했다고밖에 할 수 없다. 1심에서 유죄 판결이 나와서 긴장의 끈이 풀렸는지도 모른다. 아니면 마음속으로는 잊고 싶다고 생각하고 있었을까. 어쨌든 큰 실수다. 전속 기자 시절이었다면 데스크에서 죽도록 혼나고 얼굴이 찐득거릴 때까지 침 세례를 받았을 것이다. 그 정도로 큰 실수다.

"저기, 자세히 좀 얘기해주겠나?"

"좋습니다. 좋은데…….."

"알아, 알아. 술이든 여자든 뭐든 대접할 테니까."

"헤헤…… 고맙습다."

그날 바로 니시아자부 선술집의 별실에서 만났다.

통화한 사내, 우쓰이는 전속 기자 시절의 후배다. 각자 프리랜서가 되었고 지금은 이따금 이런 식으로 정보를 교환하는 사이다. 정치도 형사사건도 다 취급하는 게 우리 둘의 공통점이지만, 당연히 정보망은 각각. 자세히 말하자면 취재법도 조금 달랐다. 나는 뒷골목 쪽에 인맥이 넓고 물물교환으로 정보를 얻는 게 특기다. 우쓰이는 끈질기게 발로 취재하는 데 뛰어나다. 잠복과 몸으로 부딪히는 걸 꺼리지 않는, 정면 돌파에 강한 정통파 기자다.

소스를 쥔 인간의 배짱인가. 우쓰이는 약속 시각보다 삼십 분 늦게 방으로 들어왔다.

"헤헤…… 미안함다. 기다리게 해서."

"됐어. 내가 오라 한 거니까."

이미 내 앞에 있는 유와리^{뜨거운 물을 넣어 희석한 술} 잔은 비어 있었다. 재떨이도 세 개비 정도 피워서 재로 가득하다.

우쓰이는 벗은 코트와 목도리를 뭉쳐서 옆에 놓고 맞은편 자리에 앉았다. 히터식 호리고타쓰^{마루청을 뚫고 묻은 난방}여서 다리를 내리니 나름대로 따뜻하다.

"뭐 마실래?"

"선배, 그거 뭡니까?"

"소주 유와리야."

"아, 좋네요. 추우니까 나도 그거로 할게요."

구체적인 이야기는 조림과 임연수 같은 선술집 요리를 몇 가지 주문한 뒤 시작했다.

우쓰이는 소스를 제공하는 쪽이라는 사실이 어지간히 기쁜지 시종 한쪽 뺨이 올라간 기묘한 미소가 떠나지 않았다.

"근데 선배가 이 소스를 건너뛰다니…… 좀 놀랐습니다."

"다른 사건으로 뛰어다니고 있어서 그래. 한물갔다는 식으로 말하지 마."

그런 건 변명도 되지 않지만 완전히 거짓말도 아니었다. 최근에는 한동안 센다이에 처박혀 있던 데다 감기까지 걸리는 통에 도쿄에서 일어난 작은 사건의 항소심까지는 솔직히 체크할 겨를이 없었다.

"됐으니까 그만 빼고 빨리 얘기해."

우쓰이는 어깨를 으쓱하며 능청을 떨었다.

"예, 예. 그게요. 이번에는 그놈, 무죄가 될지도 모르겠어요."

놀랐다는 말 정도로 다 표현할 수 없는 충격을 받았다.

그 남자가 항소심에서 무죄…….

그야말로 청천벽력이었다. 정수리를 직통으로 맞고 꼬리뼈까지 단칼에 갈라졌다. 몸이 두 쪽 나서 좌우로 쓰러지는 느낌이다.

"어째서…… 아니, 1심에서는."

"그러게요. 알리바이가 인정되지 않아서 십이 년 실형 판결이었죠. 그런데 이번에는 웬걸, 그 여자가 증언을 번복했어요."

"그게 무슨 소리야."

"놈한테 알리바이가 있었다는 거죠. 애초에 그 남자한테는 불가능한 범죄였어요."

간접조명으로 밝힌 실내가 돌연 명도를 잃어갔다.

유죄인지 무죄인지 알 수 없어졌으니 여기서는 편의상 피고인 남성을 'A'라고 해두자. 피해 남성은 'B', 재판의 중요 인물이자 A의 알리바이를 쥔 여자는 'C'라고 하자. 관계자가 그리 많지 않으니 이 정도면 설명은 충분히 가능하리라.

사건은 칠 년 전 도쿄 도 무사시노 시와 그 일대에서 일어났다.

A와 B는 중학교까지 함께 다닌 죽마고우. 사건 당시에는 둘 다 서른여섯 살. 둘은 고향인 가나가와 현 가마쿠라 시를 떠났다가 몇 년

전에 도쿄에서 재회했다. 빈번할 정도는 아니지만 이따금 연락을 주고받고 술잔을 나누는 정도의 사이였다고 한다.

아직 장마가 끝나지 않은 7월 3일 밤. 두 사람은 이쓰카이치 가도변의 어느 작은 선술집 테이블석에 있었다. A는 "B가 불러냈다"라고 경찰에서 얘기했지만 휴대전화 통화 기록으로 전날 전화를 건 사람은 A였음이 밝혀졌다. 가게에 먼저 온 사람은 B. 이것은 선술집 주인의 증언이다.

나중에 온 A는 B와 마찬가지로 생맥주를 주문. 한동안은 완두콩이나 튀김 등을 먹으며 평범하게 대화를 나누었다고 한다. 그러다 이삼십 분 지나자 갑자기 A의 목소리가 거칠어졌다. 처음에 무슨 말을 했는지까지는 정확하지 않지만 먼저 화낸 사람은 A가 틀림없는 것 같다.

당시 가게에는 A와 B 외에 다른 손님이 세 팀 있었다. 젊은 커플, 슈트 차림의 삼인조, 그리고 단골손님인 중년의 동네 주민 두 명. 그중 커플과 슈트 차림의 세 사람은 경찰 수사로도 찾아내지 못했다. 따라서 동네 주민 두 명과 가게 주인을 포함한 점원 세 명의 증언, 여기에 A의 공술을 더해 가게에서 일어난 일을 정리했다.

B가 얌전하게 듣고만 있었나 하면 그렇지 않다. B도 지지 않을 만큼 맞받아 소리쳤고 그래서 A가 더 격앙했다. 주먹다짐은 하지 않았지만 서로 옷을 잡아 쥐는 정도의 싸움은 있었다고 한다. 하지만 그것도 아주 잠깐으로, 점원이나 다른 손님이 말리기 전에 사태는 수습됐다. 두 사람은 주위가 신경 쓰였는지 머리를 숙이고는 다시 자

리에 앉았다고 한다.

　주민 두 명은 "은혜니 의리니 그런 얘기를 했다"라고 증언했고, 점원들은 "금전 문제 같았다"라고 했다. A는 "돈을 빌려달라고 했지만 그전에 빌려준 돈도 갚지 않아서 거절했다. 그러다 말다툼이 났다"라고 공술했다. 어쨌든 진술이 크게 어긋나는 건 없다. 재판에서도 "원인은 금전 문제로 인한 갈등"이라고 했다.

　A와 B는 한 시간 정도 있다가 계산을 했고 같이 가게를 나갔다. 그때가 오후 7시 반. 이후 두 사람의 행적은 밝혀지지 않았다.

　다음 날 B는 술집에서 5킬로미터쯤 떨어진 공원에서 사체로 발견되었다. 사망 추정 시각은 전날 오후 9시부터 9시 반 무렵. 발견 장소는 무사시노 시와 인접한 고가네이 시의 도립 고가네이 공원. 80헥타르의 넓은 부지는 대부분 자연 녹지이고, 밤이 되면 사람들 눈에 잘 띄지 않는 곳이다. 성인 남자 두 명이 싸워도 알아차릴 사람은 없었으리라. B는 넓은 공원 거의 한복판에서 목 졸려 살해당했다.

　경찰이 A의 존재를 찾는 데까지는 그리 시간이 걸리지 않았다. 휴대전화 통화 내역에 이름이 있었으니 당연하다. 게다가 조사하다 보니 조금 떨어진 곳이긴 하지만 직전에 둘이서 술을 마시고 말다툼을 하다 멱살잡이까지 했음이 드러났다. 수사 관계자는 일찌감치 범인은 A라고 단정한 게 틀림없다.

　그런데 A가 그날 밤 8시 지나서 집에 있었다고 증언한 인물이 나타났다. 바로 앞에서 얘기한 C, 당시 A의 교제 상대다. A와의 관계가 있으니 결코 그대로 받아들일 내용은 아닐 테지만 철저히 조사한 끝에 경찰은 이 증언을 신용했다. 두 사람은 8시 이후로도 쭉 A의 집에서 시간을 보낸 것으로 인정됐다.

당시 A의 집은 가미샤쿠지에 있었다. 선술집에서는 3킬로미터 정도. 방향으로 보면 고가네이 공원과는 반대 방향이다. 만약 A가 선술집에서 나와 곧장 걸어서 귀가했다면 도보로도 8시 전후에 도착했을 터다. 거기서 고가네이 공원까지는 전철로 삼십 분이면 갈 수 있다. 동선만 놓고 보면 범행이 불가능하지 않지만 약간 설득력이 부족하고 부자연스러운 점도 몇 가지 있었다. 경찰은 여기서 일단 A를 용의자 선상에서 제외했다.

수사는 난항을 겪다 삼 년이란 시간이 흘렀다. 하지만 다들 미궁에 빠질 것을 각오한 그때, 놀랄 만한 증언이 나왔다.

C가 증언을 번복한 것이다.

삼 년 전 그날 밤 A는 밤늦도록 집에 돌아오지 않았다. 같이 있었다는 증언은 나중에 A에게 부탁받아서 한 거짓말이다. 당시 A는 돈 문제로 곤란을 겪어서, 빌려간 돈을 갚으라고 B를 다그치고 있었다. A가 B에게 빌려준 금액은 총액 30만 엔 정도. 평소 다음에 만나면 두들겨 패서라도 받아내겠다고 흘리고 다녔다…… 대략 말하자면 C의 증언은 그런 내용이었다.

경찰은 다시 A를 체포하기 위해 움직였다. 알리바이만 흐트러지면 B의 옷에 남아 있던 지문이나 선술집의 증언을 살릴 수 있다. 그 밖에 물증도 몇 가지 있다.

머잖아 A는 체포됐고 B의 소지품에 지갑이 없었다는 점을 들어

강도살인죄로 송치됐다. A는 범행을 전면 부인했지만 검찰은 증거가 충분하다며 기소했다. A는 반년 뒤 징역 십이 년의 실형을 판결받았다.

항소심에서는 무죄가 될지 모른다고 예상하던 우쓰이는 더욱 의기양양하게 말을 이었다.

"그 여자, 사건이 일어난 지 삼 년이나 지나서 알리바이 증언을 뒤집었잖아요? 애초에 그게 수상하더라고요."

우쓰이의 수읽기는 이랬다.

A와 C는 사건 당시 확실히 연인 관계였다. 하지만 이 년 뒤에 파국. A와 헤어진 뒤 C의 생활은 엉망이 되었고 좋지 않은 소문도 여러 가지 있었다고 한다.

"무슨 소문?"

"그건 뭐…… 여러 가지죠."

"빼지 말고."

"아뇨, 빼는 게 아니라 아직 언뜻 들은 정도일 뿐이고 전연 알아보지 못했어요. 흥미 있으면 선배가 자세히 조사해보세요. 아니면 직접 물어보실래요?"

A의 범행이 아니라고 생각된 사건이 전 애인의 증언 철회로 백팔십도 바뀌어서 체포. 그리고 실형 판결. 그 증언이 다시 철회되어 이번에는 무죄가 될 가능성이 있다는 건가.

"그거…… 직접 조사하고 싶군. 관계자를 소개해주겠나."

그러자 우쓰이는 히죽거리면서 "비쌉니다" 하고 대답했다.
할 수 없다.
이 사건을 좇는 것은 내 숙명 같은 것이다.

3. 다카오의 새집

시오리라는 여성이 사라지자 준코가 더 자세히 설명해주었다.

"여기가 욕실과 세탁실. 빨래는 월수금이 남성, 화목토가 여성, 일요일은 먼저 하는 사람 임자. 도저히 못하면 누군가한테 부탁해도 돼요. 욕실 청소는 당번제. 이건 화목토가 남성, 월수금이 여성. 아, 그렇지만 당신이 들어오면 남성이 네 명이고 여성이 세 명이 되니 내가 당번에서 빠지고 당신이 여성 팀이어도 될라나. 뭐 그건 됐고…… 이쪽이 화장실과 세면실. 여기 입주자들은 일어나는 시간이 제각각이어서 아침에 복잡할 일은 거의 없어요."

계단 입구의 맞은편, 복도 제일 앞쪽에 있는 방 두 개가 공용 욕실과 화장실이다. 거기에는 그나마 문이 있었다.

준코가 휙 돌아보았다.

"질문 있어요?"

"어어, 그 외에도 당번 같은 게 있습니까?"

"아뇨, 딱히 없어요. 쓰레기 버리기는 내가 대표로 하고 있고, 공유 공간 청소도 식사도 내 담당이고…… 사소한 건 입주자끼리 적당히 융통성 있게 하고 있어요. 그런 의미에서는 다른 사람들과 빨리 친해지는 게 이득일 거예요."

거기서 한동안 침묵하던 스기이가 끼어들었다.

"어떡할 거야. 여기로 할 거야 말 거야?"

그러고 보니 입주 결정은 마음속으로만 하고 말을 하지 않았다.

"아, 죄송합니다. 이곳으로 하겠습니다. 잘 부탁드립니다."

"그런 걸 빨리 말하라고. 준코 씨, 계약서하고 입주자 대장 얼른 만들어줘요."

"네."

세 사람은 다시 1층으로 내려왔다. 맞은편 벽에 이름표 같은 것을 붙여놓은, 큼직한 화이트보드가 보였다.

"입주자분들인가요?"

아사다 준코, 고이케 미와, 야베 시오리. 아까 귀부인은 '야베'인가. '시오리紫織'란 한자는 특이하지만 이미지와 어울린다. 남성은 나카하라 미치히코, 가토 도모키, 노구치 아키라. 알기 쉽게 여자는 빨간색, 남자는 파란색 팻말을 사용했다.

먼저 가려던 아사다 준코가 돌아보며 말했다.

"맞아요. 지금은 나를 포함해서 여섯 명이에요."

"그렇지만…… 주인?"

살며시 손으로 가리키자 준코는 고개를 끄덕였다.

"이 카페도 하우스도 소유자는 나지만 대등한 입주자예요. 그 밖에 또?"

"어…… 화이트보드는 무엇 때문에 있는 거죠?"

"당번이나 연락 사항을 적는 데 썼지만 최근에는 별로 사용하지 않아요. 쓰지 않아도 해결된다고 할까."

"그렇군요."

준코는 주방으로 들어가고 다카오와 스기이는 가림막 커튼을 젖히고 카페로 나왔다.

남자 한 명이 카운터석에 앉아 있었다.

주방에서 카운터로 나온 준코도 그를 발견했다.

"어, 도모키 씨 왔네."

"응, 다녀왔어."

이 사람이 가토 도모키인가. 푸시시하게 기른 머리에 수염이 덥수룩하다. 파란 체크무늬 플란넬 셔츠를 입은 탓인지 어딘지 모르게 카우보이 같은 분위기가 났다. 나이는 잘 모르겠다. 사십대일까.

준코가 다카오를 손으로 가리켰다.

"도모키 씨. 여기, 새로 들어오기로 했어."

"처음 뵙겠습니다. 요시무라입니다."

도모키가 가볍게 머리를 숙였다.

"가토입니다. 그럼 내 옆방이네."

"아, 그렇습니까. 잘 부탁드립니다."

도모키는 스툴에서 내려와 가게 안쪽으로 걸어갔다.

"요시무라 군, 커피 마시지?"

"감사합니다. 잘 마시겠습니다."

"스기이 씨는?"

"아, 마실 거야."

도모키는 카운터에 몸을 구부리더니 맞은편에 손을 뻗쳐 달그락 대며 컵을 꺼냈다. 커피머신은 카운터 끝자리. 익숙한 손놀림으로 디캔터를 뽑아 들고 컵에 따른다. 입주자는 음료가 공짜인 걸까. 준코는 전혀 개의치 않는 모습이다.

도모키가 쟁반도 사용하지 않고 컵을 날랐다.

"여기. 설탕은 거기 있는 것 쓰고."

"고맙습니다. 잘 먹겠습니다."

도모키는 컵 두 개를 내려놓고는 원래 있던 자리로 돌아가지 않고 구석에 있는 소파 테이블 쪽으로 갔다.

벽에 걸린 기타를 손에 들었다. 노란색과 검은색 그러데이션이 아름다운 복고풍 디자인의 전기기타다. 실제 가격은 모르지만 적어도 싸구려로 보이지는 않았다. 재즈나 블루스 같은 중후한 장르를 즐기는 사람이 좋아할 모델이다.

준코가 카운터 너머에서 뭔가 꺼내 건넸다.

"자, 이거 써줘요. 쓰고 싶지 않은 내용은 쓰지 않아도 돼요."

"네에."

A4 용지 두 장. 기입 사항은 이름과 생년월일, 본적 등 기본적인

것뿐이었다.

다카오가 그걸 쓰는 동안 도모키는 소파에서 줄곧 기타를 쳤다. 처음에는 블루스였다. 상당한 실력 같았다. 다카오도 기타를 만져봐서 조금은 안다. 거의 애드립인데 실수가 전혀 없다. 여유롭고 달콤한 톤으로 잇달아 세련된 프레이즈를 친다. 저녁놀이 드리운 가게에 텍사스의 건조한 공기가 가득 차는 것 같았다. 뭐 진짜 텍사스가 어떤 곳인지는 다카오도 모르지만.

일단 서류는 다 썼다.

"준코 씨, 이렇게 쓰면 되나요?"

"어디 볼까."

이름으로 부르는 건 아직 이른가 생각했지만 준코는 개의치 않는 것 같았다. 커다랗고 검은 눈동자가 다카오가 쓴 괴발개발 글씨 위를 왔다 갔다 했다.

"그렇다면 지금은 무직?"

가장 건드리지 않았으면 하는 부분이다.

"네, 뭐…… 아직 저금이 좀 있어서 월세는 한동안 괜찮습니다. 일도 바로 찾을 겁니다."

"그게 아니라 한가하면 가게 좀 도와달라고."

준코가 장난스럽게 눈을 깜박거렸다. 처음으로 좀 귀엽다고 생각했다.

"아, 그렇군요. 일자리 구하는 짬짬이라면…… 돕겠습니다."

그렇게 대답하니 빙그레 미소를 지었다.

"고마워요. 요즘 다들 바쁜지 별로 도와주질 않는데 잘됐네."

원만하게 이야기가 수습됐을 즈음 스기이가 스툴에서 내려왔다.

"그럼 난 이만 실례. 커피 잘 마셨소."

다카오도 황급히 스툴에서 내려와 머리를 숙였다.

"정말로 감사합니다. 덕분에 살았습니다."

"인사라면 고스기 씨한테 해. 난 일이니까 할 뿐이야."

그럼, 하고 다카오의 등을 툭 치더니 스기이는 출구로 향했다. 준코의 "고맙습니다" 하는 목소리에도 어깨 너머로 손을 흔들 뿐. 카우벨 소리가 처량하게 여운을 남겼다.

문득 준코가 짝 하고 손뼉을 쳤다.

"큰일 났다. 나 장 봐야 돼."

그렇게 말하고는 바로 안으로 들어갔다. 준코가 장을 보러 가면 가게를 자신이 봐야 하는 건가. 아니, 아직 도모키가 있다. 흐르는 듯한 연주가 자연스러워서 꼭 방송을 듣는 기분이었지만, 아니다. 도모키의 라이브 연주다.

다카오도 소파 테이블석으로 가보았다.

방해되지 않도록 대각선 맞은편에 앉았다. 흰색 인조가죽 소파는 생각보다 몸이 깊숙이 묻혔다. 스프링이 낡아서일지도 모른다. 이 가게는 벽도 흰색이어서 인테리어로는 잘 어울렸다.

"기타 잘 치시네요."

지금 치는 것은 재즈 스탠더드 넘버. 제목은 모르지만 멜로디는 귀에 익었다.

"도모키 씨는 밴드 같은 것 하세요?"

도모키가 천천히 고개를 저었다.

"전혀. 안 해."

"그런데 굉장히 잘 치시네요."

"글쎄…… 모르겠네."

준코가 가림막 커튼 아래로 나왔다.

"듣고 싶은 곡 신청해봐요. 뭐든 다 쳐줘."

점점 더 대단하다.

도모키가 쓴웃음을 지으면서 고개를 저었다.

"뭐든이라니. 좀 과장이네."

오오. 도모키는 준코 씨에게 반말을 하는가.

"비틀스든 사잔사잔 올 스타즈. 일본의 오인조 혼성 그룹이든 말만 하면 다 쳐주잖아."

"그럼 그거 한번 쳐볼까. 〈장식이 아니야, 눈물은 나카모리 아키나가 부른 1980년대 가요〉."

"됐어. 이렇게 밝은 분위기에…… 그럼 다녀올게."

준코는 큼직한 장바구니를 어깨에 메고 가게를 나갔다.

카우벨 소리가 그치자 도모키는 다른 곡을 치기 시작했다. 이번에는 다카오도 아는 곡이다.

"필 콜린스의 〈어게인스트 올 오즈Against All Odds〉죠? 영화 주제가였던가요."

"오호, 젊은 친구가 잘 아네."

"무슨 영화였죠?"

"〈어게인스트 Against〉……였던가."

느릿한 템포에 소울풀한 발라드다. 원곡은 필 콜린스의 정열적인 보컬이 인상적이지만 도모키는 멜로디도 기타로 쳤다. 그래서인지 원곡보다 조금 우울하게 들린다.

"뭐 나는 안 봤지만."

도모키는 말하는 동안에도 손을 쉬지 않는다. 오르골을 보는 듯한 눈으로, 줄을 퉁기는 자신의 손끝을 보고 있다.

"그 기타는 모델명이 뭐예요?"

"깁슨 ES-335."

듣고 보니 헤드에 'Gibson'이라고 쓰여 있다.

"도모키 씨 기타인가요?"

"설마. 여기 거야."

"그럼 준코 씨?"

"글쎄. 예전에 살던 사람이 두고 갔을지도…….."

다카오는 문득 이곳에 들어왔을 때를 떠올렸다.

"그러고 보니 이 가게 이름 '플레이그'가 무슨 뜻이에요?"

도모키는 "엉?" 하고 고개를 갸웃거렸다.

"출입문에 플레이그라고 쓰여 있잖아요."

"아아, '플라주'. 불어야."

젠장. 당하지 않아도 될 망신을 당한 기분이다.

〈어게인스트 올 오즈〉는 슬슬 엔딩을 향해 가고 있다.

"뜻은…… 준코 씨한테 물어봐."

그 후에도 연주는 한참 계속되다가 주위가 어둑해져 도모키가 조명을 켜느라 일어나서야 끝났다.

장을 보고 돌아온 준코가 삼십 분쯤 무언가 준비하고 6시 반이 되어 가게를 열었다. 열었다고 할 수 있을까. 입구 조명을 켜고 손수 만든 듯한 작은 팻말을 'CLOSED'에서 'OPEN'으로 뒤집었을 뿐이다.

"저기, 신입이 이런 말을 하는 건 주제넘지만…… 이 팻말 좀 더 큰 게 좋지 않을까요. 아까 들어올 때 '클로즈'인지 전혀 몰랐어요."

"아, 그건 말이야…… 별로 상관없어."

준코가 그렇게 말한 의미는 바로 이해했다.

가게를 열었는데 손님이 전혀 들어오지 않았다.

"늘 이런가요?"

"으음, 이 시간대는 뭐 그렇지."

다카오는 앞치마를 빌려 두르고 나름 웨이터답게 플로어에 섰지만 두 시간 반 동안 손님이 한 명도 오지 않으니 불안해졌다.

"도모키 씨는 어디 가셨어요?"

"몰라. 방에 있지 않을까."

9시가 지난 무렵, 시오리가 돌아온 이후 상황은 완전히 바뀌었다.

"어머나, 신입. 벌써 준코 씨한테 혹사당하고 있는 거야?"

"어서 오세요."

몇 분 뒤에 남성 손님이 다섯 명 정도 우르르 들어왔다. 다카오의

"어서 오세요"는 전혀 귀에 들리지 않는 듯이 "앗, 시오리 씨 왔네"
하며 시오리가 있는 카운터석으로 직행했다.

시오리도 "하이" 하고 기분 좋게 손을 흔들었다.

"히로시 씨 머리 잘랐어?"

"응. 잘랐어, 잘랐어. 시오리 씨가 짧은 게 어울린다고 해서 시원
하게 잘랐어."

"내가 그런 말을 했나."

"했어. 그치, 슈지? 시오리 씨가 요전에 그랬지? 난 짧은 머리가
어울린다고."

"글쎄요. 그랬던가."

다섯 명 모두 단골손님인 듯하지만 정상적인 샐러리맨으로는 보
이지 않았다. 어딘지 모르게 양아치 냄새가 난다고 할까. 양아치 출
신 같은 거친 면이 엿보이는 외모다. 슈지라는 남자와 그 뒤에 있는
한 사람은 들어올 때부터 줄담배다.

스툴을 끌고 와서 사이를 좁힌 히로시가 시오리의 왼편에 앉았다.

"준코 씨, 나 코로나 줘요."

"네."

"저 녀석들한테도 같은 거로. 아, 하나는 콜라."

"네."

다른 네 명은 테이블 쪽으로 이동했다.

준코가 코로나 뚜껑을 따고 썰어놓은 라임을 병 주둥이에 꽂는
동안 또 카우벨이 울렸다.

"안녕."

"어서 오세요."

이번에는 키가 훌쩍 큰, 검은색 트렌치코트를 입은 남자다. 다카오를 보자마자 뭔가 꿍꿍이라도 있는 것처럼 아랫입술을 핥았다.

"오오, 신입이야?"

"네, 오늘부터…… 저, 한 분이십니까?"

"어, 맞아. 한 분이야."

그런 대화를 나누는데 뒤에서 누군가 어깨를 탁 쳤다. 시오리였다.

"아냐 아냐. 그 사람 손님 아냐. 여기 입주자."

"아, 그렇군요."

새삼스럽게 머리를 숙이자 남자가 느닷없이 다카오의 어깨를 안으며 말했다.

"이봐, 신입. 빈티지 청바지에 흥미 없나? 좋은 물건 있는데."

시오리가 "치워" 하고 그의 팔을 풀려고 했다.

"여기 들어온 사람한테 빈티지 청바지 살 여유가 있을 리 없잖아."

좀 실례되는 표현으로 들렸지만 사실이니 어쩔 수 없다.

다카오는 일단 남자에게 머리를 숙였다.

"네…… 유감스럽지만 그렇습니다."

남자는 "그야 그렇겠지" 하고 중얼거리며 다카오의 어깨에서 팔을 풀고, 시오리 오른쪽 옆자리에 앉았다.

"준코 씨. 나, 진토닉."

코로나 네 병과 콜라 따른 잔을 카운터에 놓던 준코가 찌릿 노려보았다.

"그렇게 간단한 건 직접 만들어 먹어."

그 말을 들은 히로시가 시오리 너머로 장난스러운 얼굴을 해 보였다.

"맞아, 입주자는 자기 건 자기가 하라고."

"시끄럽네, 꼬맹이. 너 같은 애송이는 요구르트나 마셔."

"야, 뭐라고?"

일어서려는 두 사람을 시오리가 말렸다.

"히로시 씨도 미짱도 적당히 좀 해. 매번 똑같은 개그만 되풀이하지 말고."

미짱, 미짱…… 남성 입주자 중 그렇게 부를 만한 이름이라면 '나카하라 미치히코' 정도다. 나이는 도모키와 별 차이 없어 보이지만 차분함이랄까, 인간의 '질'에 큰 차이가 있는 것 같다.

준코가 주먹으로 탁탁 카운터를 쳤다.

"다카오 군, 이거 얼른 가져 가."

"아, 네."

코로나와 콜라를 둥근 테이블 쪽으로 가져다주고 음식 주문도 받았다. 산더미 같은 나폴리탄 스파게티, 영계 가슴살 튀김, 피시앤칩스, 온천 달걀을 올린 시저샐러드…….

"어, 샐러드랑 뭐였죠?"

"바삭바삭 베이컨과 트리플치즈 피자. 똑바로 해, 신입."

슈지에게 놀림받으면서 간신히 주문을 마쳤다. 하지만 그걸 준코에게 전할 새도 없이 다음 손님이 들어왔다.

"안녕하세요."

"아, 저기…… 어, 어서 오세요."

이번에는 뚱뚱한 배를 내민 중년 남성 삼인조. 그런가 했더니 바로 뒤에 스무 살 남짓한 여성 네 명. 몇 분 뒤에는 다카오와 동년배로 보이는 샐러리맨 오인조. 그야말로 눈 깜짝할 사이에 플로어의 테이블이 다 찼다. 나머지는 카운터석에 드문드문 빈자리뿐.

"다카오 군. 샐러드하고 닭튀김, 왼쪽 테이블."

"넵."

"다카오 군. 생맥주."

"넵."

"다카오 군. 한복판 손님, 주문 받아."

"넵."

게다가 한번 들어온 손님은 좀처럼 나가지 않는다.

심지어 이십대 여성 그룹은 도모키를 불러달라고 난리다.

"어? 오늘은 도모 씨 없어요오?"

마침 그때 돌아온 남자─소거법으로 하자면 노구치 아키라인가─가 도모키를 부르러 갔다.

"뭐야. 또 너희야."

가게에 내려온 도모키는 약간 언짢아 보였다. 그 이유도 이내 알게 됐다.

"도모 씨, 도모 씨. 여기 앉아요."

도모키는 그녀들의 자리에 반강제로 끌려가 억지로 기타를 들었다. 소형이긴 하지만 앰프도 연결되어 음향 준비는 제대로 갖춰졌다.

"도모 씨. 그거 쳐줘요. 미스터칠드런일본의 사인조 록 밴드의 그거."

"그거라고 하면 어떻게 알아."

"요전에 내가 좋아한다고 한 그거요."

"요전이 언제야."

"아이, 도모 씨. 오늘은 심술쟁잇."

이런 데서 라이브 연주를 하면 나이 지긋한 손님이 싫어할 거라 생각했는데 그렇지도 않았다.

"도모키 군. 그거 되나? 〈아오바 성 연가〉."

"네. 됩니다."

"좋았어. 그걸로 하지."

기타 연주에 맞춰 노래를 부르기도 하고, 누군가는 춤을 추기도 하는 등 가게 안은 작은 축제 분위기가 됐다. 그러는 동안에도 음료나 음식 주문은 이어졌다. 새로운 손님까지 두세 명 더 와서 가게 안은 만석 상태. 겨우 손님이 돌아가기 시작한 것은 12시 반 무렵이고 그러고도 두 시간 뒤에야 가게를 닫았다. 마지막까지 남은 사람은 처음에 온 히로시와 슈지였다.

"히로시 씨, 히로시 씨! 어휴…… 또 널브러졌네. 나이도 먹을 만큼 먹었으니 생각 좀 하고 마시라고요."

늘 있는 일인지 카운터에 엎드린 히로시를 챙기는 슈지는 거의 울상. 시오리는 그들과 비교적 사이가 좋은 줄 알았는데 전혀 신경도 쓰지 않고 소파석으로 이동해 와인을 마셨다. 옆에는 플러그 뺀 기타를 조용히 치는 도모키가 있다.

"여기 치워도 됩니까?"

다카오가 묻자 시오리가 밤색 머리를 흔들며 "응" 하고 고개를 끄덕였다.

"신입, 첫날부터 피곤하지?"

난 여기 아르바이트하러 온 게 아냐, 너희하고 같은 입주자야. 그렇게 생각했지만 앞으로 수그린 시오리의 가슴팍, 활짝 팬 그곳으로 보이는 하얀 가슴골에 시선을 빼앗겨서 하고 싶은 말도 제대로 하지 못했다.

"네에, 뭐…… 괜찮습니다."

접시는 접시끼리 잔은 잔끼리 모아 쟁반에 올렸다.

"그렇지만 참아. 여긴 밤에는 대개 이런 분위기니까."

밤에는 대개, 라니.

"헉. 매일 밤 이래요?"

"응. 꼭 매일 밤은 아니지만. 주 서너 번? 뭐 사흘쯤 계속될 때도 있고, 하루 이틀 한가할 때도 있고."

거짓말이겠지. 매일 밤 가게를 돕고 말고를 떠나, 아래층이 이 소란이면 위에서 도저히 잘 상황이 아닐 것이다. 방에 문도 없는데.

시오리가 검은 병을 들어 잔에 기울였다.

"있지, 신입."

"네. 저, 요시무라입니다."

"응, 알아. 요시무라 다카오…… 다카오 군, 입주자는 다 만났어?"

왜일까. 옆에서 도모키가 히죽 웃으며 얼굴을 들었다.

"어…… 도모키 씨를 부르러 간 사람이 노구치 씨죠? 그리고 나카하라 씨인가…… 그러면 남자분은 다 만났네요. 여성은 준코 씨와 시오리 씨 외에…….."

"그리고 미와."

그렇다. 고이케 미와가 누구인지 몰랐다.

"미와 씨는 가게에 있었습니까?"

"손님 중에 있었느냐는 뜻?"

"네."

"아니. 오늘은 없었어. 아직 안 왔나."

옆에서 도모키가 "아직 안 왔어"라고 중얼거렸다.

"그렇구나. 그럼 미와는 아직 못 만났네."

"그런 것 같습니다."

시오리가 테이블 위로 스윽 몸을 내밀고 다카오에게 얼굴을 가까이 가져갔다. 가슴팍이나 스커트 자락이나 그런 건 별로 신경 쓰지 않는 사람일까.

"다카오…… 기대되지?"

달콤한 향이 나는 입김, 어깨로 차르륵 떨어지는 머리칼, 귀를 간질이는 목소리. 도모키가 눈앞에 없었더라면 뭔가 좀 기대했을 정도로 가깝다.

"뭐가, 요?"

"미와랑 만나는 거 기대되지?"

"아, 네…… 뭐."

"그리고 그것."

무의식중에 침을 삼켰다.

"그거라니…… 뭐, 뭐요?"

"그거라면 뻔하지…… 세, 엑, 스."

품, 하고 웃음이 터진 도모키가 기타를 안은 채 배를 잡고 웃었다. 자기가 말해놓고 시오리도 몸을 뒤로 젖히며 웃고 소리를 질렀다.

뭐야 이 인간들.

"다카오 군, 빨랫감 전부 이리로 갖고 와아."

정상인 사람은 준코뿐인가 싶지만 잘 생각해보면 그녀도 상당히 특이하다. 아르바이트생이 아닌데 아무리 입주자라고 해도 이렇게까지 부려먹나.

"네, 지금 갑니다."

불 꺼진 가게 안에 여자가 두 명, 남자가 네 명. 그중 한 사람은 만취 상태로 의식불명.

준코가 틀어놓은 물소리와 도모키가 치는 기타 소리. 아는 곡인지 되는 대로 하는 건지 옆에서 따라하는 시오리의 허밍 소리.

그날 밤 결국 고이케 미와는 돌아오지 않았다.

4. 미와의 거처

길고 검은 머리가 얼굴에 드리워졌다. 뜨거운 입술이 귓가에서 목덜미를 타고 내려왔다. 타액의 궤적을 끈적하게 이끌면서.

타액이 마르자 그곳만 약간 피부가 차가워진다. '기화열'이라는 것이다. 이걸 배운 게 중학교 때였나 초등학교 때였나.

"……귀여워."

흥분을 억누르는 달콤하고 허스키한 목소리. 고맙다고 대답하는 것도 이상해서 미와는 하는 대로 잠자코 있었다. 그 대신 천천히 숨을 토했다.

라이트그린의 크롭톱 티셔츠는 이미 벗겨지고 브래지어가 달린 탱크톱도 이미 가슴 바로 아래까지 올라갔다.

"……미와."

촉촉한 입술은 배 언저리를 헤매고 있다. 애를 태울 생각이다. 손가락 끝은 컵 아래로 파고 들어왔으면서 좀처럼 유두는 건드리지 않는다. 이 사람은 언제나 그렇다.

반대쪽 손은 플레어스커트 속. 허벅지 위를 왔다 갔다 하고 있다. 팬티에 닿을까 말까 한 곳까지 오면 무릎 쪽으로 돌아간다. 손끝으로 허벅지 안쪽을 더듬어 올라갔다가 팬티를 가볍게 스치고 다시 내려간다. 그것을 몇 번이고 되풀이한다. 아마 빨리 만져줘, 하는 말을 듣고 싶어서이리라.

"마사미 씨…… 빨리 만져줘."

짧은 미소와 동시에 그녀의 손끝이 유두에 이르렀다. 물론 만지면 미와도 느낀다. 간지러움과 저림이 섞인 듯한 자극이 뱃속까지 찡하게 전해진다. 그러나 그뿐이다. 몸을 맞으면 아픈 것과 크게 다르지 않다.

상대가 만지길 원하면 만지게 해준다. 핥으라고 하면 핥기도 한다. 상대의 흥분이 고조되는 것도 보면 안다. 그러나 흥분했구나, 하는 사실을 받아들일 뿐이다. 좋지도 싫지도 않다.

"미와도…… 핥아."

굳이 취향을 말하자면 여자 쪽이 몸이 예쁜 사람이 많다고 생각한다. 청결하다고 바꿔 말해도 좋다. 청결한 남자도 있지만 체모는 처리하지 않은 경우가 대부분이다. 특히 또래의 남자는 더 그렇다. 체모를 핥으면 당연히 까슬까슬하다. 깎은 사람은 따끔따끔하다. 그러나 여자는 사타구니 이외에는 대부분 보들보들, 매끈매끈하다. 몸 가꾸기에 관심이 많은 만큼 여자 쪽이 불쾌감이 적다.

그 대신 여자 몸에서는 땀 이외에 녹은 화장품 맛이 난다. 파운데이션은 기름지기도 하고 가루가 많기도 하다. 향수를 핥으면 혀끝이 저린다. 남자는 곧잘 여자의 목덜미에 코를 갖다 대고 "좋은 냄새"라고 한다. 그러나 착각이다. 대부분 화장과 샴푸의 잔향, 아니면 향수다. 그것도 아니면 섬유 유연제 향이다. 살 냄새에 결정적인 남녀 차이는 없다. 여자도 냄새나는 사람이 있다.

이 사람도 그렇다. 땀을 흘리면 냄새가 좀 난다.

"마사미 씨…… 기분 좋아?"

"응. 좋아, 미와……."

그리고 여자의 성행위는 몹시 길다.

샤워하고 나오니 낮은 탁자에 1만 엔 지폐가 다섯 장 놓여 있다. 재떨이로 눌러놓았다. 그걸 들고 사뿐히 인사한다.

"고마워요."

자기가 말해놓고 의문이 든다.

고맙다니, 뭐가.

마사미는 미소 지으며 미와를 말끄러미 보고 있다. 이 여자는 대형 고양잇과 동물을 닮았다. 머리카락 색으로 보면 검은 표범이랄까.

"천만에. 이리 와, 미와."

원하면 그대로 한다. 옆에 누웠더니 마사미는 털을 고르기라도 하듯이 미와의 머릿결을 질리지도 않고 계속 쓰다듬었다.

"미와는 정말 귀엽네."

이따금 이마에 키스를 한다. 사랑해. 그런 말도 한다. 같은 말을 해주길 바랄 테니 미와도 똑같이 답례한다. 뭣하다면 자기가 먼저 유방쯤은 주물러준다. 마사미의 그것은 날씬한 몸에 비해 크고 탄력이 있다. 어떻게 하면 어떻게 느끼는지 같은 여자이니 잘 안다. 아는 것을 그대로 하면 아는 대로의 결과가 된다.

"미와, 안 돼…… 또 하고 싶어지잖아."

안 된다고 해서 바로 그만두면 그것대로 반감을 산다. 조금 더 끈기 있게 만져주다가 한 번 더 그만하라고 하면 마지못한 듯이 손을 빼면 된다.

"하여간 심술쟁이라니까."

마사미가 몸을 비튼다. 이 정도가 적당하다.

십오 분에서 삼십 분, 미련을 즐길 시간이 지나면 슬슬 공복을 호소한다. 목이 말라서 맥주를 마시고 싶어요, 해도 괜찮다. 스무 살이 되니 당당히 술을 요구할 수 있어 좋다.

"마사미 씨, 목말라. 맥주 마시러 가요."

"아, 그럴까."

머리를 가다듬고 화장을 고치고 함께 방을 나갔다.

그날 밤에는 롯폰기의 바로 갔다. 콧수염 난 점장의 눈이 좀 징그럽고, 더 징그러운 눈빛의 남자들이 정신없이 출입하는 어두컴컴한 가게다.

밤은 덩어리다.

검고, 밀도가 높은, 크디큰 양갱.

그러나 맛은 쓰다.

마사미의 집에 돌아온 것은 새벽녘. 그녀는 조금 자고 10시에 일하러 나가겠다고 한다. 미와는 좀 더 자고 싶었지만 어쩔 수 없다. 얌전하게 귀가를 기다릴 만큼 일편단심은 아니어서 그때 같이 나가기로 했다.

마사미와는 전철 방향이 달라서 아자부주반 역에서 헤어졌다.

미와는 마쓰이 신스케의 집으로 향했다. 전철을 세 번 갈아타고 족히 한 시간. 점심때에는 도착했다.

"안녕하세요. 미와예요."

문이 잠겨 있지 않아서 멋대로 들어가며 인사했다. 정면 복도 끝의 왼쪽에 있는 다다미방 문이 열리고 신스케가 얼굴을 내밀었다.

"오, 미와. 어서 와라. 잘됐네. 메밀국수를 삶을까 하던 참이야."

"아, 정말요. 그럼 내가 할게요."

집 안으로 들어서자 신스케도 다다미방에서 나왔다. 앉아서 뭔가 하고 있던 모양이다. 아야야야, 하면서 무릎과 허리를 감싸는 시늉을 했다.

복도 끝은 그대로 주방으로 이어져 있다.

"메밀국수 어디 있어요?"

"냉장고. 투명한 플라스틱 용기에 들어 있어."

우윳빛 문을 여니 바로 보였다.

"아아, 생면이구나. 삶는 법은 마른국수하고 같아요?"

"글쎄, 어쩌려나. 맛있어 보여서 그냥 사 왔는데 그러고 보니 삶는 법을 물어보지 않았네."

개수대에서 간단히 손을 씻고 늘 입던 앞치마를 허리에 두른다. 이 인분이니 냄비는 그리 깊지 않아도 될 것이다.

플라스틱 용기 뚜껑을 열고 축축해진 키친타월을 벗긴 다음 똬리를 틀고 있는 생면을 들어 올려보았다. 조심스럽게 다루지 않으면 낱낱이 떨어질 것 같았다.

"메밀국수만요?"

"만?"

"튀김 같은 건 없어요? 유부라든가."

"무는 있어."

"무 튀김?"

"아니, 무를 가는 거지."

"아, 무즙이랑 먹는 냉메밀국수. 차갑게 먹는 것 말이죠? 알았어요. 무는 신스케 씨가 갈아주세요."

물은 이내 끓었다.

기포 가득한 수면에 생면을 넣었다. 역시 마른국수와 달라서 어느 정도 익혀야 하는지 가늠하기 어렵다.

"저기, 몇 분 끓이면 될까요?"

"글쎄, 몇 분을 해야 될까. 한 가닥 먹어보면 어때?"

그렇겠다 싶어 젓가락으로 한 가닥만 건져 입에 넣어보았다.

"그만 끓여도 될 것 같은데요."

"그럼 꺼도 되겠네."

불을 끄고 냄비를 들어 끓는 물을 버리려고 했더니 신스케가 "아냐, 아냐" 하고 말렸다.

"국수물은 전부 버리지 마. 나중에 마실 거니까."

"그렇구나. 그럼 어디다 담아둘까요?"

"그럴까…… 아아, 이게 좋겠네."

신스케가 그릇장에서 평소 잘 사용하지 않을 듯한 찻주전자를 꺼냈다. 들어갈 만큼 국수물을 붓고 나머지는 개수대에 버렸다.

"다음은 미끈거리지 않게 찬물로 헹궈."

"네."

메밀국수가 식었을 무렵에는 신스케도 무를 다 갈았다.

신스케가 준비한 대발 깐 나무그릇에 반씩 덜고 종지에 소스를 만들었다. 무즙은 그릇에 따로 담아내기 귀찮아서 그대로 종지에 넣어버렸다.

"여전히 대충하네."

"먹으면 똑같아요."

완성된 음식은 옆의 다다미방으로 옮겼다. 좀 전까지 신스케가 있던 방 옆이다. 둘이서 식사할 때는 언제나 이쪽이다.

"고추냉이가 필요한데."

"벌써 꺼내놨지요."

준비를 마치고 마주앉아 손을 모으고 함께 "잘 먹겠습니다"를 했다. 미와가 음식 먹을 때 손을 모으게 된 것은 신스케와 만난 뒤부터다. 그전까지는 "잘 먹겠습니다"도 제대로 하지 않았다.

호쾌하게 한 입 먹은 신스케가 신음하듯이 흘렸다.

"으음…… 우마이'맛있다'라는 뜻의 일본어."

미와도 따라서 기세 좋게 들이켰다.

"……음, 우마이."

"너는 '오이시이'우마이'보다 품위 있는 표현'라고 해. 여자니까."

신스케는 단어 사용도 자주 고쳐준다. 지금까지 신경 쓴 적도 없는 표현을 "여자답지 않아" "거칠어" 하고 일러준다. 일러주면 일단은 고친다. 적어도 신스케 앞에서는.

신스케는 고추냉이를 소스에 풀지 않고 메밀국수에 직접 비비듯이 섞었다.

"고추냉이가 녹지 않았어요."

"메밀국수에 조금씩 올리는 편이 향을 즐기기 좋아. 너도 해봐."

"네."

해보니 과연 맛있다. 맛있다고 너무 많이 넣으면 나중에 울게 되겠지만.

이 다다미방은 툇마루로 이어져서 신스케는 언제나 방문도 창문도 활짝 열어둔다. 먼지가 들어와서 청소하기는 귀찮지만 닫아두면 건강에 나쁘다고 한다. 사람은 바람과 함께 사는 거야, 라고도 했다. 기의 흐름이 어쩌고저쩌고 하는 말도 했다. 하나같이 미와에게는 익숙하지 않은 사고방식이지만 그렇구나, 하고 듣긴 들었다.

툇마루 너머는 작은 정원이다. 소나무 두 그루와 그 밖에도 여러 가지 심어놓았다. 꽃도 이따금 핀다. 딱히 관심이 없어서 꽃 종류는 묻지 않았다.

"저기, 신스케 씨. 아직 나랑 자고 싶은 마음 안 들어요?"

신스케는 짧은 국수 한 가닥까지 일일이 긁어모아 종지의 소스에 넣었다.

"또 그 얘기냐. 여든 살 가까운 노인한테 무슨 소릴 하는 거야. 안 들어. 전에도 말했잖냐."

"그렇지만 사람한테 마지막까지 남는 건 성욕이라던데요."

"그런 건 사람마다 다르지. 죽기 직전까지 돈 버는 걸 생각하는 사람도 있고, 이런 말을 하긴 그렇지만 세상에는 비밀을 지키기 위해 스스로 죽음을 선택하는 사람도 있고 보험금을 노려 자살하는 사람도 있어. 절대 성욕만이 특별한 관심사가 아냐."

비유하는 얘기는 좀 다르지만 신스케의 대답은 늘 이런 식이었다.

몇 번을 들어도 미와는 납득이 가지 않았다.

"사실은 이제 서지 않는 거죠?"

"그렇지. 아침에는 축 늘어지는 게 당연하게 돼버렸으니…… 으잉, 무슨 소릴 하게 하는 거야."

신스케가 찻주전자의 국수물을 종지에 부었다.

미와의 나무그릇에는 아직 두 입 정도 국수가 남았다.

"예전에 신스케 씨 나이 정도의 남자랑 한 적 있어요."

신스케가 미간을 찡그렸다.

"그런 소리 자랑스럽게 하는 거 아냐."

"왜 자랑하면 안 돼요?"

"그게 자랑거리냐?"

"별로 자랑은 아니지만…… 노인이어서 나한테 흥미가 없다는 건 말이 안 된다고 생각해요. 설득력이 없어요."

신스케는 쓸쓸하게 웃으면서 국수물을 마셨다.

"녀석 참 끈질기네. 그렇다면 말이다, 그 남자는 널 좋아했을까? 그 남자와 자고 돈을 받은 거 아니냐?"

"받았죠. 얼마인지는 잊어버렸지만."

"나는 너한테 그런 짓을 하고 싶지 않아. 너를 더 소중하게 생각하고 있어. 그런 걸 하지 않더라도 말이야."

이런 이야기도 절대 처음이 아니다.

"소중한 게 뭐예요. 돈은 소중하잖아요? 그 소중한 돈을 주었으니 나를 소중하게 생각하는 거다, 그렇게 말할 수 없는 거예요?"

신스케가 종지를 내려놓고 고개를 저었다.

"할 수 없어. 없는 돈을 다 털어주었으면 몰라도 그런 남자가 주는 돈은 대개 없어도 상관없는, 별로 소중하지 않은 돈이야."

"모르죠. 얼마 안 되는 연금을 아껴서 나한테 줬을지도요. 나를 좋아해서."

"그런 가능성도 제로는 아니겠지만…… 적어도 나는 그런 남자를 존경할 수 없고 친구가 될 수도 없어. 동년배라면 더 그래. 물론 나는 그런 식으로 되고 싶지도 않고."

미와는 여전히 이해가 되지 않았다.

"그런 식이란 게 뭐예요. 왜 노인이 젊은 여자랑 자면 안 돼요?"

다 먹은 뒤에 일단 "잘 먹었습니다" 하고 인사를 한다.

신스케가 미와의 종지에 국수물을 따랐다.

"노인이어서 나쁜 게 아냐. 돈으로 너를 마음대로 하는 게 옳지 않다는 거야. 그건 돈의 힘으로 너의 자유를 빼앗는 거니까."

"별로 빼앗는 것 없어요. 난 지금도 자유롭고."

"알아차리지 못할 뿐이야. 너는 일단 그것으로 무엇을 잃었는지 깨닫는 데서 시작해야 해. 그 남자는 너를 좋아하지 않았어. 소중하게 생각하지 않았어. 너를 잠시 마음대로 갖고 논 거야."

"좋아하니까 마음대로 하고 싶은 거 아니에요?"

"외모가 마음에 들었다면 그렇겠지. '젊은 살'이라고 말하면 징그럽지만 그런 것도 좋아했을 테고. 그러나 너라는 사람한테는 아무 마음도 없었어. 내 생각에는 그래."

조금도 상처받지 않았지만 살짝 신스케를 노려보았다.

"아무 마음도 없다니. 너무해요."

"그러냐? 그런 남자한테 마음을 얻길 바라는 게 이상하다고 생각하는데. 욕망이란 상대에게 뭔가 빼앗고 싶은 마음이야. 빼앗아서 자기 멋대로 하면서 만족하려고 하지. 그러나 사람의 마음은 그런 게 아냐. 사람을 생각한다는 것은 상대에게 주는 거야. ……뭐 그렇게 말하자면 내가 너한테 무엇을 주었는가 하는 얘기가 되겠지만. 그러나 그런 마음은 있어. 나는 너에게서 뭔가 빼앗기보다 주고 싶다. 그 점은 말이지, 완전히 다른 거야."

모르겠다. 모르기 때문에 또 묻고 싶어진다. 신스케의 이야기를 듣고 나니 더 알고 싶다는 생각이 든다.

그렇다면 이것도 하나의 욕망일까.

자신은 신스케에게서 무언가를 빼앗으려는 걸까.

국수물을 부어 옅어진 소스는 맛도 부드럽고 마시기 편했다. 이것은 신스케가 자신에게 준 것이다. 이 메밀국수와 국수물에 신스케는 어떤 마음을 담은 걸까.

맛있다. 그것만으로는 안 되는 걸까.

청소를 돕고, 빨래를 개고, 경단이 있다고 해서 녹차를 우리고, 그것도 다 먹어서 돌아가기로 했다.

"그럼 또 올게요."

"그래, 고맙다. 기다리고 있을게."

신스케는 언제나 미와가 모퉁이를 돌 때까지 현관에 서서 지켜본다. 미와는 모퉁이를 돌 때 한 번 더 돌아보고 손을 흔든다. 그렇게 해보라고 신스케가 가르쳐주었기 때문이다. 오늘도 그렇게 했다. 그것이 두 사람의 규칙이었다.

귀갓길은 언제나 걸어서 간다. 도중에 들를 곳도 있다. 편의점, 비디오 대여점, 100엔 숍, 서점. 그리고 해가 지기 전이라면 공원.

그 공원 앞에서 아키라와 마주쳤다.

"아, 미와."

아키라는 사십대 중반으로, 원숭이처럼 귀가 크고 몸이 마른 남자다. 같은 집에 살고 있으니 주머니 사정은 뻔할 터다. 어떤 일을 하는지는 모른다. 흥미도 없다. 어쩌면 일 같은 것은 하지 않는지도 모른다.

"아키라 씨, 어쩐 일이에요?"

"응, 산책."

"어디로?"

"거짓말이야. 담배 사러 나왔어."

말하면서 주머니에서 빨간 말보로 담뱃갑을 꺼내 보였다.

마침 잘됐다.

"한 개비만 줄래요?"

"그래."

미와가 공원으로 향하자 아키라도 따라왔다. 공원 오른쪽이 흡연 구역이다. 긴 의자도 있고 통을 비스듬하게 깎아놓은 듯한 재떨이도 설치돼 있다.

아키라는 담뱃갑을 뜯어서 한 개비 꺼내 미와에게 건넸다.

"고마워요."

입에 물자 바로 불을 붙여주었다.

첫 모금. 단맛과 쓴맛이 녹아든 묵직한 연기. 토해낸 연기도 마사미가 피우는 담배보다 훨씬 진하다.

"미와. 스무 살이 됐던가."

"네. 옛날에 됐어요."

"그런가……."

술도 담배도 섹스도 자유자재다.

아키라도 한 개비 꺼내더니 껴안듯이 감싸고 불을 붙인다. 깊이 들이마시고 잠시 폐에 담았다가 이윽고 포기한 듯이 토해냈다. 그러고는 뭔가 생각났다는 듯이 미와 쪽을 보았다.

"아, 그렇구나. 신스케 씨네서 돌아오는 길?"

"네, 맞아요."

"훌륭하네."

흠. 뭐가 훌륭하다는 건지. 그게 훌륭한 일이라면 훌륭하지 않은 일은 뭘까.

한 모금 더 피우고 또 아키라가 이쪽을 본다.

"신입 들어온 거 알아?"

"어디요? 집에?"

"응. 서른 살 정도의 남자."

"아, 몰랐어요. 어떤 사람?"

"글쎄. 나도 아직 말은 별로 해보지 않아서 잘 몰라."

"머리 좋아 보여요?"

"아니. 그렇지도 않아."

"아하."

주위에는 초등학생 정도의 아이들이 놀고 있다. 목제 미끄럼틀이 딸린 집 같은 놀이기구에서 숨바꼭질처럼 보이는, 자기들이 생각해낸 듯한 놀이를 한다. "너 벌써 죽었잖아" 하고 큰 소리로 말하는 게 그야말로 아이답다. 사람은 원래 잔혹한 생물이다.

네 모금 정도 피우고 미와는 담배를 재떨이에 버렸다.

"난 그냥 집에 안 돌아갈래요."

"왜. 집에 안 가고 어디 가게?"

"몰라요."

그러나 아마 어딘가의 덩어리 속일 것이다.

출구 없고, 어둡고 차가운, 쌉쌀한 양갱 같은 곳.

5. 다카오의 아침식사

다카오는 등과 목의 통증에 눈을 떴다.

시야에 있는 것은 파르스름한 벽. 신기하게도 본 기억이 없다. 몸을 뒤척이려 했지만 뭔가가 온몸을 감싸고 있어서 제대로 움직일 수 없다. 귓가에서 나는 바스락거리는 나일론 같은 소리가 몹시 성가시다. 그제야 생각났다. 아, 그렇지. 침낭 속이구나. 갑자기 의식과 기억이 연결됐다.

어젯밤—자정이 지났으니 오늘 새벽이지만— 카페 정리를 마쳤을 때 준코가 물었다.

"다카오 군, 그러고 보니 이불은?"

다세대주택에 불이 나서 입고 있던 옷 그대로 가방 하나 들고 여기까지 왔다. 그런 게 있을 리 없다.

"아뇨. 없습니다. 혹시 빌려주실 수 있으면……."

"음, 침낭이 있으니까 꺼내줄게."

다카오는 아웃도어와 거리가 멀어서 침낭에서 잔 경험이 없다. 그래도 없는 것보다는 나을 터다.

"네, 감사합니다."

목욕을 한 다음 청소는 여성팀이 한다고 해서 방으로 돌아왔다.

모든 것이 노출된 살풍경한 방이다. 밤이 되어 형광등 불빛에 보니 더 그랬다. 왼쪽에는 바닥보다 약간 높게 만든 단상이랄까 목제 침상이랄까, 매트리스도 뭣도 없는 붙박이 침대가 있다. 오른쪽에는 같은 나무 재질의 사단 선반. 바닥에는 복도보다 조금 연한 파란색 카펫이 깔려 있다.

낮에 봤을 때는 몰랐는데 다카오는 이곳과 비슷한 방을 본 적 있다. 교도소다. 그러나 아마 일본이 아니었으리라. 해외 교도소는 이런 분위기입니다, 하고 뉴스 같은 데서 소개한 영상을 본 거라고 생각한다. 참고로 구치소에서 다카오는 잡범 방에 있었는데 그곳과는 전혀 달랐다.

"아아, 피곤해."

침낭 지퍼를 열고 속옷 차림인 채로 들어가보았다. 도롱이벌레가 된 것 같기도 하고 보디백 속 사체가 된 것 같기도 했다. 그러고 있다 보니 불을 끄지 않으면 잘 수 없다는 것을 깨닫고 일단 침낭에서 빠져나왔다.

출입구 옆 스위치를 눌러서 불을 끄자 동굴 같은 침낭은 거대한 매미 허물처럼 보였다.

저곳에서 빠져나온 놈은 앞으로 일주일 뒤에 죽는 건가.

몸서리치며 머리를 흔들어 불길한 상상을 털어내고 다시 침낭에 들어갔다.

캄캄한 실내에서 보는 복도는 전등 불빛이 비치니 아주 조금 온화해 보였다. 빨리 커튼을 사야겠다고 생각했다.

아침. 커튼보다 칫솔이 먼저군, 하고 생각하며 계단을 내려갔다. 이미 2층에서 신발 신을 때 깨닫긴 했지만 아래층에서 아주 좋은 냄새가 올라왔다. 호텔 레스토랑의 조식 뷔페 냄새와 비슷했다. 커피, 갓 구운 빵, 베이컨이나 햄 그리고 달걀. 그런 것이 섞인 냄새다.

"안녕하세요."

주방을 들여다보니 어제와는 다른 하늘색 앞치마를 한 준코가 아일랜드식 조리대를 향해 있었다.

"안녕. 더 자지 그랬어. 일이 있는 것도 아니잖아?"

그런 말을 가볍게 하지 말아주었으면 좋겠다.

"뭐…… 이것저것 해야 할 일도 있어서요."

"그렇구나. 마침 잘됐네. 이거 카운터로 날라줄래?"

내가 해야 할 일이란 그런 게 아닙니다만, 이라고 생각하면서 주방에 들어갔다.

"……네."

조리대에 접시 다섯 장이 나란히 놓여 있었다. 상상한 대로 두껍게 썬 베이컨과 스크램블드에그가 담겼고 빨강과 노랑 파프리카가 신선해 보이는 샐러드도 담겨 있다.

갑자기 배가 고파졌다. 화장실 물 내리는 듯한 소리가 다카오의 위 언저리에서 울려 퍼졌다. 엉겁결에 준코 쪽을 보니 애써 미소를 짓고 있다.

"걱정하지 마. 다카오 군 몫도 있으니까."

"아, 죄송합니다…… 감사합니다."

다카오는 양손에 접시를 들고 주방에서 카운터로 나왔다. 이미 시오리와 미치히코가 커피를 마시고 있었다.

BGM으로는 보사노바가 나직하게 흘렀다.

"오, 신입. 의외로 일찍 일어나네."

그렇게 말하지만 벌써 9시가 다 됐다.

"안녕하세요."

풉, 하고 웃음을 흘리며 시오리가 컵을 받침에 내려놓았다.

"안녕. 아침부터 돕다니 훌륭하네, 총각."

가슴이 활짝 팬 검은색 탱크톱. 이 사람은 언제나 이렇게 노출 많은 차림일까.

도모키도 있었다. 좋아하는 자리인지 또 구석의 소파석이다. 신문을 펼쳐놓고 몸을 앞으로 구부린 채 열심히 읽고 있다. 아침이라 그런지 기타는 치지 않았다.

도모키, 미치히코, 시오리, 준코 그리고 다카오.

"어, 노구치 씨는요?"

다카오가 묻자 시오리가 좁고 길쭉한 등나무 바구니에서 포크를 꺼내며 대답했다.

"아키라 씨는 벌써 나갔어. 아침에 일찍 출근하니까."

"그렇군요. 무슨 일을 하시나요?"

"글쎄. 모르지."

옆에서 미치히코가 고개를 끄덕였다.

"그 사람 성실하지."

뭐, 이 두 사람에 비하면 웬만한 사람은 성실한 부류에 들어갈 것이다.

남은 세 접시를 카운터에 날랐다. 그새 옮겨놓은 두 접시 중 하나가 없어졌다. 둘러보니 도모키 테이블로 이동해 있었다.

"도모키 씨는 저쪽에서 드세요?"

시오리가 고개를 끄덕였다.

"응. 대체로."

준코가 롤빵이 든 바구니를 들고 나왔다.

"자, 먹자, 먹자. 이번 주에는 쓰레기장 청소 담당이어서 배가 고프네."

미치히코와 시오리가 "잘 먹겠습니다아" 하고 아이 같은 목소리로 말했다. 도모키도 나직하게 따라하는 것 같았다.

준코가 롤빵 바구니를 내밀자 미치히코는 두 개, 시오리는 한 개를 집었다. 도모키에게 갖고 가니 두 개를 집어 들었다.

준코가 카운터 쪽으로 돌아왔다.

"자, 다카오 군도 먹어."

"잘 먹겠습니다."

준코와 시오리 사이에 앉은 다카오도 롤빵을 집었다. 포크와 나이프를 들고 베이컨부터 갖고 왔다.

바삭하게 구운 두꺼운 베이컨은 보기에도 그럴싸하지만 입에 넣는 순간 기름이 삭 번지는 게 정말 맛있었다.

"준코 씨. 베이컨 엄청나게 맛있습니다."

"잘됐네. 그거 여기서 훈제한 거야."

"직접 만드셨다는 말입니까?"

"응. 근데 훈제란 거 꽤 간단해. 달걀, 연어, 치즈, 치킨도 하지."

그러자 시오리가 짐짓 어깨를 붙였다.

"꽤 실패도 하지만 말이야. 짜디짠 훈제연어나 까맣게 타서 딱딱한 훈제치즈…… 고생하는 건 대개 입주자지."

왼쪽 옆자리를 흘끗 보니 준코는 능청스럽게 천장을 올려다보고 있다.

"말 많은 사람한테는 레몬케이크 만들어주지 않을 거야."

"아잉, 준코 씨…… 거짓말 거짓말. 준코 씨가 만든 건 뭐든 다 맛있다니까요. 진짜 내가 며느리 삼고 싶을 정도."

그리 빈말도 아니었다. 스크램블드에그도 샐러드도 다른 데와는 다른 맛으로 맛있었다. 이런 음식을 매일 먹는데 5만 엔이라면 이곳, 상당히 가성비가 높다.

자리에서 일어난 미치히코가 다카오 뒤로 지나갔다.

"신입, 커피 마실래?"

"아, 고맙습니다…… 아니, 제가 하겠습니다."

"괜찮아. 아니면 요구르트 줄까?"

"요구르트도 있습니까?"

"없어. 일일이 곧이곧대로 받아들이지 말라고."

미치히코는 자신의 커피 리필, 준코와 다카오의 커피를 챙겨 왔다. 굳이 말하자면 커피 맛은 보통이다. 아마 지극히 일반적인 업무용 커피콩을 사용할 것이다.

그러고 보니.

"결국 고이케 씨는 어젯밤에 돌아오지 않으셨어요?"

시오리가 켁 하고 사레들린 듯이 웃었다.

"돌아오지 않으셨어요, 래. 다카오 군, 미와는 당신보다 훨씬 어린 여자아이야."

"그렇습니까. 몰랐습니다. 몇 살인데요?"

"스무 살인가?"

시오리가 들여다보듯이 돌아보니 준코가 롤빵을 찢으면서 고개를 끄덕였다.

"곧 스물하나인가."

그러자 또 시오리가 히죽 웃으면서 어깨를 기댔다.

"귀여운 아이야. 스타일도 좋고 가슴도…….."

"시오리 씨."

준코가 말끝을 조금 뾰족하게 하자 시오리는 "아, 실수" 하며 혀를 내밀고는 다카오에게서 거리를 두었다.

반 정도 먹었을 때 다카오는 한 가지 떠오르는 게 있었다.

"저기, 이 근처에 정장 가게 있습니까?"

가장 먼저 반응한 사람은 미치히코였다.

"오, 신입. 좋아하는 브랜드는 뭐야. 아르마니? 버버리? 아니면 돌체앤가바나 좋아하나?"

바로 시오리가 팔꿈치로 쿡쿡 찔렀다.

"하지 마, 좀…… 다카오, 조심해. 이 사람이 취급하는 옷은 절대로 사면 안 돼. 짝퉁인지 장물인지 알 수 없으니까."

미치히코가 탁 하고 스툴을 쳤다.

"시오리 씨, 그건 아니지. 장물 같은 건 취급하지 않고 짝퉁도 없다고. 내가 취급하는 물건은 전부 진짜라고. 완전 진품."

"거짓말. 진품 버킨백을 20만 엔에 팔 리 없잖아."

"그건 버킨이 아니라 어디까지나 '버킨풍'이라고 했잖아."

"안 했어. 내가 짝퉁이란 걸 알아차리니까 말을 바꿨으면서."

"아, 그랬나."

준코가 웃으면서 끼어들었다.

"다카오 군이 말하는 건 그거잖아. 아오키 같은 슈트 양판점."

역시 여기서 가장 정상인 사람은 준코인가.

"맞습니다. 근처에 그런 가게 있습니까?"

"응, 역 쪽으로 가면 몇 집 있어. 사게?"

"네. 슈트고 뭐고 전부 다 타버려서."

헉, 하고 시오리가 이쪽을 돌아보았다.

"타버리다니 무슨 소리야?"

"아, 제가 살던 다세대주택에 불이 나서요. 그래서 여기서 신세를 지게……."

최악이네, 하며 미치히코가 놀리듯이 말했다.

"가재도구고 뭐고 다 타버린 거야?"

"아뇨. 다 타지는 않았지만 어차피 화재 진압으로 다 젖어서요."

그럼 말이야, 하고 또 시오리가 어깨를 붙인다.

"이불이나 베개도 없어?"

"네. 그런 것도 사야 합니다. 차가 없으니 되도록 들고 올 만한 거리에 있는, 싸게 파는 곳을 가르쳐주시면 고맙겠습니다."

그거 큰일이네, 하고 말한 사람은 미치히코. 정말이네, 라고 한 것은 시오리. 하지만 거기에 이어지는 말은 전혀 나오지 않는다. 결국 구체적으로 가게를 소개해준 사람도 준코뿐이었다.

생활용품은 어디가 싸고 침구는 어느 가게에서 배달이 가능한지 등등 커피를 마시면서 들었다. 준코는 도중에 메모지를 들고 와서 가게 이름을 적고 약도도 그려주었다.

진지한 이야기에 지루해졌는지 스툴에서 휙 내려온 시오리가 가게 문을 열러 갔다.

카우벨이 울리고 '바깥 소리'가 들려왔다.

서늘한 공기도 발밑으로 미끄러져 들어왔다.

그리고 거리 냄새. 사람과 자동차, 아스팔트와 콘크리트가 토해내는 활기 같은 것.

거리는 이미 움직이고 있었다. 근처에 공사장이라도 있는지 철근과 나무를 자르거나 두드리는 새된 소리가 들린다.

날씨 좋네, 하고 미치히코가 중얼거렸다.

아무도 대꾸하지 않았다.

가게 앞으로 흰색 왜건이 지나갔다. 이어서 파란 트럭이 지나갔다. 그리고 실버카를 밀면서 천천히 지나가는 노파. 자전거를 탄, 주부로 보이는 중년 여성. 슈트 차림 남자 두 명.

가게 안에서 띠링 하고 기타가 울렸다.

준코가 〈테이크 파이브〉를 신청한다.

도모키는 묵묵히 그 곡을 치기 시작했다.

어느샌가 천장의 실링팬이 돌고 있다.

점심 무렵에는 쇼핑도 대충 끝냈다.

슈트나 가재도구를 양손 가득 들고 플라주로 들어섰다. 런치타임 손님으로 만석 상태였다. 이 시간대에는 이웃 아주머니 두 명이 와주어서 다카오는 돕지 않아도 되는 것 같다.

앞치마를 두른 두 사람에게 머리를 숙이면서 가림막 커튼을 젖히고 들어갔다. 주방을 들여다보고 준코에게 말을 걸었다.

"다녀왔습니다."

"아, 다카오 군. 어서 와. 좋은 거 있었어?"

"네. 얼추 샀습니다. 고맙습니다."

2층 방으로 바로 올라가서 새로 산 속옷과 양말을 선반에 넣고 있는데 아키라가 들여다보러 왔다.

"오, 꽤 샀네."

어젯밤에는 몰랐는데 다시 보니 아키라는 의외로 여리고 몸집이 작은 남자였다. 머리는 짧게 자르고 수염을 조금 길렀다. 양쪽 귀가 커서 원숭이 같은 인상을 주지만 귀염상인가 하면 그렇지도 않다. 눈초리가 날카롭다.

"안녕하세요. 노구치 씨……죠? 인사가 늦었습니다. 요시무라입니다."

그 자리에서 머리를 숙이자 아키라는 "아냐, 아냐" 하고 부채질하듯이 손을 저었다.

"아키라라고 해. 뭐, 불이 나서 쫓겨났다며?"

"그렇습니다. 그래서 이것저것 사야할 게 많아서요."

"그렇군. 뭐 곤란한 일 있으면 얘기해. 이럴 때는 서로 도와야지."

"감사합니다."

그럼, 하며 손을 들어 보이고 아키라는 사라졌다.

미치히코가 '성실하다'라고 한 것도 이해가 간다. 이 집 남성 중에서는 가장 정상적인 것 같다고 다카오도 생각했다. 계단을 내려갔으니 또 어딘가 외출한 건지도 모른다. 꽤 바쁜 사람 같다.

1시가 지났을 무렵 내려가 보니 커피 마시는 손님이 두 명 남아 있을 뿐 런치타임은 이미 끝난 분위기였다. 카운터 쪽에 있는 아주머니 두 사람도 앞치마를 풀고 돌아갈 채비를 하고 있다.

그중 한 사람이 카운터 너머로 주방을 들여다보았다.

"그럼 준코 씨, 우리 갈게."

"고생하셨어요. 고맙습니다."

앞치마에 손을 닦으면서 준코가 나왔다. 두 사람은 다카오에게도 살짝 목례한 뒤 가게를 나갔다. 이윽고 남아 있던 손님도 자리에서 일어나 계산을 하고 나갔다.

"감사합니다."

계산대 서랍을 닫고 준코가 이쪽을 돌아보았다.

"다카오 군, 점심은?"

"아직 안 먹었습니다."

"런치 메뉴 남은 거라도 괜찮으면, 있는데."

"정말입니까? 기쁘게 잘 먹겠습니다."

준코는 '남은 거'라고 했지만 웬걸, 훌륭했다. 치즈와 토마토소스를 끼얹은 흰살생선 소테버터를 발라 살짝 굽는 요리법와 구운 야채. 거기에 컵 양파수프와 밥과 음료수까지 해서 가격은 겨우 680엔이었다.

"정말 맛있습니다."

"다행이네. 오늘 처음 냈는데. 그럼 로테이션에 넣어볼까."

준코도 아직 식전이었는지 자기 몫을 들고 와 다카오 옆에서 먹었다. 처음에는 '세다'라고 느낀 얼굴이지만 익숙해지니 아주 개성 있고 느낌이 좋다. 아니, '세다'라고 느낀 건 저음인 목소리 때문이었는지도 모른다. 이제는 그리 신경 쓰이지 않는다. 오히려 깔끔하고 매력적으로 들리기까지 한다.

문득 다른 남성 입주자는 준코를 어떻게 생각하는지 궁금해졌다.

반대로 준코가 누군가를 좋아하는 건 아닐까. 뭐 생각만 할 뿐 묻지는 않겠지만.

"아까 아키라 씨를 만났는데 또 나가시더군요."

"그 사람은 그래. 걸핏하면 돌아왔다가 또 나가는 느낌."

"무슨 일 하시는 분인데요?"

그러자 준코는 고개를 갸웃거렸다.

"나는 알지만…… 궁금하면 본인에게 물어봐. 여기 사람들은 별로 남 일에 파고들지 않는다고 할까, 저절로 그런 분위기가 돼 있거든. 내가 말하는 것도 마찬가지고. 좀 다른가."

그랬구나. 다카오는 그런 분위기라고는 전혀 느끼지 못했다.

"그런데 모두 사이좋아 보이던걸요. 같이 밥 먹고, 술 마시고. 밤에는 노래도 부르고."

"사이는 좋아. 그거랑 사생활은 별개."

일은 사생활이 아니지 않나, 하고 생각했지만 다카오도 더는 묻지 않았다.

이윽고 둘 다 식사를 마쳤다. 준코는 저녁 준비 때문인지 또 주방으로 돌아갔다. 다카오는 도모키 지정석인 구석의 소파석으로 가 벽에 걸린 ES-335를 올려다보았다.

아무도 들어오지 않는 카페. 열린 문틈으로 이따금 봄바람만 헤매들었다. 소리도 없이 돌아가는 실링팬. BGM도 지금은 지워졌다.

일자리 찾아야 하는데…….

또 한 대, 흰색 왜건이 가게 앞을 지나갔다.

6. 기자의 추적

우쓰이에게 추월당하는 실수는 있었지만 그 후로는 나도 되도록 재판을 방청하고 정보 수집에 힘썼다.

2심 쟁점은 C의 증언 진위로 거의 좁혀졌다.

칠 년 전 사건 당일 밤 'A는 집에 돌아오지 않았다. 돈을 갚지 않는 B를 원망했다'라는 1심 증언을 C는 번복했다. "당시 일을 잘 생각해보니 그날 밤 A는 집에 왔다. 돌아오지 않은 건 다른 날이었다"라고, 완전히 반대 증언을 했다.

물론 법정에서 허위 증언을 하면 위증죄가 된다. 1심 증언이 거짓말이면 C는 처벌받는다. 그걸 무릅쓰고 증언을 번복한 동기는 무엇일까.

게다가 이 문제에 관해 정면으로 싸우려 하지 않는 검찰의 자세도 묘했다. C의 증언을 부정하지 못하면 A에게는 알리바이가 있는

셈이 된다. 그럼 A는 무죄, 검찰의 패배는 확정적이다. 그런데 왜.

재판을 방청하는 과정에서 나는 두 가지 가설을 세우게 되었다. 둘 다 '뒤로 사법 거래가 오간 게 아닐까' 하는 의혹을 품고 있다.

그중 하나는 이렇다.

애초에 C는 경찰 사정 청취에서 "A는 사건 당일 밤 집에 있었다"라고 진술했다. 그래서 A는 삼 년 동안 체포되지 않았고 경찰도 A를 제외한 채 수사를 이어간 것이다. 그런데 C는 1심에서 "A는 집에 없었다"라고 이전 진술을 철회했다. 일단 이 점이 수상하다.

예를 들어 C가 무언가 경미한 죄를 저질렀고 그걸 경찰이 알게 됐다고 하자. 경찰에는 수많은 부서가 있으므로 B 살인사건을 담당하는 살인범수사계 사람이 C의 범죄에 관해 직접 아는 것은 통상적인 일이 아니다. 만약 C가 가게에서 물건을 훔쳤다면 절도죄이니 담당 경찰서의 절도계에서 다룰 사안이다. 마약이나 각성제라면 조직범죄대책과의 총기약물대책계에서 맡는다. 수사본부를 설치할 만한 큰 사건이면 몰라도 담당 경찰서 선에서 처리할 작은 사안은 경시청 본부 수사원의 귀까지는 들어가지 않는다. 살인사건 수사로 도내를 뛰어다니는 수사1과 관계자라면 더 그렇다.

그러나 모든 경찰은 공무원이다. 어떤 부서에 있건 일정 기간이 지나면 반드시 이동한다. 본부 수사원이건 담당 경찰서 직원이건 다를 바 없다. B 살인사건을 수사한 사람이 C의 사건을 다루는 경찰서로 이동할 수 있다면, 그 반대 경우도 가능하다. 삼 년이라는 기간이 있었으니 인사이동에 따라 정보교환을 했을 가능성도 늘어난다.

사법 거래 기회는 거기에 있다.

법률로는 사법 거래를 금지했으나 일절 없는가 하면 그렇지 않다. 입증은 되지 않았지만 사이타마에서 일어난 '애견가 연쇄살인사건'에서 그 행위가 의심됐다. 또 총기약물대책계 경찰관이 조직폭력배에게 소지자 불명으로 처리하겠다는 조건하에 권총을 제출하게 한 적도 있다. 이른바 '목 없는 권총' 사건인데 이것도 일종의 사법 거래라고 할 수 있다. 조직폭력배는 권총을 제출하는 대신 뭔가 다른 죄를 눈감아달라고 하고, 경찰관은 권총을 압수함으로써 실적을 올린다. 그런 거래다.

C는 자신이 저지른 죄를 눈감아주는 대신 A의 알리바이를 부정하도록 경찰관에 요구받지 않았을까. 단순하게 말하면 이것이 내가 세운 가설 중 하나다. 그로 인해 A는 체포되고 1심에서 십이 년의 실형 판결을 받았다.

그렇다면 왜 삼 년이나 지나 2심에서 증언을 뒤엎게 됐나. 간단하다. 변호사 측에서 경찰 및 검찰 측 뒷거래를 알아차리고 뭐라도 관련 증거를 잡은 것이다. 피고인 A는 당연히 '사건 당일 밤 A는 돌아오지 않았다'라는 C의 증언에 납득하지 않았을 테고, 변호사에게도 그런 뜻을 전했을 터다. 변호사가 꼼꼼한 성격이라면 A의 호소를 믿고 C에 관해서도 조사했으리라. 그 결과 C가 가벼운 죄를 저질렀다는 사실을 발견하지만, 불문에 붙여진 묘한 현재 상황을 알기에 이르렀다…….

C와 검경의 뒷거래를 눈치챈 변호사는 어떤 행동을 할까. 애견가

연쇄살인사건은 아니지만 법정에서 사법 거래를 놓고 싸우는 일은 사실 위험이 크다. 위증죄는 입증이 몹시 어렵다. 또 변호사가 그 시점에서 입증해야 할 것은 C의 위증이 아니다. 어디까지나 A의 알리바이다. 막말로 '사건 당일 밤, A는 집에 돌아왔다'라는 증언을 C가 뒤집기만 해준다면 그녀가 저지른 작은 죄도, 검경과의 뒷거래도 어찌 되든 상관없는 것이다.

그래서 변호사는 C 혹은 검찰 측에 다른 뒷거래를 제안하지 않았을까. C가 저지른 죄도, 검경의 뒷거래도 전부 몰랐던 것으로 하겠다. 그러니까 A의 알리바이만은 애초의 공술대로 인정해달라. 물론 왜 증언을 번복했는지는 깊이 캐지 않겠다. 법정에서는 '단순 기억 착오'로 진행한다. 부디 검찰은 이런 방향으로 패배를 인정해달라. 그러지 않으면 C와 경찰의 뒷거래도, 검찰이 그걸 알고 A를 기소한 것도 새삼스럽게 법정에서 싸우게 될 거다…… 이것이 한편의 스토리다.

또 하나의 가설은 첫 번째 가설을 한 수 줄인 형태다. 전개가 단순한 만큼 이쪽이 성립하기 쉬울 것 같기도 하다. 흐름은 이렇다.

어떻게든 C의 증언을 뒤집고 싶은 A와 변호사는 방법을 의논했다. 그러다 A만 아는 C의 비밀을 변호사에게 털어놓았다. 범죄에 가까우면 가까울수록 효과가 있다. 살인까지는 아니겠지만 절도나 위법 약물, 밀수나 사기 정도면 효과 만점이다.

이 정보를 변호사가 C에게 말한다. C는 동요하며 어떻게 하면 좋을지 물을 것이다. 당연히 변호사는 1심과 반대되는 증언을 하라고

C에게 요구한다. C는 증언대에 한번 섰으니 위증죄에 관해서도 알고 있을 터다. 그러나 상대는 변호사다. 그런 건 어떻게든 될 거다, 여차하면 내가 무마해주겠다. 그런 식으로 말해서 C가 받아들이지 않았을까.

다만 이쪽이라면 경찰과 검찰이 잠자코 있지 않을 것이다. 자신들이 확보한 증인이 변호사 측에 붙어버렸다. 그럼 번복한 증언의 신빙성을 철저히 파헤치겠지. 역시 첫 번째 가설 쪽이 성립하기 쉬울까. 아니면 파헤치고 싶지 않게 할 만한 다른 사정이 검경에 있는 건가.

어쨌든 이 사건은 뒤쫓지 않을 수 없다.

예상대로라고 해도 좋겠지. 2심에서 무죄 판결을 받고 검찰은 순순히 항소를 단념. A는 당당하게 자유의 몸이 됐다. 일본 형사소송법에는 일사부재리의 원칙이 있어서 A에게 두 번 다시 B 살인사건으로 죄를 묻지 않는다. 유죄 판결로 십이 년의 실형을 선고받았던 남자가 아무 비난도 받지 않고 세상에 내보내진다. 앞으로 A가 다른 사건을 일으키고, 그래서 만약 죽는 사람이 나온다면…… 법원은 그런 생각은 조금도 하지 않는 걸까. 검찰도 대법원까지 싸워보겠다는 자세 정도는 보여주었으면 했다. 하여간 일본의 사법은 문제가 있군. 새삼 절감한다.

물론 나는 석방된 A를 미행했다. A는 도쿄 구치소 근처의 고스게 역에서 도부 스카이트리라인을 타고 아키하바라로 가서 JR로 갈아

타더니 신주쿠에서 내렸다. 참으로 한심한 얘기지만 나는 여기서 A를 놓치고 말았다. A가 매스컴이나 여타 기관의 미행을 경계했을 리는 없다. 석방한 A를 쫓는 사람은 나뿐이다. 즉 나의 단순한 실수라는 말이다. 프리랜서는 이럴 때 힘들다. 동료 한 사람이라도 있었다면 하는 생각에 안타까웠지만 아무리 분하게 여겨봤자 소용없다.

할 수 없이 나는 A의 지인 집을 돌며 그가 오지 않았는지 조사했다. 그것도 순조롭지 않았다. 지인에게 폐를 끼치기 싫어 접촉하지 않는 걸까, 나처럼 쫓아다니는 인간을 따돌리기 위해 잡힐 만한 곳에 들르지 않는 걸까. 모르겠지만 어쨌든 나는 A의 뒤를 밟을 단서를 완전히 잃어버렸다.

한편 A가 무죄 판결을 받음에 따라 경찰은 경찰대로 B 살인사건 수사를 재개해야 했다. 나는 그쪽 동향도 쫓을 생각이었다. A를 용의자 리스트에서 제외한 경우, 어떤 인물이 B를 살해했을 가능성이 있을까. 개인적인 관심은 이 점에 있었다.

며칠 뒤 나는 우쓰이의 중개로 은밀히 수사관계자와 접촉을 시도해보았다. 한때 B 살인사건 수사에 참여했다가 A를 체포하고 수사본부가 축소됐을 때 담당 경찰서로 돌아간 형사다. 현재는 그곳에서도 이동하여 다른 경찰서에서 근무하고 있다.

약속 장소는 신오쿠보의 선술집이었다.

중간 크기 맥주잔으로 건배한 뒤 단도직입적으로 의문을 털어놓았다. 그는 떨떠름한 얼굴로 얘기했다.

"솔직히 그놈 말고는 생각할 수 없죠. 수상한 놈은 몇 있었지만 그놈들로 갈 것 같았으면 처음 삼 년 안에 갔을 테니. 그런 여자의 증언 하나에 휘둘려서…… 한심하기 짝이 없어요. 일단 수사를 재개하는 것 같지만 아무것도 나오지 않겠죠. 할 만한 건 우리가 전부 했으니까. 그 수사의 결과가 실형 판결이었고. 이래서는 수사에 배정된 사람들도 별로 의욕이 없지 않을까요? 인제 뭐 형식적인 거지."

과연. 경찰은 역시 범인이 A라는 생각에 흔들림이 없다는 건가. 재미있네.

C의 증언에 관해서도 물어보았다. 거기에 사법 거래 같은 행위는 없었는지.

"없죠. 절대로 없어요. 우린 물증이 있으니 그럴 필요가 없었죠. 요즘은 옷에서도 지문을 충분히 딸 수 있거든요. 칼라 부분에서 놈의 지문이 딱 나왔고 목을 조른 손자국도 일치했으니."

그것만으로는 약했다. 그래서 C의 증언이 중요했던 게 아닐까.

"당신, 어느 편이에요? 그놈 눈 본 적 있어요? 기분 나쁘게 생겼다고, 그 녀석. 그런 놈은 반드시 다른 데서도 무슨 짓이든 저지를 거라고요. 난 말이죠, 이제 그럴 처지가 아니지만 앞으로 조사할 사람들은 새 피의자를 찾지 말고 놈의 행동을 철저히 확인하는 편이 좋다고 봐요. 놈은 반드시 또 저지를 테니까. 그리고 이번에야말로 제대로 감방에 처넣어야 해요. 난 그렇게 생각해요."

나는 밑져봐야 본전이란 생각으로 A가 있을 만한 곳을 알아볼 수 없는지 물어보았다.

"뭐요, 당신도 그놈을 추적할 생각인가요? 음, 뭐 당장은 어려운

데요. 나한테도 입장이란 게 있으니. 멋대로 본부 데이터를 검색할 수는 없거든요. 그런 건 흔적이 다 남으니까…… 하지만 방법이 없는 건 아니니 정보가 들어오면 가르쳐드리죠. 그 대신 비밀입니다. 오늘 이런 식으로 만나는 것도 사실은 안 되는 거라서."

이런 경찰을 포섭해놓는 것도 저널리스트의 중요한 업무다.

사람은 누구나 자기과시욕이 있다. 경찰관이라고 예외는 아니다. 상대에게 없던 정보를 주고 감사받고 싶다. 대단한 일을 하신다며 감탄해주었으면 좋겠다. 소액의 현금이 같은 역할을 하는 경우도 있다. 애초에 인간에게 비밀이란 밝히라고 있는 것이다.

마지막으로 그는 이런 말을 했다.

"그 여자도 제대로 된 애가 아니에요. 매춘부나 마찬가지죠. 어쩌면 변호사하고도 했을지 모르고. 왜 좀 괜찮게 생긴 남자였잖아요, 그 변호사."

그렇다면 두 번째 스토리 쪽이 성립하기 쉬운 건가.

난감하게 재판이 끝난 순간, 나는 C의 소재조차 확인할 수 없게 됐다.

그때까지 C는 오이즈미가쿠인 역 근처 술집에서 호스티스로 일했고, 거기서 세이부이케부쿠로 선을 타고 두 정거장인 히바리가오카 역 근처의 다세대주택에서 혼자 살고 있었다. 하지만 잠시 눈을 뗀 사이 이사를 가버렸다. 부랴부랴 술집에 가보았지만 그만둔 뒤였다. 마담도 이사한 곳은 모른다고 했다. 우쓰이에게도 물어보았지만 지금 그게 문제가 아니라고 되레 화를 냈다.

그대로 한 달, 두 달, A에 관한 정보를 얻지 못한 채 시간만 지나갔다.

정보는 갑작스럽게 얻게 됐다.

"놈이 있는 곳, 알았어요."

전에 만난 형사였다. 나는 그가 불러주는 주소를 받아 적고 감사 인사를 했다. 뭔가 답례할 게 없는지 물으니 지금은 없지만 언젠가 부탁할 일이 있을지도 모르겠다고 했다.

A가 잠복한 장소는 도쿄 도 오타 구 미나미롯코에 있는, 이른바 셰어하우스였다. '플라주'라는 카페의 2층이지만 셰어하우스 자체에는 이름이 없는 것 같다. 아니면 셰어하우스 이름도 플라주일지 모르겠다고 형사는 말했다.

당장 현지에 가보았다.

게이큐혼 선을 타고 조시키 역에 내려서 걸었다. 전철 선로를 따라 있는 흔한 상점가를 지나서 오 분쯤 걸어간 곳. 좀 더 가면 다마가와 하천 부지인 입지. 단지團地를 이룬 것 같은 고층주택과 2층집이 뒤섞인 주택가에 있었다.

전면이 크림색과 오렌지색으로 칠해진 기묘한 건물. 그 중앙에 카페 플라주 출입구가 있었다. 주위를 빙 둘러보았다. 건물 뒤편에 비상구 같은 쪽문은 있지만 평소 생활에 사용하는 문은 가게 출입구뿐인 것 같았다.

나는 맞은편 집합주택의 녹지에서 한동안 누가 출입하는지 지켜보았다.

오후 3시. 플라주 문은 열려 있는데 손님 출입은 거의 없었다. 장소를 바꾸어 내부를 들여다보았으나 아무래도 손님이 있는 것 같지는 않았다. 손님을 가장하여 들어가보는 방법도 있지만, 혼자 들어가서 주인한테 얼굴을 알리는 건 좋은 방법이 아니다. 잠입은 좀 더 상태를 안 뒤에 하는 편이 좋겠다고 판단했다.

오후 4시. 분홍색 륙색을 멘 소녀가 혼자 가게로 들어갔다. 지나가다 마침 카페가 있어서 들어가는 것 같지는 않았다. 더 익숙한 발걸음으로 보였다. 소녀는 바로는 나오지 않았다.

오후 4시 반. 토트백을 어깨에 멘 여자가 나왔다. 삼십대 정도의 쇼트커트 여자다. 오른편으로 걸어간 여자는 5시가 지났을 즈음 돌아왔다. 토트백이 불룩해졌고 슈퍼 이름이 들어간 봉지도 두 개 들고 있었다. 도보로 장을 보고 왔으니 카페 점원이거나 사장일 가능성도 생각할 수 있다.

오후 6시. 출입구 양쪽에 있는 램프에 불이 켜졌다. 가게 안쪽도 조명은 백열등으로 통일했는지 밖에서 보기에는 조금 복고풍에 분위기 있어 보였다.

오후 7시. 남자 한 명이 들어갔다. 마침 차가 지나가는 바람에 겉모습까지는 세세히 점검하지 못해서 A인지 아닌지는 알 수 없었다.

오후 8시. 남자 두 사람, 여자 한 사람 삼인조가 들어갔다. 교대하듯이 아까 그 소녀가 나갔다. 륙색이 아니라 미니백 같은 것을 메고 있었다. 가방을 바꿨으니 입주자일지도 모른다.

또 삼십 분 정도 지나자 남자 네 명, 이어서 여자 두 명 등 몇 분 간격으로 손님이 여럿 들어갔다. 초저녁 무렵에 파리를 날린 게 거짓말인 것처럼 가게 안은 금세 북적거렸다.

플라주는 이런 가게구나, 생각했다. 혼자 가볍게 들어가는 곳이라기보다 친구들과 여럿이 가서 떠들썩하게 노는 가게. 그렇다면 밤에 혼자 들어가기는 어렵다. 서로 얼굴을 아는 단골이 많다면 더욱 그렇다. 나 같은 생판 모르는 사람이 불쑥 들어가면 기이한 눈으로 볼지도 모른다.

첫날은 그쯤에서 감시를 중단하고 물러났다.

며칠 잠복하다 보니 점심때는 혼자 들어오는 손님도 적지 않다는 것을 알게 됐다. 나는 일단 가게 구조부터 알아보기로 했다.

12시 반. 이미 테이블석은 다 찼고 카운터석 세 개 정도가 비어 있었다.

"어서 오세요."

앞치마를 입은 중년 여성 두 명이 손님을 맞았다. 두 사람은 12시 이후에 나와 점심시간만 도와주고 돌아간다는 사실을 알고 있었다.

"한 분이세요?"

"네."

"이쪽으로 앉으세요."

카운터 중간쯤 자리를 권해서 거기 앉았다. 밖에서 본 인상보다 가게는 훨씬 넓었다. 천장도 높고 개방감이 있다. 컨트리풍 음악까지 흘러서 묘하게 미국 분위기다.

대부분 손님이 '오늘의 런치' 메뉴를 주문하는 듯했다. 나도 시켜보았다.

그날 메인은 케첩보다 진한 색 소스가 뿌려진 포크 소테였다. 여간 맛있는 게 아니었다. 진하지 않게 고기 맛을 잘 살려서 만족스러웠다. 가격도 700엔 이하로 적당하다. 손님층으로 샐러리맨과 직장여성, 젊은 엄마 그룹이 많은 것도 납득이 갔다. 한 주에 두세 번씩와도 질리지 않을지 모른다.

매일 장 보러 가는 그 여자가 요리를 카운터까지 갖고 왔다. 바빠서인지 인상이 험상궂어 보였지만 평소에는 그렇지 않다는 것을 잠복하며 지켜보아서 알고 있다. 가게 앞에서 이웃 주민과 얘기할 때는 더 부드러운 미소를 짓는다.

커피를 마시고 있는데 안에서 젊은 여자 목소리가 났다.

"준코 씨, 다녀올게요."

"응, 다녀와요."

안쪽에 있는 가림막 커튼을 가르며 분홍색 류색의 소녀가 나왔다. 그대로 가게 복판을 지나 도우미 여성 두 사람에게도 "다녀오겠습니다" 하고 인사한 뒤 나갔다.

이 시점에서 내가 출입을 확인한 입주자는 류색 소녀와 카페 여자, 두 사람뿐이었다. 그 밖에도 보긴 했겠지만 특히 밤에 카페가 한창 바쁠 시간에 출입하면 도통 손님과 구분하기 어려웠다.

원인은 저것. 카페 안쪽에 있는 가림막 커튼이다. 저곳으로 2층을

드나드는 구조 자체가 입주자의 출입을 알아보기 어렵게 했다.

정말로 A는 이곳 2층에 사는 걸까.

그리고 A라는 남자는 실제로 사람을 죽일 만한 사람일까.

분명히 말해두자면 그것이 진실인지 아닌지는 문제가 아니다. 법적으로도 끝난 이야기니까 인제 와서 뒤집을 수는 없다. 요는 기사로 성립하는가 아닌가 그런 문제다.

진범은 A. 그러나 사법은 완전히 속아서 살인범을 풀어주었다. 차라리 그런 관점이 바람직하다.

살인범은 지금도, 아무렇지 않은 얼굴로 도쿄에 살고 있다.

그렇다. 이 사건에는 내 인생이 걸려 있다.

어떻게든 상품으로 만들어야 한다.

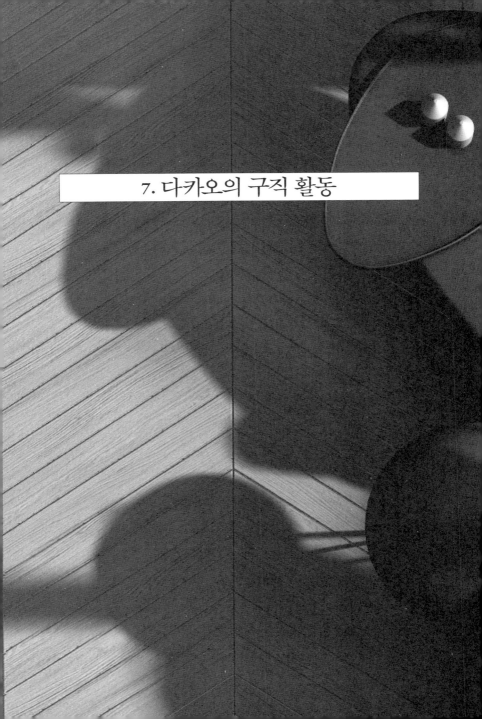

7. 다카오의 구직 활동

그럭저럭 칠 년 정도 여행업계에 있었으니 재취직하려면 역시 여행 관련 분야가 유리할 거라고 다카오는 생각했다.

다만 지원서를 다운받아도 휴대전화뿐인 다카오는 인쇄를 할 수가 없다. 인터넷 카페라도 가면 서비스를 받을 수 있지만 요즘은 신분증을 일일이 제시하고 회원 가입을 해야 이용할 수 있다. 신분증 제시도 그렇지만 고작 프린터를 쓰기 위해 가입비를 내기는 싫었다. 지금은 단돈 몇백 엔이어도 불필요한 지출은 막아야 한다.

그래서 주목한 것이다. 플라주 계산대 옆, 한 칸 낮은 곳에 있는 노트북과 그 옆에 놓인 프린터.

다카오는 런치타임이 끝난 뒤 한가한 틈을 타 준코에게 말을 걸었다.

"저, 죄송합니다만 부탁이 좀 있는데요."

정산 작업을 하는지 준코는 카운터에 노트와 계산기를 나란히 놓고 난감하다는 표정을 짓고 있었다.

"뭔데?"

"저 노트북 좀 빌려도 될까요."

준코가 카운터 쪽으로 스윽 시선을 옮겼다.

"빼서 들고 간다는 말?"

"아뇨. 여기서 잠깐만 쓰면 됩니다."

"뭐하게?"

"구직 때문에 입사지원서 좀 인쇄하고 싶습니다."

"아, 그렇구나. 써."

감사하다며 머리를 숙이고, 다카오는 일단 주방으로 돌아 들어갔다. 카운터 안쪽을 지나 막다른 곳에 있는 계산대까지 간다.

노트북은 전원이 켜진 상태여서 바로 배경화면이 나왔다.

브라우저를 열고 지망하는 회사 사이트에 접속했다. 휴대전화로 몇 번이나 봐서 입사지원서 다운로드 방법은 알고 있었다.

"이 프린터에 있는 종이 A4인가요?"

"맞아. 그건 안 돼?"

"아뇨, 괜찮습니다."

만일을 위해 여분으로 한 장 더 인쇄한 다음 노트북을 닫았다. 방에 가서 써도 되지만 기왕 근사한 카운터가 있으니 여기서 쓰기로 했다.

옆의 옆 스툴에 앉은 준코가 불쑥 이쪽을 보았다.

"그럼 사진도 찍겠네?"

"그렇습니다. 그것도 이따가 다녀와야 해요."

이름, 주소, 연락처…… 경력 사항을 쓰고 있을 즈음 또 준코가 말을 걸었다.

"각성제 사용으로 체포, 현재는 집행유예 중, 이런 것도 써?"

"안 쓰죠. 한 방에 떨어질 겁니다."

노트북에서 입력해 출력하는 편이 깨끗했겠다 싶지만, 뭐 됐다.

"다 썼다……."

보여달라고 할 줄 알았는데 준코도 자기 일에 집중하는지 더는 상관하지 않았다.

길고양이 한 마리가 입구에서 이쪽을 들여다보다가 다카오가 한 걸음 발을 옮기자 쌩하고 도망갔다.

이겼다, 하고 생각했다.

다카오가 노리는 것은 물론 중도 채용이다. 전화로 약속을 잡고 입사지원서를 지참하여 면접을 보러 갔다. 그날 안에 합격 여부를 알려준다고 했는데 아무리 기다려도 휴대전화는 울리지 않았다. 욕실에도 화장실에도 갖고 가면서 잠시도 휴대전화에서 눈을 뗀 적이 없건만 울려야 할 것은 울리지 않았다.

답답한 기분인 채로 맞이한 밤. 플라주는 여전히 성황이지만 도저히 분위기에 낄 마음이 들지 않아서 자기 방 침대에서 뒹굴거리고 있던 오후 9시가 좀 지난 시각.

"아, 안녕하세요."

귀에 익숙하지 않은 목소리가 들려서 다카오는 침대에서 몸을 일으켰다.

근처 슈퍼에서 사 온 연초록색 커튼. 그 한쪽을 걷고 이쪽을 들여다보는 사람이 있다. 낯선 얼굴이지만 누구인지 바로 알아차렸다.

미와다. 고이케 미와가 틀림없다.

"아…… 안녕하세요."

다카오는 황급히 바로 앉았다.

시오리가 거듭 말할 만하다. 확실히 미와는 귀엽게 생겼다. 토끼 같다고 할까, 눈이 부리부리하고 코와 입이 조그맣고 뺨은 자기도 모르게 콕 찔러보고 싶을 만큼 통통하고 동그랗다.

"들어가도 돼요?"

"네…… 물론."

성긴 보라색 니트에 데님 반바지 차림. 동그란 얼굴로 동안인 데 비해 다리는 늘씬하다.

그런 차림으로 미와는 느닷없이 바닥에 책상다리를 하고 앉았다.

"고이케입니다."

"요시무라입니다."

미와가 방 여기저기를 둘러보았다. 그때마다 하나로 묶은 머리가 흔들렸다.

"물건이, 별로 없네."

"화재로 몸만 빠져나와서…… 짐을 거의 갖고 나오지 못했어요."

침대에서 내려다보는 것도 뭣해서 다카오도 바닥으로 내려가 앉았다.

그러나 뭘까. 이상하게 질식할 것 같은 느낌이다.

이 방에서 여성과 단둘이 있는 건 물론 처음이지만, 그런 것과는 다르다. 준코나 시오리라면 둘만 있는 상황이 됐다 해도 이런 답답함을 느끼지는 않을 텐데.

미와는 내내 다카오의 얼굴을 보고 있다.

"나, 연하예요."

그건 알고 있다.

"네…… 준코 씨한테 들었어요."

"그러니까 경어 쓰지 마요."

그 말을 듣고 나서야 다카오는 문득 알 것 같았다.

표정이다. 이 아이는 극단적으로 표정이 빈곤하다. 이토록 귀엽게 생겼는데 눈을 뜨고 자는 것처럼 표정이 없다. 초면에 긴장했을 뿐인지도 모르지만 그렇다 해도 좀 특이하다.

"요시무라 씨는 뭐 하는 사람?"

초점은 맞추지만 실제로 그 눈에 나는 비치지 않는 게 아닌가. 그렇게 의심하고 싶어진다.

"지금은…… 무직인데."

"그렇구나. 나랑 같네."

그런데도 대화 템포에 위화감은 없다.

아, 영상통화…….

사용해보지 않았지만 텔레비전에서 본 적 있다. 영상통화로 얘기하는 사람이 딱 이런 표정이었다. 화면 너머로 마주 보고 있는데도 자신이 상대방에게 보인다는 느낌이 없는, 그래서 더 무표정해지는, 그것과 비슷하다.

다카오는 그 눈을 빤히 보며 물었다.

"그럼 알바 같은 거?"

"네. 그런 거."

"무슨 알바?"

"대략 서비스업."

역시 조금도 시선을 돌리지 않는다. 오히려 다카오 쪽이 어색해져서 "흐음" 하고 말하면서 아래를 보았다.

대략 서비스업이라니.

확실하게 말하고 싶지 않다는 것은 유흥업소 쪽이라는 뜻인가. 시오리가 미와의 가슴 얘기를 해서 준코가 나무란 적이 있지만 사실은 어떨까. 다리는 확실히 예쁘지만 상반신은 헐렁한 니트 차림이어서 그 주변은 상상할 수밖에 없다.

미와는 여전히 다카오의 얼굴을 바라보고 있다.

"……아래층에 안 내려가요?"

"응, 오늘은 좀. 전화를 기다리고 있어서."

"여자친구?"

"아니, 일 때문에."

"여친은 있어요?"

뭐야. 뜬금없이.

"아니…… 없어."

"그렇구나."

그러고는 일어서서 "바이바이"도 "그럼 이만"도 없이 다카오 방에서 나갔다. 흘끗 돌아보지도 않는다.

연초록색 커튼이 미와의 뒤에서 잠시 펄럭거렸다. 슬리퍼는 신고 오지 않았는지 희미한 맨발의 발소리만 계단 쪽으로 멀어져갔다.

아무것도 남지 않았다. 그녀가 이곳에 있었다는 실감, 냄새, 온도, 목소리, 무엇도 남지 않았다. 특히 목소리는 제대로 떠오르지조차 않는다.

그러나 그녀는 이곳에 있었다. 그 기억까지 지워버리지는 않았다. 다카오의 인상에 남지 않았는가 하면 그런 건 전혀 아니다.

오히려 강하게 남아 있다.

오도카니 책상다리를 하고 앉은 채 눈도 깜박이지 않고 다카오를 바라보며 묻고 싶은 것만 묻더니 인사도 없이 나간 소녀. 이제 곧 스물한 살이라니 소녀라고 할 나이는 아니지만 인상은 그랬다.

고이케 미와…….

느닷없이 밤에서 빠져나와 다시 밤으로 돌아간 소녀.

다카오도 첫 번째 지원한 회사가 잘되리라고는 생각하지 않았다. 안 되면 다음 회사에 넣으면 된다. 침울해할 여유가 없다.

입사지원서를 차례대로 다운받아서 기입하고, 우편으로 보내라고 하면 우편으로 보냈다. 면접 때 지참하라고 하면 그렇게 했다.

일차 심사에 통과하면 면접에 부른다. 중도 채용이어서 모집 인원
도 지원자도 그리 많지는 않다. 그중에서 칠 년 가까운 경험이 있는
자신은 비교적 유리하다고 생각했다.

그러나.

'유감스럽습니다만 이번에는 요시무라 씨의 희망에 따르지 못했
습니다.'

그래도 떨어질 때는 떨어진다. 그런 일이 몇 번 계속되니 침울해
하지 않으려 애써 분발하던 마음에도 서서히 상처가 축적되어 고개
를 숙이게 됐다. 이대로 취직도 못 하고 저금도 바닥나서 셰어하우
스에서 쫓겨나는 게 아닐까. 그런 최악의 상황도 뇌리를 스쳤다.

그래서 오늘 면접에는 더 정신을 바짝 차렸다. 이 일에 얼마나 열
정이 있는지, 경험이 풍부한지, 이런 투어를 기획했는데 어떤지. 그
런 것까지 중간에 참견하듯이 얘기해보았다. 약간 답답해 보였을지
모르지만 다른 사람보다는 잘했다고 생각했다. 나머지 지원자는 하
나같이 백수인 듯 우중충한 남자뿐. 그들에 비하면 훨씬 멀쩡하고,
스타일리시하고, 에너지 넘치고, 임기응변이 뛰어나다. 그렇게 판단
할 것이다.

그래서 빌딩을 나오다가 예전 상사와 우연히 마주쳤을 때는 진심
으로 놀랐다.

"어이, 요시무라. 뭐야, 건강해 보이네?"

다카오를 '버드나무'라고 부르고, 동기인 와타나베 리쓰코와 불륜

관계인 그 녀석이다.

"앗, 안, 안녕하세요. 오랜만입니다…… 사구치 씨."

사구치 마사아키. 오랜만에 보니 과연 와타나베 리쓰코와 그런 관계인 게 납득이 가는 데가 있다. 마흔 살이 넘었을 텐데 슈트나 넥타이 취향이 젊고 스타일도 좋다. 정장 광고 모델 같다고 하면 과찬이겠지만 그래도 거기에 가까운 면이 있다.

사구치는 "쳇" 하고 혀를 차더니 불쾌하다는 듯 다카오를 보았다.

"너 설마 여기서 만난 게 우연이라고 생각하는 거 아니지?"

"네? 아닙니까?"

전에 다니던 회사의 본사는 이곳이 아니고 다카오가 근무한 지점도 여기서 멀다. 사구치가 담당하는 기업이 근처라서 이따금 인사차 들를 수는 있겠지만 다카오와 마주칠 확률은 상당히 낮을 터이다.

"우연……이 아닙니까?"

"여전히 둔하고 멍청하고 칙칙해서 기분 나쁘네. 이런 데서 우연히 만날 리가 없잖아."

"그럼…… 무, 무슨?"

사구치는 또 혀를 차고 불쾌한 듯이 고개를 저었다. 그러고는 옆 빌딩과의 틈, 사람 한 명이 간신히 지나갈 정도의 골목으로 다카오를 끌고 들어갔다.

"여기는 내가 옛날에 있던 회사야."

사구치가 가리킨 곳은 웬걸, 다카오가 방금 면접을 본 회사의 빌딩이었다. 회사 이름은 '업프런트 투어리스트'라고 한다.

"사구치 씨, 전에 업프런트 다니셨어요?"

"그래. 여기 상무였던 아카사카 씨가 독립하면서 여섯 명을 데리고 나와서 우리 회사를 만든 거야. 그중 제일 젊은 사람이 나. 딱 십년 전 이야기군. 아카사카 씨는 업프런트랑 싸워서 나온 게 아냐. 지금도 사이좋게 지내는 사람이 있고, 그건 나도 마찬가지라고. 이제 알겠냐?"

과연 다카오도 그다음 이야기는 추측할 수 있었다.

"……네."

"입사지원서를 보고 아는 회사에 다닌 적 있는 사람이면 물어볼 거 아냐. 너희 회사를 그만둔 사람이 지원했는데 무슨 일이 있었느냐고. 나도 물론 입 다물어주고 싶지. 약 먹다 잡혀서 잘렸습니다, 이런 말 하기 싫다고. 근데 안 할 수 없잖아. 나중에 발각돼봐. 우리 회사에 있을 때 체포됐으니 우리가 모를 리 없지. 알면서 잠자코 있었다는 걸 알면 우리 관계까지 이상해질 거야. 그렇게까지 너한테 의리를 지킬 일도 없고 말이야. 솔직히 말할 수밖에 없다고…… 재직 중에 각성제 문제로 경찰에 체포됐습니다, 하고. 그랬더니 면접에 와달라고 하대. 내일 그 녀석이 온다면서 겁먹고 있더라. 거기에는 아무래도 실드를 칠 수밖에 없었지. 약에 빠져 사는 것도 아니고 흉포한 놈도 아니라고."

그 부분에는 일단 머리를 숙였다.

사쿠치는 말을 이었다.

"사실 우리 회사도 너한테 손해배상을 청구하고 싶을 정도야."

말도 안 돼. 어째서.

"전혀 무슨 소린지 못 알아듣는군. 그러니까 여전히 둔하고 멍청하고 칙칙해서 기분 나쁘다고 하는 거야. ……알겠어? 여행사 직원이 약을 하다 걸렸어. 그럼 경찰은 당연히 이것저것 의심하겠지. 혹시 회사 전체의 범행은 아닐까, 다른 직원도 하지 않았을까, 해외 투어를 이용해 밀수를 한 건 아닐까, 뒤에 폭력단이 있는 건 아닐까 등등. 솔직히 너를 잡아다 멍석말이라도 하고 싶었어. 왜 우리까지 이런 일을 당해야 하는지 원망했다고. 가택수색까지는 없었지만 우리 지점 직원은 모두 소변검사를 받았고, 나랑 야마구치랑 다니하라랑 지점장은 모발까지 제출했어. 당연히 아무한테서도 아무것도 안 나왔지."

그런 일이 있었을 줄은 꿈에도 몰랐다. 아마 전부 다카오가 유치장이나 구치소에 있을 때 벌어진 일이리라.

"그러니까 너도 인제 이 업계는 포기해. 업프런트만이 아냐. 다른 데서도 문의가 와서 받은 사람이 몇 명 있어. 그때마다 모두 미안한 듯이 전화기를 감싸고 등을 구부리고, 실은…… 하면서 얘기를 해. 업계에 퍼지는 것도 시간문제겠지. 어딜 지원해도 뽑아줄 리 없고, 뽑히면 뽑히는 대로 나중에 곤란해. ……집어치워, 집어치우라고. 아는 사람 하나 없는 곳, 지금까지 하던 일과 아무 관계없는 업계에서 심기일전하고 다시 시작해. 그편이 너를 위하는 거고, 이 업계를 위하는 거야."

온몸을 갖고 노는 빌딩 바람이 체온을 뿌리째 빼앗고, 다카오를 얼어붙게 했다.

현장에 바로 투입될 수 있는 경력자라고 믿고 있었다니 우습기 짝이 없다. 자신은 여행업계에서 그냥 전염병 환자였다. 잠자코 있으면 모를 거라고 안이하게 생각한 사람은 자신뿐이고, 사실은 이미 모두 알고 있었다. 알고 면접장에 나온 사람도 있을지 모른다. 오호, 이 자식이 약을 해서 집행유예 기간이라는 건가. 꽤 열심히 떠드는데 약 먹고 흥분한 게 아닐까…… 그런 식으로 본 사람도 어쩌면 있을지 모른다.

아주 웃긴 놈이네. 다들 속으로 다카오를 비웃으며 보고 있었던 것이다.

들은 적 없는 웃음소리가 귓속에서, 머릿속에서 메아리친다. 어린 시절의 집단괴롭힘과 마찬가지다. 약점을 발견하면 철저히 그곳을 계속 찔러댄다.

약쟁이, 약쟁이…….

변명 따위 아무도 귀 기울여주지 않는다. 딱 한 번이었어. 그날 밤만 너무 고통스러워서 잠시 현실 도피를 하고 싶었을 뿐이야. 그렇게 소리쳐도 메아리만 늘어나고 커질 뿐이다.

약쟁이, 약쟁이.

약쟁이, 약쟁이.

사구치와 어떻게 헤어져서 무엇을 타고 돌아왔는지 기억도 잘 나지 않는다. 다만 그날 밤에 단골손님 히로시, 슈지, 미치히코, 아키라와 어깨동무하고 노래를 부른 건 어렴풋하게나마 기억난다.

"그만 먹이는 게 좋지 않을까?"

준코가 그렇게 말했던 것 같다. 고막까지 취했는지 들리는 소리가 전부 윤곽을 잃었고, 물주머니에 갇히기라도 한 듯이 일그러지고 번지고 흔들렸다. 그런데 신기하게 도모키의 기타 소리만은 또렷이 들렸다. B'z일본의 이인조 록 유닛의 〈울트라 소울〉도 상당히 잘 불렀다고 생각한다.

"괜찮아. 이럴 때는 아예 끝까지 가는 편이 좋다니까. 우리가 잘 돌봐줄게."

이건 누가 한 말인지 확실하지 않다. 미치히코 같기도 하고 아키라 같기도 하다. 히로시가 아닌 것만은 틀림없지만 슈지일 가능성도 없지 않다.

정신을 차렸을 때는 2층 자기 방이었고 침대에 누워 있었다. 이마에 젖은 수건이 놓였고 침대 옆에 누가 있었다. 불은 켜져 있지 않다. 창으로 들어오는 가로등 불빛과 달빛에 비쳐 그 사람의 윤곽이 떠올랐다.

"정신이 들어?"

여자 목소리라는 것밖에 알 수 없었다. 세상은 여전히 쭈글쭈글 일그러졌고, 흔들렸고, 울렁거렸다. 아마 대답도 제대로 하지 못했으리라.

"갈아줄까."

이마가 가벼워졌다. 축축하던 피부가 말랐다가 차가워졌다. 기분 좋았다. 기화열이라는 단어가 떠올랐지만 그 원리까지는 귀찮아서 생각할 수 없었다.

아까보다 차가운 수건이 이마에 올려졌다. 그건 그것대로 기분 좋았다. 이참에, 라는 듯이 무언가가 다카오의 입술에 포개졌다. 보드라운 감촉이 포개진 부분을 적셨다. 빨려드는 것 같은 느낌. 쏟아지는 쾌감. 서로 섞인 입김. 달콤한 침. 가슴에 느껴지는 풍만함.

머리칼이 뺨을 사르륵 쓰다듬고 입술에 닿은 감촉도 멀어져갔다.

더, 더, 그렇게 해줘, 가지 마…….

그러나 생각뿐. 소리 내어 말하지 못했다.

남은 것은 100엔 숍에서 사 온 자명종의 시침 소리. 그리고……
아니, 그것뿐이었다.

8. 시오리의 기분

그날 밤 다카오는 처음부터 상태가 이상했던 것 같다.

시오리가 돌아온 것은 8시 반 정도. 그때 이미 다카오는 상당히 취해 있었다. 아마 히로시와 슈지가 재미있어하며 먹였으리라. 머리칼이 엉망으로 흐트러지고, 넥타이는 어디로 갔는지 없고, 와이셔츠 단추는 명치께까지 풀려 있었다. 구두도 한 짝밖에 신지 않았다. 웬일로 미와도 자리에 끼어서 이따금 손뼉을 치면서 생글생글 웃었다.

"오, 신입. 한 잔 더 가자!"

"네엥…… 잘 먹겠슴다."

다카오는 히로시와 슈지가 권하는 대로 거절하지 않고 매번 단숨에 잔을 비웠다. 그걸 또 주위에서 잘한다고 부추기니 다카오는 더 신이 났다.

카운터석에 앉은 시오리는 걱정스러운 듯 다카오를 지켜보던 준코와 눈이 마주쳤다.

다카오를 눈으로 가리키며 물어보았다.

"쟤 무슨 일 있었어?"

준코는 모호하게 고개를 끄덕였다.

"면접 못 본 것 같아. 근데 그것 때문만은 아니지 않을까. 면접에서 떨어진 게 오늘이 처음도 아니고."

"그러게…… 드디어 전과자에게 엄격한 세상의 세례를 받았나."

물론 시오리는 준코에게만 들리게 말했다.

준코는 넌지시 가게 안을 둘러보았다. 각 테이블의 접시와 잔이 얼마나 비었는지, 단골손님이 다른 테이블에 폐를 끼치지 않는지 그런 걸 점검하는 것이리라.

한 차례 둘러보고 시오리에게 시선을 보냈다.

"뭐 마실래?"

"그럴까. 핑크진으로 부탁할게."

"오케이."

준코가 진과 비터스 병을 챙기고 믹싱 잔을 준비하는 동안 슈지가 주문하러 다가왔다. 고주망태가 된 다카오와 사이좋게 어깨동무를 하고 있다.

"준코 씨. 그거, 그거 만들어줘. 보일러메이커."

시오리가 엉겁결에 슈지의 어깨를 맨손으로 때렸다.

"설마 다카오 군한테 먹일 생각은 아니겠지."

'보일러메이커'는 맥주에 버번위스키를 탄 칵테일이다. 그런 걸 이미 만취한 다카오에게 먹이면 어떻게 될 거라고 생각하는지.

아니나 다를까. 슈지는 "맞는데요" 하고 당당했다.

"미쳤네. 그런 걸 먹이면 쓰러져."

준코도 카운터 안에서 고개를 끄덕였다.

"그러게. 인제 그만 먹이는 게 좋지 않아?"

슈지에게 어깨를 기댄 다카오가 카운터를 탁 쳤다. "보일러메이커 주세요"라고 말하는 거겠지만 아무리 호의적으로 해석해도 "오이라 주요"로밖에 들리지 않는다.

시오리는 다카오의 헝클어진 머리를 쓰다듬어주었다.

"무슨 일이 있었는지 모르겠지만, 그만해. 다른 손님한테 폐가 되니까…… 듣고 있어? 다카오 군?"

귓가에 입을 갖다 대고 그렇게 말하니 다카오도 끄덕였다.

시오리는 덧붙였다.

"오늘은 이 정도로 해둬."

그러나 이 말에는 고개를 저었다.

어쩐지 오늘은 끝까지 마셔야 직성이 풀릴 모양이었다.

이윽고 다카오는 곤드레만드레가 되었고, 그 무렵부터 손님들이 하나둘 돌아가기 시작해 플라주는 조금씩 조용해졌다.

"그럼 또 봐요. 시오리 씨, 준코 씨."

"잘 자요."

히로시도 슈지도 다카오는 챙길 생각조차 하지 않고 기분 좋게 돌아갔다.

결국 미치히코와 아키라가 다카오를 방으로 데려왔다. 걱정돼서 한동안은 시오리가 상태를 보기로 했다.

방을 나갈 때 미치히코가 농담처럼 말했다.

"시오리 씨, 덮치면 안 돼."

"바아보."

씩씩거리자 미치히코는 웃으면서 아래층으로 내려갔다.

다카오는 무척 괴로워 보였다. 바로 눕히면 듣기만 해도 목이 아프게 코를 골고, 그게 잠잠해지면 몇십 초나 무호흡이 된다. 다카오 군, 하고 부르며 자세를 바꿔주면 한동안은 호흡도 돌아오고 코골이도 진정됐다. 하지만 또 몇 분 지나지 않아 원래 상태가 되어버린다. 몸을 뒤집어 다시 천장을 보고 누울 때가 최악이었다. 그대로 죽는 게 아닌가 싶을 만큼 온 힘을 다해 코를 골고, 정말로 죽은 것처럼 호흡을 하지 않았다.

그때 미와가 얼음물 담긴 대야와 수건을 들고 왔다.

"어쩐 일이야. 미와가 마지막까지 있어주다니."

미와는 꾸벅 하고 딱 한 번 조그맣게 고개를 끄덕였다.

침대 옆에 대야를 놓고 수건을 얼음물에 적신 뒤 정성껏 짰다. 미와는 최근 마쓰이 신스케라는, 가게에도 가끔 오는 노인 집에서 도우미 비슷한 일을 시작했다. 준코에게 그 얘기를 들었을 때 시오리는 미와에게 좋은 재활훈련이 되겠다고 생각했다. 준코도 그렇게 말했다.

미와가 다카오의 앞머리를 걷고 이마에 꼭 짠 물수건을 올렸다. 위치를 바로잡고 손을 뗀다. 차가워서 기분이 좋은지 다카오의 코골이가 딱 멈추었다. 호흡도 제대로 했다. 미와는 그 모습을 빤히 바라보고 있다. 창으로 들어오는 달빛에 기리에종이를 오려 사물 형태로 만든 것처럼 선명하게 옆얼굴이 떠올랐다.

아무런 전조도 없이 미와가 입을 열었다.

"이 사람, 뭐 했어요?"

혼잣말처럼 억양 없는 말투다.

"각성제 사용으로 집행유예 기간이래."

"불이 났다고 하던데."

"그런가 봐."

미와가 다카오에게 바싹 가까이 가더니 잠든 얼굴을 무람없이 들여다보았다.

"……이 사람, 좋은 사람?"

"글쎄. 어떨까."

"시오리 씨는 어떻게 생각해요?"

"음…… 나쁜 사람은 아닌 것 같은데."

"그럼 좋은 사람이네."

"모르지. 사람은 두 종류가 아니니까."

그러자 미와는 소리가 날 정도로 힘차게 고개를 저었다.

"아주 나쁜 사람 이외에는 대부분 좋은 사람. 그러니까 이 사람도 아마 좋은 사람. 그럴 것 같아요."

침대 밖으로 축 늘어진 다카오의 손을 미와가 두 손으로 들어 올렸다.

"……난 바보니까요. 하나하나 그렇게 정해두지 않으면 뭐가 뭔지 잘 몰라서요. ……저기, 어째서 매춘은 나쁜 거예요?"

미와는 이따금 이런 걸 묻는다. 한두 마디로는 간단히 설명할 수 없는 다면적이고 뿌리 깊은 문제에 관해 질문한다.

"나도 잘 모르겠지만…… 아마 매춘부는 대개 세금을 내지 않기 때문이겠지."

"……그런가."

미와가 다카오의 손을 침대에 돌려놓았다.

"이 사람…… 이대로 목을 조르면 죽겠죠."

"응, 죽겠지."

"다들 곤란해지려나."

"그렇겠지…… 미와, 이 사람 죽이고 싶어?"

미와는 고개를 갸웃거렸다.

"모르겠어요. 이 사람을 죽이고 이 사람이 안고 있던 세계가 없어지면 내가 안고 있는 세계도 바뀌겠죠. 그게 나한테 나쁜 세계일 거라고 딱 정할 수 없는데, 왜 다들 나쁜 세계라고 단정하면서 조금도 의문을 갖지 않을까요. 그걸 모르겠어요. 모르겠지만 정해진 건 틀림없는 것 같으니 지금은 그냥 외울 수밖에 없다고 생각해요. ……나는 신스케 씨와 섹스해도 괜찮은데."

컥, 하고 다카오가 소리를 냈다.

그걸 본 미와가 한쪽 뺨을 올리며 웃었다.

이 아이는 바보가 아니다. 오히려 너무 영리하고 너무 예리해서 모순된 사회 구조를 꿰뚫고 있다. 그런 게 아닐까.

"이리 와."

시오리가 팔을 벌리자 미와는 조금도 저항하지 않고 품에 쏙 안겼다. 엄마에게 어리광부리듯이 시오리의 가슴에 얼굴을 묻었다. 언제 깨물지 모르지만 시오리는 그대로 있었다.

싸구려 자명종 소리가 몹시 귀에 거슬렸다.

시오리는 평소 옆 동네 도시락 가게에서 아르바이트를 한다. 시간대에 따라 계산대에 설 때도 있지만 대부분 안에서 반찬을 만들거나 밥을 짓는다. 큰 벌이는 아니어도 월세에 웃돈을 조금 보태 준코에게 건넬 정도는 된다.

가끔은 지인이 부탁해 긴자에서 바 일을 도울 때도 있다. 플라주와는 손님층이 완전히 달라서 그건 그것대로 재미있다.

그 가게에서 시오리는 '하루카'로 불린다. 지금 상대하는 이는 일대에 빌딩을 몇 채나 가진 '프티 부동산왕'이다. 몸집이 작고 대머리인 볼품없는 남자로, 늘 번쩍거리는 롤렉스를 차고 다닌다.

"하루카는 부자인 미남하고 가난한 미남하고 어느 쪽이 좋아?"

꽤 취했으니 어쩔 수 없는 일이겠지만 애초에 질문부터 잘못되었다. '부자지만 못생긴 남자하고 가난하지만 잘생긴 남자'라고 물어야 한다. 뭐, 대답은 해둔다.

"부자 미남과 가난한 미남이라면 그야 부자 미남 쪽이 좋죠. 당연한 거 아니에요?"

"어라…… 아니, 틀렸네. 추남인 부자와 가난한 추남이네. 어느 쪽이 좋아?"

아무래도 반만 뒤집는 걸 못 하는 사람 같다.

"어머, 이번에는 양쪽 다 못생겼어요? 나 그렇게 얼굴 밝히는 사람은 아니지만 어차피 못생긴 사람이라면……."

"그래, 그럼 알겠어. 못생긴 부자와 못생긴 가난뱅이라면 어느 쪽이 좋아?"

"하시모토 씨, 아까하고 똑같잖아요."

휴우. 긴자라고 해도 손님 태반은 이렇다.

가게는 막차를 탈 수 있는 시각에 끝났지만 마침 그때 전화가 울렸다.

액정화면에는 '공중전화'라고 떴다. 즉 상대는 휴대전화도 가질 수 없는 신분. 그런 지인은 한 사람밖에 없다.

"여보세요."

"……여보세요. 나야, 시오리."

역시 가쓰미다. 도가시 가쓰미.

"뭐야, 지금 어디야?"

"넌 어디야? 도쿄?"

"응, 지금은 긴자."

"잘됐네…… 신주쿠로 나올 수 있어?"

"신주쿠라면 갈 수 있어."

하지만 집에 돌아갈 때는 택시를 타야 할 테니 어느 정도의 지출은 각오해야 한다.

"골든 가에 '바밤바'란 가게가 있어. 거기 있을 테니 바로 와줘."

"알았어."

"그리고…… 아, 아냐. 어쨌든 빨리 와줘. 부탁할게."

바로 긴자 역으로 가서 마루노우치 선을 탔다. 신주쿠 3초메까지는 십오 분 정도. 거기서 골든 가는 걸어서 십 분 정도일까.

새벽 1시쯤 골든 가 입구에 도착했다.

안내판에서 '바밤바' 위치를 찾는다. 가게가 워낙 많아서 애먹었지만 '하나조노 3번가'라는 거리에 그 이름이 있었다.

총총걸음으로 3번가까지 갔다. 거리 중간쯤 왼편에 '에포골든 가에 있는 술집 이름으로. 작가의 《가부키초 세븐》에도 등장, 바로 위층'이라고 써 붙인 계단 옆. 그곳이 '바밤바' 입구였다.

초콜릿색 페인트가 벗겨진 문을 열었다. 카운터를 따라 스툴이 다섯 개 나란히 있는 아담한 가게였다. 출입구에서 가장 가까운 자리에 있던 남자가 일어섰다. 짧게 깎은 금발. 한밤인데 시커먼 선글라스를 끼고 있지만 시오리는 한눈에 알았다.

가쓰미다. 삼 년 만인가.

"……가쓰미."

"시끄러워."

시오리를 가게 밖으로 떠밀어내더니 그대로 팔을 잡고 끌고 간다. 가게 계산은 했을까.

"아, 아파, 가쓰미."

"그럼 빨리 걸어."

밤길이라 역시 불편했는지 가쓰미는 도중에 선글라스를 벗고 바지 뒷주머니에서 챙모자를 꺼내 눈가 깊숙이 뒤집어썼다.

시오리는 한참 걸은 것 같다고 생각했는데 가쓰미가 걸음을 멈춘 곳은 하나조노 신사였다. 그 가게에서 200미터도 떨어져 있지 않다.

가쓰미는 신전으로 올라가는 큰 계단 뒤로 시오리를 끌고 갔다.

"……시오리, 일단 갖고 있는 돈 다 내놔."

그럴 거라고 생각했다.

"이제 그만해. 도망칠 수 있을 리 없잖아. 이렇게 너덜너덜하게 계속 도망쳐서…… 그래서 대체 뭘 어쩌겠다는 거야. 험한 소리 안 할 테니까 경찰한테 가자."

"닥쳐."

낮은 목소리로 으름장을 놓고는 시오리의 숄더백에 손을 댔다.

"됐으니 있는 대로 내놓기나 해."

"그러지 마, 뜯어져."

"시끄러워, 등신아. 내놓기나 하라고."

"다 가져가면 나도 집에 못 돌아가."

"알게 뭐야."

이윽고 지갑을 발견하고는 찢어놓을 듯이 한껏 펼치더니 있는 지폐를 다 꺼냈다.

"이, 이것뿐이야?"

마침 오늘 오전에 준코에게 월세를 내서 2만 엔 정도밖에 없었다.

"······어쩔 수 없잖아."

"그럼 현금지급기는? 근처에 현금지급기 없어? 거기서 찾아와."

"말도 안 되는 소리 하지 마. 저금이 있을 리 없잖아."

"거, 거짓말 하지 마!"

왼뺨에 마른 소리가 울리고 충격으로 시야가 흔들렸다. 눈 속에서 불꽃이 튀어서 엉겁결에 비틀거렸다. 그래도 그 시절처럼 주먹으로 때리지 않아 다행이다.

"거짓말 아냐. 가쓰미, 지금 내가 뭐 해서 먹고 사는지 알아?"

"어차피 술집이나 몸 파는 데겠지."

그렇게 생각한다는 것보다 그런 식으로밖에 생각하지 못한다는 게 오히려 슬펐다.

"아냐······ 그런 데 안 나가."

"그러고 보니 너 아까 긴자라고 했지."

"그 바는 가끔 일을 도와줄 뿐이야. 한 달에 한두 번 갈까 말까."

"거기서 얼마 버는데?"

"한 번에 7천 엔 정도."

가쓰미가 들개처럼 콧등에 주름을 잡으며 "빌어먹을" 하고 내뱉었다.

"그런 푼돈으로 아무것도 못 하잖아."

가쓰미는 시오리의 지갑을 바닥에 내팽개쳤다. 스탬프 카드와 서비스 티켓 등이 모래 바닥에 흩어졌다. 다행히 동전지갑 지퍼는 닫혀 있어서 그쪽은 무사했다.

시오리는 주저앉아 한 장 한 장 주워 모으고는 모래를 털었다.

"평소에는 도시락 가게에서 아르바이트해. 돈가스나 크로켓 튀기고, 양배추 썰고, 삶은 달걀 껍데기 까고, 밥솥에 밥 짓고, 주먹밥 만들고."

가쓰미는 시오리에게서 등을 돌리고 담배를 꺼내 물었다.

"그딴 시시한 일을 하니 푼돈밖에 못 벌지."

그 푼돈을 갈취하려는 게 누구냐.

"가쓰미, 이제 포기해. 세상이 그렇게 쉽지 않아. 꿈같은 소리만 하고 다니면 망한다니까."

"시끄러워" 하고 가쓰미가 으르렁거렸지만 시오리는 그만두지 않았다.

"난 원래 배운 것도 없고 특기도 없어. 게다가 이제 젊지도 않아서 할 수 있는 일은 한정돼 있고. 그렇지만 그런 내게도 힘내라고 말해주는 사람이 있어. 열심히 하면 인정해주는 사람이 세상에는 있다고. 적어도 나는 그런 사람들에게 도움을 받았거든. 성실하게 살아야겠다고 생각했어."

지갑에 묻은 모래도 털고 카드 등을 챙겨 넣었다.

"가쓰미, 그런 말 곧잘 했지? 아무것에도 얽매이고 싶지 않다고. 그런데 말이야, 그런 거 무리야. 우리는 이 나라에 태어났으니 이 나라 법에 따르고, 묶여서 살아가야 해."

"난 이 나라에 태어나고 싶어서 태어난 게 아니라고."

그렇게 말할 줄 알았다.

"그럼 떠나. 떠날 자유는 당신한테도 있어. 아프리카든 필리핀이
든 남극이든 가고 싶은 나라에 가서 살면 되잖아. 나는 싫어. 난 이
나라에서 살 거야. 제대로 일하고, 세금 내고 사회에서 인정받고, 그
렇게 살기로 마음먹었어. 나쁜 일이야 잔뜩 있지. 남자가 많은 직장
이면 나 같은 여자는…… 바로 강간당할 것 같고. 여자가 많은 직장
이면 짐짝으로 보고, 어느새 전과자였던 게 들키면 순식간에 소문나
고…… 그래도 말이야, 좋은 점도 있어. 나도 성실하게 사는 인간은
등신 같다고 생각했어. 편하게 돈 벌고 싶다고 생각했어."

일어서서 가쓰미의 얼굴을 들여다보았다.

"근데 돈은 버는 방법에 따라 전연 달라져. 훔친 1만 엔과 도시락
만들어서 번 1만 엔은 그 내용이 완전히 달라. 의미가 달라. 당신도
해보면 알 거야. 하면 할 수 있어. 지금은 당신이 그 기회를 헛되이
하는 것뿐이라니까. ……제대로 하면 할 수 있어. 받아줄 사람은 있
다고. 아무도 없다면 내가 그렇게 할게. 그러니까 가쓰미, 자수해. 이
대로 계속 도망쳐봐야 괴로울 뿐이야."

그래도 가쓰미는 고개를 끄덕이지 않았다.

"……시오리. 너 변했구나."

그렇게 말하고 1만 엔짜리 지폐 한 장을 버리듯이 던졌다.

시오리는 얼른 주저앉아 지폐를 주웠다.

가쓰미가 돌아보는 일은 없었다. 양손을 주머니에 찔러 넣은 채 하나조노 신사의 도리이신사 입구에 있는 하늘 천 자 모양의 문를 빠져나갔다.

이렇게 간단한 논리를 왜 모를까 하는 생각과 무리도 아니라는 생각이 뒤섞였다. 시오리도 몇 년 전까지는 몰랐다. 타인의 도움으로 '살아간다'라는 말은, 좋은 사람인 척하는 기독교 신자나 사이비 종교인이 신도를 포섭할 때나 쓰는 표현이라고 생각했다. 아니, 그 정도로도 의식하지 않았을지 모른다.

그런데 지금은 안다.

많은 사람의 도움을 받으며 사회에 의해 '살아가고 있다'라는 사실을.

그리고 그 사실이 그저 기쁘다.

9. 다카오의 좌절

그렇게까지 곤죽이 되도록 마셨으니 당연히 이튿날에는 물 한 방울도 마시고 싶지 않았다.

"수분은 섭취하는 게 좋아. 이온 음료 두고 갈게."

준코가 이것저것 챙겨주었다. 남성 입주자들도 들여다보고 한마디씩 하고 갔다. "오늘 밤에도 마실 거야?" 하고 물으러 온 미치히코. "숙취해소 음료라도 사 올까"라고 한 것은 아키라. 도모키는 "빨래 있어?" 하며 들어와 주변에 흩어진 옷가지 몇 벌을 거두어갔다.

그날은 방에서 꼼짝하지 않았다.

사구치의 조소가 아직 귓속에서 울렸다.

갑작스러운 체포로 해고됐을 뿐만 아니라 자기 때문에 회사는 경찰에 의심을 샀고, 같은 지점 직원은 소변검사까지 받았다. 그 소문은 이윽고 온 업계에 퍼질 거라고 한다. 그런 곳에 다시 뛰어들려고 했던 자신이 부끄럽기 짝이 없었다. 한심하고 바보 같고 비참했다.

완전히 다른 업종을 찾을 수밖에 없다. 그러나 당장은 어떤 일을 할 수 있을지 감도 잡히지 않는다. 컴퓨터를 잘하는 것도 아니다. 영어도 잘 못하고 무슨 전문지식이 있는 것도 아니다. 2종 자동차 면허 말고는 자격증도 없고 이렇다 할 기술도 없다. 자랑할 만한 취미도, 관심사도 없다. 완력도 체력도 없는 편이다. 자신을 곰곰이 돌아보니 그냥 아무 생각 없이 살아왔구나, 하는 사실 외에는 거의 아무것도 찾을 수 없었다.

그날 밤은 마침 플라주도 조용해서 다카오가 도우러 갈 일도 없었다. 몇 시쯤이었는지 미치히코가 뭐 좀 먹겠느냐고 물으러 와주었지만 식욕이 없다며 사양했다. 그러나 그다음에 준코가 담백한 햄야채 샌드위치를 만들어 갖다주었을 때는 보자마자 배가 고파져서 눈 깜짝할 사이에 먹어치웠다. 맛있었다.

"죄송합니다…… 잘 먹었습니다."

먹는다는 행위. 먹기 위해 일한다는 행위. 준코는 타인에게 무언가를 먹일 줄 아는 사람이다. 그뿐만 아니라 살 곳까지 제공한다.

지금 자신은 거기에 의지만 하는 존재다.

갑자기 그녀가 커 보였다.

"준코 씨, 저."

"응."

"일자리 찾는 게 별로 순조롭지 않아서요."

"그런 것 같네."

"저기, 그래서…… 물론 계속 열심히 찾기는 하겠지만, 저기……
찾을 때까지 혹시 괜찮다면."

"아르바이트한다고? 플라주에서?"

바람이 지나갔다.

"……네."

태어난 모습 그대로, 두 팔 두 다리를 벌리고 초원에 서 있는 기분
이었다. 못난 부분도 부끄러운 부분도 준코는 전부 꿰뚫어 보는 것
같았다. 그러나 숨기고 싶지 않다. 아니, 숨겨서는 안 된다. 자신은
대책 없이 부끄러운 존재다. 준코가 받아들여주길 바랄 게 아니라
스스로 받아들여야 한다.

진심으로 말해야 한다.

"죄송합니다. 부탁드립니다."

"뭐야. 나한테 사과해봐야 소용없잖아."

이 말을 들은 것도 처음이 아닌 것 같다.

준코는 쟁반을 옆에 끼고는 영차 하고 일어섰다.

"여기가 다카오 군의 발판이 된다면 그걸로 충분해. 이곳을 발판
삼아 다음 걸음을 내디딜 수 있다면 그걸로 됐어. ……그래. 잘 풀리
지 않을 때 오히려 멈춰 서지 않는 편이 좋을지도 몰라. 멈춰 서면
다시 움직이기 시작할 때 힘드니까. 몸을 움직이다 보면 분명히 좋
은 아이디어도 떠오를 거야. 그렇지만 잊지 마."

준코의 눈빛에 그 '강함'이 서렸다.

"누구도 여기 계속 있지 못해. 언젠가 다카오 군은 이곳을 나가야

해…… 잘 자.”

준코는 쟁반에 샌드위치 접시를 올리고는 방에서 나갔다.

커튼의 흔들림이 이내 멎었다.

다카오 군…….

마침내 사구치의 조소가 멈추고 준코의 말이 그 자리를 대신했다.

언젠가 다카오 군은 이곳을 나가야 해…….

이제 막 들어왔는데. 솔직히 나갈 때의 일은 생각해보지도 않았다. 언젠가는 자신도 이곳을 나간다. 듣고 보니 당연한 얘기지만 지금은 도저히 그때의 자신을 상상할 수 없다.

이곳을 발판 삼아…….

그날 밤 다카오는 꿈을 꾸었다. 격렬한 맞바람 속을 오로지 혼자서 걸어가는 꿈이다. 모래입자가 사정없이 살을 때렸다. 뺨과 이마에 박히는 것 같았다. 모래폭풍이었을지도 모른다. 잿빛 태양은 모래 섞인 바람의 장난에 명멸을 되풀이했다.

어디까지 가면 좋을지 알 수 없었다.

태풍이 언제 멈출지도 알 수 없었다.

플라주로 돌아가고 싶었다. 누군가에게 도움을 청하고 싶었다. 그러나 이름이 나오지 않았다. 머릿속이 새하얘져서 누구를 불러야 좋을지 몰랐다.

이윽고 이름 하나를 떠올리고 소리치다 잠이 깼다.

누구 이름이었을까. 지금은 생각나지 않는다.

준코의 말대로 누워 있어봐야 기분만 가라앉을 뿐이어서 점심때부터 열심히 일하기로 했다.

"어서 오세요."

늘 오는 아주머니 두 명과 함께 런치타임 손님을 맞았다. 그러나 실제로 해보니 잘도 지금까지 이 일을 여자 셋이 했구나 하는 생각이 들었다. 다카오는 조리가 늦을 것 같으면 주방에 들어가고, 테이블 정리가 돼 있지 않으면 서둘러 치우고, 계산대에 사람이 없으면 그쪽도 도왔다.

오늘이 특별히 바쁜 걸까.

"점심때는 항상 이런 분위기인가요?"

"그럼, 매일 전쟁이야."

아주머니에게 그 참에 엉덩이를 맞고는 1시가 지날 때까지 그야말로 숨 돌릴 틈도 없이 일했다.

"그럼 다카오 군, 우린 갈게."

"수고하셨습니다. 내일도 잘 부탁드립니다."

마지막까지 남은 손님은 소파석의 수다 떨기 좋아하는 직장여성 삼인조.

"잘 먹었습니다."

그녀들이 계산을 마치고 나간 뒤에야 오늘 런치타임은 끝났다.

준코가 아이스커피 잔을 들고 밖으로 나왔다.

"다카오 군, 수고했어."

"수고하셨습니다."

준코의 폴로 셔츠 목둘레와 등에는 땀이 조금 배어 있었다. 오늘의 런치 메뉴가 튀김이어서 더 땀을 흘렸을 것이다.

"런치 메뉴와 같은 거 먹을래? 아니면 소면 같은 거로 할래?"

"저는 둘 다 좋은데…… 준코 씨는 소면인가요?"

"응. 뭔가 좀 개운한 걸 먹고 싶어."

다카오는 오늘의 메뉴인 '닭튀김과 탕수육'을 먹기로 했다. 손님에게 서빙할 때부터 먹기를 기대하고 있었다.

직원이라는 자각은 있어서 주방으로 가서 자기 몫은 직접 갖고 왔다.

"남는 거니까 마음껏 먹어도 돼."

"감사합니다. 그럼 잘 먹겠습니다."

거의 이 인분을 접시에 담아서 밥과 함께 카운터에 놓고 본능이 움직이는 대로 먹어댔다. 준코는 옆에서 소면을 먹으면서 다카오를 곁눈으로 흘끗흘끗 보았다.

"맛있게 잘 먹는 모습을 보고 있으면 기분이 좋더라."

그러세요, 라는 말도 제대로 나오지 않았다. 한꺼번에 너무 많이 입에 넣었는지도 모른다.

준코가 말을 이었다.

"술안주를 만드는 일도 별로 싫지 않아. 근데 그건 다들 찔끔찔끔 먹잖아. 따뜻할 때 먹어야 맛있는 음식도…… 튀김 같은 것도 식어서 남기는 걸 보면 왠지 슬프더라. 기왕이면 따뜻할 때 바삭바삭 맛있게 먹어주면 좋겠는데. ……그래서 점심때를 좋아해. 정신없이 바쁘지만."

확실히 밤에는 주문한 음식을 조금씩 먹다 남기는 일이 많다. 아무리 생각해도 맛이 없어서 남긴 건 아니니 만드는 쪽에서는 더 유감스러울 것이다.

플라주는 낮과 밤의 얼굴이 완전히 다르다. 아니, 그렇게 말하자면 아침도 다른 얼굴이다.

"어…… 그러고 보니 이 가게는 점심이 먼저인가요 저녁이 먼저인가요?"

준코가 "응?" 하고 양쪽 눈썹을 한꺼번에 올렸다.

"무슨 말이야?"

"술집으로 시작했는지 식사가 가능한 카페 이미지로 시작했는지, 어느 쪽이 먼저인가 해서요."

준코가 아아, 하고 가볍게 고개를 끄덕였다.

"처음에는 저녁. 그러다가 식재료 활용이나 이것저것 생각해서 점심도 하기로 했어."

"언제 시작했나요?"

"가게 자체는 사 년 전인가."

"그럼 나중에 셰어하우스를?"

거기에는 "아아니" 하고 고개를 저었다.

"셰어하우스와 플라주는 동시에 시작했어. 원래 그럴 생각이었으니까."

"우아, 그럼 그 전에 준코 씨는 뭐 하셨어요? 레스토랑 같은 데서 일하셨어요?"

"뭐야."

준코가 또 잠깐 '강한' 눈으로 다카오를 본다.

"오늘은 되게 질문이 많네. 내 과거를 캐봐야 아무것도 안 나와."

"아니, 별로 그럴 생각은 없습니다만."

그렇다고 딱히 화제가 있는 것도 아니다. 다카오는 괜히 바깥 도로 쪽으로 시선을 보냈다.

다리가 튼실한 여고생 두 명이 가게 앞을 지나갔다. 둘 다 두 가닥 있는 가방 손잡이의 한쪽만 멨다. 다카오는 볼 때마다 생각한다. 저렇게 사용하면 재봉선 부분에 부담이 가서 이내 떨어지지 않을까. 실제로 가방 내용물이 길에 쏟아진 여고생을 본 적이 있다. 어디였더라. 전에 살던 집 근처 역이던가.

그런 생각을 하는데 가늘고 길고 곧은 다리 두 개가 가게로 들어왔다.

"다녀왔습니다."

"미와. 어서 와."

다카오도 준코에게 맞춰 "어서 와요"라고 해보았지만 가슴 언저리에 무언가 복잡하고 탁한 것이 끓어올랐다.

"아아, 피곤해."

메고 있던 토트백을 두 개 건너 스툴에 내려놓고 "에구구"하며 다카오 옆에 앉았다. 비누 냄새 같은 게 코끝에 떠돌아 가슴속 탁한 것이 더 복잡하게 뒤섞였다.

"미와, 점심은?"

"먹었어요. ……준코 씨, 나도 가끔 가게 도와도 될까요."

준코는 빙그레 웃으며 조그맣게 두 번 고개를 끄덕였다.

"그래주면 고맙지. 미와는 손님들한테 인기도 많고."

듣고 있기는 한 건지 미와는 카운터에 팔꿈치를 괴고 시시하다는 듯이 손톱 끝을 만지작거렸다. 분홍색과 초록색, 하나씩 번갈아가며 다르게 칠했다.

미와의 옆얼굴은 참 예뻤다.

왜일까. 좀 반가운 듯한 그런 기분이 들었다.

평소 같은 밤이었다. 가게는 8시부터 9시 무렵이 가장 혼잡하고 10시쯤에는 만석이 된다. 오늘 밤도 그런 패턴일 거라고 생각했다.

다른 점이 있다면 미와다.

미와는 가는 다리를 어필하듯 미니스커트를 입고 손님과 테이블 사이를 춤추듯이 누비며 다녔다. 애초에 다카오가 그녀에 관해 아는 바는 거의 없지만, 그래도 딴사람 같다는 생각이 들었다.

터질 듯이 웃는 얼굴이란 저런 표정을 말하는 것이겠지. 주문할 때도 요리나 음료를 나를 때도 미와는 "알겠습니다" "기다리셨습니다" 한 마디에 반드시 미소를 곁들였다. 그 미소가 주위를 환하게 비추었다. 남성 손님은 대부분 미와가 지나갈 때마다 곁눈으로 좇았다. 그럴 만도 하지만 막상 그 광경을 보고 있으니 다카오의 가슴속에 또 뭔가 복잡한 것이 끓어올랐다.

그 무표정과의 차이는 뭐냐…….

하지만 미와의 웃는 얼굴에서 갑자기 그늘이 보였다. 아직 10시가 될까 말까 한 무렵이었다. 처음에는 오랜만에 일을 도와서 너무 의욕을 부린 건가 생각했다. 평소 한다는 서비스업이 무엇인지는 모르지만, 어쨌든 플라주 접객은 꽤 다른가 보다. 그렇게 생각했다.

그러나 미와 나름대로 노력은 하고 있다. 노력이랄까, 오기다. 손님에게는 보이지 않게, 준코나 다카오에게만 보이는 각도로 눈썹을 찡그렸다. 출입구에서 가장 가까운 테이블에 앉은, 낡도록 입은 슈트 차림의 남성 손님 두 명에게서 추가 주문을 받아올 때는 이를 꽉 물기도 했다.

미와가 괴로워하는 표정은 준코도 눈치챘을 텐데 절대 쉬라고 하지 않았다. 한번 부리기로 하면 쓰러질 때까지 부린다. 준코에게는 그런 면이 있는 것 같다. 다카오와 달리 미와는 어디까지나 '도우미'이니 그렇게까지 엄하지는 않아도 될 텐데.

미와가 카운터로 돌아온 타이밍에 다카오는 말을 걸어보았다.

"미와, 괜찮아? 좀 피곤한 거 아냐?"

그러나 미와의 반응은 의외였다.

"……아니라니까."

초조함이 가득한 눈을 치켜뜨고는 흘겨보았다.

마침 시오리와 미치히코가 같이 돌아왔다.

"미와, 어쩐 일이야."

시오리가 작은 손가방을 장난치듯이 빙 돌렸다. 미와는 시오리에게도 똑같이 눈을 흘겼다. 아니, 더 험상궂게 노려본 것 같기도 했다.

그때였다. 출입구에 가장 가까운 테이블, 카운터에서 보면 왼쪽이어서 스태프에게는 '왼쪽 테이블'로 불리는 자리. 그곳에 있던 남성 두 명이 이쪽으로 다가왔다.

뭐지…….

분위기가 심상치 않았다. 마음껏 먹고 마시자 하고 찾아온 얼굴이 아니다. 일종의 분노, 아니 노골적인 적의라고 하는 편이 맞을까. 두 사람은 빠른 걸음으로 시오리를 좌우에서 감싸듯이 섰다.

"야베 시오리 씨?"

남자의 배 언저리에서 무언가가 빛났다. 한순간이었지만 다카오는 알았다. 겨우 몇 달 전에도 본 적 있다.

경찰 수첩…….

갑자기 표정이 굳은 시오리가 두 사람의 얼굴을 번갈아 보았다.

"그런데요. 무슨 일로?"

"도가시 가쓰미가 지금 어디 있는지 아시죠?"

시오리는 "뭐어요?" 하고 목소리가 거칠어지며 남자 쪽을 향해 섰다.

"몰라요, 그런 거."

이상한 분위기를 읽었는지 손님 몇 명이 이쪽을 보았다.

갑자기 BGM 음량이 커졌다. 가림막 커튼 근처에 도모키가 서 있었다. 오디오 본체는 가림막 커튼 안쪽에 있다. 소동을 주위에 알리지 않으려고 도모키가 소리를 높인 것이다.

또 한 명의 남자도 시오리에게 물었다.

"당신은 어젯밤 긴자의 가게에서 나온 뒤, 바로 귀가하지 않고 다른 데로 갔죠. 새벽 2시가 지나서 택시로 이곳에 돌아왔고. 도가시를 만나러 간 거 아닙니까?"

시오리가 주위를 흘끗 돌아보았다. 손님들이 아니다. 카운터에 있는 준코, 그 앞에 있는 미와, 바로 옆에 있는 미치히코. 한 명 한 명의 얼굴을 본 뒤 가볍게 고개를 끄덕였다.

"네. 만나긴 만났어요. 하지만 있는 곳은 몰라요."

"그럴 리 없잖아요. 도가시한테는 이제 당신밖에 기댈 사람이 없다고요. 특히 이 도쿄에는…… 도가시한테 얼마 줬어요?"

시오리가 오른쪽 남자를 흘낏 노려보았다.

"줘요? 웃기지 마요. 가방 낚아채서 멋대로 지갑 열고 있는 대로 빼갔어요. ……주다뇨. 듣기 거북한 소리 하지 마요."

다른 한 사람이 시오리의 얼굴을 빤히 들여다보았다.

"지금 상황이 어떤지 알아요? 그런 건 수배범 도주를 돕는 짓이라 이번에야말로 구속입니다. 당신은 아직 집행유예 기간이니까."

가늘고 차가운 바늘이 다카오의 가슴을 정면에서 찌르고 바로 뒤로 빠져나갔다.

시오리가 집행유예 기간?

그 남자는 시오리의 어깨를 안는 듯한 몸짓을 했다.

"서에서 찬찬히 들어보죠. 임의동행 중에 말해주면 나쁘게 하지 않을 테니까."

거기에 끼어든 건 웬걸, 미치히코였다.

"아, 이봐요. 적당히 해요. 모른다잖아요."

남자의 눈이 날카로워졌다.

"당신은 뭐야."

미치히코도 지지 않고 가슴을 폈다.

"난…… 여기 동거인요."

"내연 관계인가."

"아니, 이 셰어하우스 입주자요."

"그럼 관계없잖아. 섣불리 끼어드는 거 아냐. 당신도 이런 여자 감싸다가 공무집행 방해로 체포되면 억울하잖아."

미치히코가 금방이라도 달려들 듯이 주먹을 쥐었다.

"이런 여자라니…… 시, 실례잖아, 시오리 씨한테. 시오리 씨는 당신들이 생각하는 그런 사람이 아니라고. 대체 뭐야. 시오리 씨가 뭘 했다는 거야, 어? 지금 당신이 한 말 전부 기억하고 있어. 당신이 공무집행 방해로 나온다면 난 명예훼손으로 고소할 거야. 어이, 어때."

위험한 상태였다. 미치히코의 언동은 명백히 도가 지나쳤다. 경찰에게 그렇게 감정으로 부딪히면 안 된다. 반드시 아픈 한방을 먹게 된다. 어떻게든 해야 하는데…….

하지만 미치히코를 말린 사람은 다카오도 도모키도, 심지어 준코도 아니었다.

시오리 본인이었다.

"미치히코 씨. 됐어. 그만해."

살며시 그 가슴에 손을 댔다. 꽉 쥔 주먹도 부드럽게 만져 풀어주었다.

"그렇지만, 시오리 씨."

"됐어. 할 수 없지…… 우리가 전과자인 건 사실이니까. 인생이 그렇게 간단히 리셋되지 않아. 과거는 언제까지고 따라다녀. ……속죄는 할 수 있어도 실수를 저지른 과거를 지울 순 없어. 그건 어쩔 수 없는 거야. 그러니까 의심받는 것도 어느 정도는 어쩔 수 없다고 생각해. 참을 수밖에 없어. 그런 건 힘들지 않아. 다만 아무리 사실을 말해도, 애타게 호소해도 믿어주지 않는다는 거…… 그게 제일 슬퍼."

눈물이 흐르지 않게 시오리가 위를 보았다.

"난 절도로 체포된 게 아닌데 직장에서 뭔가 없어지면 꼭 의심받아. 그럼 없어진 만큼 무임금으로 일해야 해. 무임금 야근을 얼마나 했는지 몰라. 그런데 결국 영문 모를 이유로 잘렸어. 어차피 잘릴 거면 야근 따위 하지 말걸."

시오리는 다시 오른쪽 남자를 보았다.

"형사님, 뭐든 솔직하게 얘기할게요. 경찰서까지 가자고 하면 같이 갈게요. 근데 가도 지금 여기서 한 말과 마찬가지예요. 어젯밤에 도가시가 불러내서 만났어요. 신주쿠 하나조노 신사에서요. 그전에 도가시는 골든 가의 '바밤바'란 가게에 있었어요. 더 전에는 어디 있었는지도 모르고, 신사에서 어디로 갔는지도 몰라요. 뺏긴 돈은 1만 2, 3천 엔이에요. 사실은 2만 엔 넘게 있었지만 전부 가져가면 집에 못 간다고 하니까 1만 엔 돌려줬어요…… 정말 그게 다예요."

다 듣고 난 남자는 고개를 끄덕이며 좀 전까지와는 조금 다른 분위기로 말했다.

"알겠습니다. 그러나 지금 들은 얘기를 조서로 꾸며야 되고, 도가시의 현재 인상착의는 어떤지 그런 것도 듣고 싶어요. 우리는 되도록 빨리 놈을 잡아넣고 싶어요. 돈도 없고 팔 물건도 없는 도가시가 언제 무슨 짓을 저지를지 모르니. 무슨 일이 생기고 난 뒤에는 늦어요…… 알겠죠? 협력해줄 거죠?"

시오리는 고개를 끄덕이고는 두 형사 사이에 낀 상태로 가게에서 나갔다. 그러고 나서 분위기가 어수선했던 것도 몇 분 정도였다. 그것도 출입구 근처만 그랬을 뿐 나머지는 평소의 플라주로 돌아갔다.

하지만 다카오는 아무래도 평소대로 돌아갈 수 없었다.

시오리에게는 전과가 있고 지금도 집행유예 기간이다…….

보이는 풍경이 완전히 달라져버렸다.

조용히 돌아가는 실링팬.

블루스 리듬의 BGM과 손님들의 이야기 소리, 웃음소리.

원래의 웃는 얼굴을 되찾은 미와. 가게 안 상태를 냉정히 보는 준코. 카운터에서 횟술을 마시는 미치히코. 2층에 올라갔는지 보이지 않는 도모키. 아직 돌아오지 않은 아키라.

다들 알고 있었나. 시오리가 전과자라는 것도, 집행유예 기간이란 것도 전부 알고 있었나.

알면서 지금까지…… 그런 거였나.

10. 기자의 잠입

플라주를 찾는 손님은 역시 압도적으로 남성 쪽이 많다.

점심에는 남자들도 배를 채울 만한 양을 항상 준비해두고, 밤에는 세련된 요리보다 맥주에 어울리는 진한 맛의 안주를 푸짐하게 내놓는 스타일의 가게 같다. 그렇다고 여성이 들어가기 어려운 분위기는 아니다. 오히려 여성끼리 가볍게 들어갈 수 있다. 그런 여성 손님을 '노리고 온다'라고 하면 편견이 지나칠지 모르지만, 실제로 그 점이 남성 손님을 더 불러들이는 요소였을 거라고 생각한다. 어쩌면 주인이 아사다 준코라는 여성이라는 점도 같은 효과가 있을지 모른다.

어쨌든 플라주에는 항상 남자가 출입한다.

덕분에 A가 이곳에 산다는 것을 확인하는 데 예상외로 시간이 많이 걸렸다. 애초에 나는 A의 생김새를 몰랐다. 머리 모양이나 수염 유무도 모르고 석방 때보다 살이 쪘는지 빠졌는지 모른다. 평상복을 고르는 취향이 어떤지도 모른다. 굳이 말하자면 바뀌지 않는 것은 키 정도일까. 그러나 그마저 키높이 신발을 신으면 판단할 거리가 없어진다. 그런 남자가 다른 남자들과 섞여서 플라주에 출입한다. 이보다 더 알아보기 어려울 수 없다.

그러나 간신히 A가 살고 있음은 확인했다. 나갈 때 차림과 돌아올 때 차림이 같은 것이 세 번이면 충분할 것이다. A는 플라주 입주자가 틀림없다. 나는 그렇게 확신하기에 이르렀다.

혹시 A는 여기서 C와 관계를 회복하지 않았을까. 그것도 한 가지 가설로 고려해봄 직하다. 플라주는 여성도 입주가 가능하니 그럴 가능성 역시 제로는 아니다. 아니, 오히려 둘의 관계가 회복되었기에 C가 A에게 유리하도록 증언을 번복했다고도 생각할 수 있다. 그래서 무죄 선고를 받은 A는 사회에서 다시 C와 관계를 가진다…… 이렇게 가정해볼 수도 있다. A가 무죄 판결을 받은 것이 타당한지, C의 증언에 신빙성은 있는지는 상관없다. 중요한 것은 스토리다. 대중이 이해하기 쉽고 감정이입이 간단한 설득력 있는 판타지.

다만 결과부터 말하자면 이쪽은 아니었다. 내가 조사를 시작했을 때 플라주에 사는 여성은 주인 아사다 준코를 제외하면 두 사람. 분홍색 류색 소녀와 삼십대 중반에서 후반 사이인 여성이었다. 이건 한눈에 알아보았다. 소녀는 물론이고 또 한 명의 여성도 C는 아니었다. C는 키가 더 작고 체형도 땅딸막하다. C는 플라주에 없다. 그렇게 결론지을 수밖에 없었다.

그 대신 삼십대 여성의 정체가 궁금해졌다. 어딘지 모르게 낯익은 얼굴이랄까. 저널리스트의 코에 익숙한 냄새가 났다.

답은 의외로 가까운 데 있었다.

취재 노트에 남아 있는 내 기록이다.

여자의 이름은 '야베 시오리'. 삼 년쯤 전, 코카인 대량 소지 혐의로 경시청에 체포되었다. 그러나 복용했다는 증거까지는 나오지 않아 집행유예 판결을 받았다.

이 여자는 취재 대상이 아니었다. 원래는 음악계 연예인이 많이 출입하는 롯폰기 클럽에 관해 조사하다가 거기에 대량의 코카인을 소지한 남자가 있다는 정보를 얻고 잠입 취재를 시도했다.

남자 이름은 '도가시 가쓰미'.

도가시와 시오리는 소꿉친구로, 십대 중반부터는 연인 사이였다. 시오리가 도가시의 아이를 지운 적 있다는 소문도 들었다. 시오리 쪽이 더 좋아해서 도가시는 철저하게 시오리를 이용했다. 돈도 갖다 바치게 하고 거래 심부름도 시켰다. 시오리의 자택을 코카인 은폐 장소로 쓰기까지 했다. 아니, 은폐 장소에 시오리를 살게 함으로써 코카인을 지키게 했다는 말이 사실에 가까울지도 모른다.

시오리는 결국 잡혔지만 도가시는 도망쳤다. 나는 도중에 이 사건을 버려서 도가시가 그 후에 어떻게 됐는지 모른다. 하지만 체포됐다는 얘기도 듣지 못했으니 아마 아직 도망 다니고 있을 것이다.

어쨌든 이것은 큰 발견이었다.

플라주 근처 편의점에서 주먹밥과 캔커피를 사다 가게 앞에서 먹고 있는데 아직 십대로 보이는 소년 두 명이 바로 앞 보도를 지나갔다. 이쪽을 흘깃거리는 듯한 두 사람의 시선은 느꼈지만 그 시점에서는 딱히 별다른 게 없었다. 나는 담배를 한 개비 피우면서 캔커피를 마시고, 두 개비째를 다 피웠을 즈음 편의점 앞을 떠났다. 밤도 깊어서 그날은 집에 돌아갈 생각이었다.

역을 향해 걷기 시작한 지 이삼 분쯤 지났을까. 등 뒤에서 "있다" "저놈이냐" 하는 소리가 들렸다. 어린 목소리여서 편의점 앞에서 본 두 명을 떠올렸다.

돌아보니 예상대로였다. 게다가 여자아이 두 명이 가세해서 전부 네 명이 됐다. 나는 역 방면으로 다시 돌아섰지만 등 뒤에서 발소리가 다가오는 건 느꼈다.

다행인지 불행인지 달리 지나가는 사람은 없고 근처 민가에 불빛도 없었다.

"어이, 아저씨. 잠깐 서봐."

총총걸음의 발소리가 바로 뒤까지 오더니 갑자기 어깨를 잡았다. 내가 발을 멈추자 네 명은 쪼르륵 나를 둘러쌌다.

나는 네 개의 얼굴을 죽 확인했다.

"뭐냐."

어깨를 잡은 소년은 검은 바탕에 금색 줄이 들어간 운동복을 입었다.

"뭐냐가 아니지. 무슨 속셈인데?"

"너희야말로 갑자기 무슨 속셈이냐."

옆에 있던 소녀가 "이 사람이야, 틀림없어" 하고 나를 노려보았다. 눈썹을 한계까지 가늘게 다듬고, 껍데기를 쪼갠 성게 같은 속눈썹을 붙인 요즘 여자아이다. 다른 한 명도 차림새는 비슷했다.

사정은 대충 파악했지만 나는 물러날 이유가 없었다.

"손을 놓지 그래."

내가 손목을 잡자 다른 소년도 가세할 생각인지 내 웃옷에 손을 짚었다. 거꾸로 쓴 흰색 모자. 눈썹은 다 밀어서 거의 모공밖에 남지 않았다.

"무슨 속셈이냐고 묻잖아."

"질문을 할 때는 상대한테도 의미가 통하도록 얘기하는 거다."

"잘난 척하지 마, 이 꼰대."

검은 운동복 소년이 주먹을 쥐고 휘두르는 시늉을 했다. 두 여자아이가 동생인지 친구인지는 모른다. 다만 무게를 잡고 싶다면 상대를 잘 골라야 했다.

"왜 그러냐. 치고 싶으면 빨리 쳐. 내 싸움 신조는 '선공 필승'보다는 '정당방위'다. 한 방은 맞아주지."

"야, 이 나쁜 놈아."

드디어 주먹이 날아왔다. 나는 굳이 안면—정확하게는 이마—을 상대를 향해 내밀었다. 맞아도 되고 맞지 않아도 된다고 생각했다.

결과적으로 소년의 주먹은 내 왼쪽 관자놀이를 스쳤을 뿐. 물론 몸무게를 실은 내 박치기는 그런다고 멈추지 않는다. 그대로 소년의 오른쪽 광대를 들이받았다.

퍽, 하고 소리는 났지만 별일은 없었다.

간발의 차도 없이 다른 소년의 목에 팔을 둘러서 뒤통수에 있는 흰색 모자챙을 꽉 잡고 아래로 쑥 내렸다. 당연히 소년은 뒤로 몸이 넘어가면서 오른쪽 다리를 들고 깽깽이걸음이 됐다.

나는 왼손으로 그 오른쪽 다리의 오금을 받치고 오른손으로는 소년의 목을 잡았다. 스모에서 말하는 '노도와 상대방의 목을 엄지손가락과 집게손가락 사이로 눌러 미는 것' 요령이다.

"할 얘기가 있으면 지금이라도 들어주지. 단, 시시한 내용이면 이대로 머리를 땅바닥에 처박아주겠다. 너희가 주의할 사항은 단 하나. 자기보다 나이 많은 사람한테 실례되지 않는 바른말 사용이야."

두 여자아이가 겁에 질린 얼굴로 마주 보았다. 박치기를 당한 소년은 반쯤 울상을 지으며 그 자리에 주저앉았다.

아까 "틀림없어"라며 나를 노려보던 여자아이가 말을 꺼냈다.

"그, 근데 우리 집 앞에서 며칠이나 죽치고 있으니까…… 다들 변태라고 그래서."

잠복을 제삼자가 보면 이런 문제는 종종 생긴다. '우리 집'이란 아마 플라주 맞은편 집합주택일 터이고 여자아이가 거기 사는 모양이다. 여자아이의 말투는…… 뭐, 이번에는 너그럽게 봐주자.

"그건 착각이야. 난 변태가 아니고 너희 집에도 너한테도 흥미 없어. 중학생인지 고등학생인지 모르겠지만 너희 수준 싸움에 어울려줄 시간도 없고. 이대로 얌전하게 돌아간다면 나도 일을 험하게 만들지 않기로 하지. 어쨌든 너희 눈에 띄는 곳에 장시간 있었던 점은 잘못이라고 생각한다. 미안하다. 앞으로는 조심하지."

나는 오른쪽 다리, 목 순서로 손을 놓아주었다. 그는 잠시 비틀거리다 "젠장" 하고 불만을 흘렸지만 여자아이 한 명이 "그만 됐어"라고 하니 그 이상 반항적인 태도는 취하지 않았다. 웅크리고 있던 검은 운동복도 이윽고 말없이 일어섰다.

"……아팠지. 미안하다. 이거로 얼음이라도 사서 찜질해라."

주머니에서 1천 엔짜리를 꺼내 건네자 검은 운동복이 "감사합니다" 하고 한 손으로 받아들었다.

아마 중학생일 것이다.

잠복도 한계 같아서 다음 방법을 쓰기로 했다. 구체적으로 말하자면 플라주에 입주자로 잠입하는 것이다.

그런데 플라주에 공실이 있는지는 부동산에 물어도 좀처럼 알 수 없었다. 한 부동산에서는 "어쩌면"이라고 전제하더니 이런 이야기를 해주었다.

"일종의 갱생시설 같은 곳일 겁니다. 몇 명이나 입주할 수 있는지는 모르겠지만 적어도 한 명은 살인으로 구치소에 있었고 한 명은 약으로 집행유예 기간일 걸요. 방은 지금 다 차지 않았을까요. 요즘 세상에는 부모도 전과자의 보증인이 되고 싶어하지 않으니. 보호사는 모두 필사적이죠. 전과를 알면서 받아주는 곳이라면 업자에게 정보를 흘리지 않아도 방이 다 찰 걸요. 보호사 사이에서 혹은 보호관찰소 안에서 말이죠. 지금 방이 몇 개 비었다든지 한 명쯤은 들어갈 거라든지 하는 정보가 돌아서요. 그것만으로 방이 다 찰 가능성은 있죠."

나는 어떻게든 그곳에 잠입할 수 없는지 부탁해보았다.

"아무리 언론인이라지만 취향 특이하시네…… 음, 일단 알아보긴 하죠."

그리고 이 주일쯤 지났을 무렵 그 사람에게서 전화가 왔다.

"역시 그런 것 같네요. 그쪽 계통 시설이랄까요. 공적인 곳은 아니고 어디까지나 자원봉사 같지만. 뭐 보호사도 자원봉사지만요. 그러니까 거기 입주하고 싶으면 가짜여도 괜찮으니 뭔가 전과가 있는 편이 잘 통하지 않을까요. 전문 지식이 필요한 범죄는 연기하기 어렵겠지만…… 교통사고 전력 같은 건 있지 않아요?"

나는 그 아이디어대로 가짜 전과를 준비해 플라주에 잠입을 시도했다. 부동산 관계자의 중개로 보호사의 협력까지는 얻기 힘들었다. 그러나 바로 찾아가니 오너 아사다 준코는 꼬치꼬치 캐묻는 성격이 아닌지 간단한 사정 설명만으로 "그래요. 알겠어요" 하고 순순히 입주를 인정해주었다. 점심시간에 세 번 정도 온 적이 있으니 얼굴을 기억할 가능성도 있지만 아무 말도 하지 않았다.

이미 잠복을 통해 알고 있었다시피 밤의 플라주는 파티 상태가 될 때가 많다. 나는 술 마시고 떠드는 걸 별로 좋아하지 않지만 정보 수집을 위해서는 참여하는 편이 좋다고 판단했다.

입주 첫날밤에 얘기를 나눈 사람은 하야시 히로시라는 단골손님이었다.

"오오, 신입이신가. 무슨 일 해요?"

"지금은…… 건축 현장에서 이것저것 하고 있습니다."

"오, 큰 데서 하청받아요?"

"큰 데는 없습니다. 아는 사람의…… 뭐, 동네의 현장 감독 같은 사람이죠."

도리어 이쪽이 정보 수집을 당하면 어떡하나 싶었지만, 첫날부터 '어울리기 좋지 않은 놈'이란 인상을 심어줘봐야 손해이니 한동안은 참았다.

"그렇군. 나도 현장에서 일해서…… 뭐, 거푸집이나 만들지만. 그럼 현장 같은 데 있으면 소개하죠. 이 지역 업자는 대부분 아니까. 뭐든 의논하슈."

"네, 감사합니다. 잘 부탁합니다."

하야시 히로시에게는 항상 서너 명의 동료가 있었다. 듣자하니 작업 동료, 중학교 후배 등 관계는 다양했지만 대부분 양아치 출신인지 그런 유의 이야기가 시작되면 길어졌다.

"왜, 자전거 체인 있잖아요. 슈지 이 녀석은 어릴 때 항상 그걸 갖고 다녔는데 거의 쓴 적은 없어요."

히시다 슈지. 하야시보다 훨씬 젊은 중학교 후배라는 남자다.

"히로시 씨, 그 얘기는 됐다니까요."

"되긴 뭐가 돼. 이 녀석이 그걸 고카 패거리하고 십대십으로 붙었을 때 처음 썼는데, 헛방 날려서 자기가 맞는 바람에 등이 지렁이처럼 쫙 부었다니까요."

"히로시 씨는 그때 일찌감치 도망쳤잖아요."

"멍청아. 네가 제방에서 울상으로 웅크리고 있다고 유미코가 전화했을 때, 데리러 간 사람이 나잖아."

'고카'도 '유미코'도 설명이 없어서 누군지 모르겠다.

"아니에요. 제방에 있던 건 니시코네 놈들이 잠복했다가 덮쳐서 당했을 때잖아요. 게다가 전화는 유미코가 아니라 우리 누나가 했다고요."

"그랬나……."

한가해지니 아사다 준코도 이야기에 가세했다.

"슈지, 그거 있잖아. 가와사키 얘기."

"아, 그거요."

순식간에 히로시가 두 손을 크게 흔들었다.

"준코 씨, 그건 좀 아니잖아요."

아무리 봐도 준코가 연하인데, 히로시나 그 밖의 단골도 '씨'를 붙여서 부르는 것 같았다.

슈지는 아랑곳하지 않고 의기양양하게 계속했다.

"그맘때 우리는 가와사키 애들과 내내 부딪혔거든요. 한번은 전쟁이라고 스무 명 정도가 공격해서요. 뭐, 고통 분담이랄까. 양쪽 다 절반 정도는 바로 흩어져서 도망치고, 나하고 몇 명만 남아서 열나게 두들겨 맞았죠. 그때 야스오카 씨하고 히로시 씨가 차 두 대로 데리러 왔거든요…… 와준 건 좋은데 히로시 씨가 돌아가는 길에 복통이 나서 차를 막 세우고……."

걸핏하면 히로시가 끼어들고 슈지도 웃는 통에 좀처럼 얘기가 진행되지 않는다.

"다…… 다이이치케이힌 국도 갓길에서…… 똥을 싸가지고."

"야, 더 얘기하면 진짜 죽여버린다."

"거기에…… 자전거 탄 순경이 온 거예요. 어이어이, 너 뭐 하는 거야 하고 물으니까…… 히로시 씨가 엉덩이 다 내놓은 채로 똥 싸지 뭐 하겠어요, 하고 소리쳤다니까요. 그 순간 또 배에 힘이 들어가서 뿌지지직 싸고……."

히로시도 웃다가 눈물을 흘리면서 그만 좀 하라고 슈지에게 매달린다.

그래도 슈지는 그만두지 않았다.

"그랬더니 이번에는 순경이 차 쪽으로 오더라고요. 안을 들여다보며 너희 뭐 하는 거야, 상처투성이네, 상황이 이렇게 돼서…… 아마 싸움 때문에 신고도 들어가 있을 테니 들키면 큰일이었죠. 그래서 히로시 씨가 필사적으로 우리를 감싸려고 한 건 좋았는데, 순경 아저씨, 저 녀석들은 됐으니까 휴지 좀…… 하고 팬티를 무릎까지 내린 상태로 고추를 덜렁거리면서 엄청 불쌍한 얼굴로 소리를 질러댔죠. 그랬더니 순경이 히로시 씨 쪽을 보고…… 너 인마 공연외설죄야, 하고 결국 히로시 씨만 체포했잖아요."

어느새 다른 일행까지 가세해 카운터 주위는 폭소의 도가니. 다른 손님이 불러 준코가 떠난 뒤에도 히로시 무리의 무용담이랄까 폭로담이랄까, 유치한 옛날이야기는 계속됐다.

물론 같이 웃고 있었지만 나는 곁눈으로 계속 주위를 살폈다. A는 아직 돌아오지 않았나. 놈이 이 자리에 있으면 얘기에 낄까 아니면 2층에 올라가 혼자 밤을 보낼까.

10시가 넘으니 야베 시오리가 돌아왔다. 히로시는 그녀가 어지간 히 좋은지 다른 일행을 쫓아내고 옆자리에 앉혔다.

"시오리 씨, 이 사람 신입이래."

"그래요? 처음 뵙겠습니다. 야베 시오리예요."

나도 자기소개를 했지만 그뿐이었다. 히로시가 바로 등을 돌리는 바람에 나는 없는 사람이나 다름없는 취급을 받았다. 그건 그것대로 편했다.

몇 커플의 손님이 돌아가고 가게가 좀 한가해진 0시 무렵. 륙색 소 녀가 돌아왔다. 이날 밤은 륙색 대신 수수한 토트백을 메고 있었다.

준코가 나서서 소개해주었지만 전혀 관심 없다는 반응이었다.

"고이케 미와입니다."

그녀는 살짝 머리를 숙이고는 곧장 가게 안 감색 가림막 커튼을 지나 2층으로 올라갔다.

그 모습을 눈으로 쫓으면서 준코는 조금 어색한 미소를 지었다.

"저 아이, 기분파여서요. 신경 쓰지 마세요."

"네…… 괜찮습니다."

"뭐 더 만들어드릴까요?"

"그럼 소주 미즈와리로 부탁합니다."

"네."

참으로 기분이 묘했다.

입주자와 손님, 손님과 주인. 가게 안과 밖, 가게와 2층 주거 공간.

그런데 그것이 신기하게 편안하다.

나는 취재 때문에 이곳에 있다. A라는 남자를 알기 위해 위장하고 파고들었다. 나는 파헤치는 쪽 사람이고 타인은 어디까지나 파헤칠 대상에 지나지 않는다. 그러나 문득 그 사실을 잊을 뻔했다.

처음에는 방문이 없다는 설명을 듣고 놀랐지만, 막상 방에 들어가 보니 나쁘지는 않았다.

파헤칠 것까지도 없이 드러난다.

숨기지 않으면 들킬 것도 없다는 건가.

이 가게의 이름, 플라주는 프랑스어로 '해변'이라는 뜻이다.

바다와 육지의 경계. 그것은 항상 흔들리고 있다.

11. 다카오의 의심

원래는 기념할 만한 아침이었을지도 모른다.

플라주의 입주자가 다 모여 아침식사 자리에 앉았다. 다카오가 이곳에 온 뒤 처음 있는 일이다.

"다카오 군, 밥 좀 펴."

"네."

준코가 지인에게 은대구 된장절임을 얻었다며 오늘 아침은 일식으로 준비했다. 유부와 무를 넣고 끓인 된장국에 오이절임. 날달걀, 낫토, 명란젓은 원하는 사람에게만 주었다.

가까운 곳부터 한 사람씩 요리 쟁반을 들고 간다.

카운터 제일 앞에 앉은 사람은 아키라다.

"받아요."

"고마워요."

아키라는 가볍게 고개를 끄덕이면서 양손으로 쟁반을 받아들었다.

옆에는 미와.

"자, 여기."

"……고마워요."

꾸벅 머리를 숙이고 입가에 희미하게 형식적인 미소를 지었다. 특이한 아이구나, 하고 새삼 생각했다.

다음은 미치히코.

"미치히코 씨는 날달걀."

"고마워."

그다음이 시오리다.

"오래 기다리셨어요. 여기요."

"고마워."

어젯밤 귀가가 늦은 탓이리라. 그렇게 봐서인지 오늘 아침은 안색이 밝지 않다. 눈도 아직 좀 졸린 것 같다.

도모키는 플로어 안쪽, 늘 앉는 소파석에 있다.

"도모키 씨는 풀옵션으로."

"오, 땡큐."

"저하고 준코 씨도 이쪽에 앉아도 될까요."

"물론."

남은 두 사람 몫까지 소파석에 나르고 준코가 앉았다.

"한참 기다리셨습니다. ……자, 먹읍시다."

모두 "잘 먹겠습니다" 하고 입을 모았다. 뒷모습을 보았을 뿐이지만 미와가 의외로 정중하게 손을 모으는 모습이 다카오에게는 인상적이었다.

요리는 늘 그랬듯 맛있다. 은대구는 껍질이 살짝 탈 정도로 구웠다. 젓가락으로 가르니 갇혀 있던 기름이 서서히 흘러나왔다.

처음에 말을 꺼낸 사람은 준코였다.

"음, 맛있어."

맞장구치며 도모키가 고개를 끄덕였다.

"은대구는 후지모토 씨한테서?"

"응. 전에 받았을 때 다들 맛있었대요 고맙습니다, 했더니 기억하고 있었나 봐. 또 왔다고 나눠줬어."

"나눠준 양이 이 정도면 집에서 먹을 건 없지 않을까."

도모키가 밥을 푹 떠서 입안 가득 넣었다.

그걸 본 준코의 눈은 정말 기쁜 것 같다.

"응. 근데 아들이 지금 교토에 있대. 자주 보내주는 것 같아. 은행 관련된 일을 한다나."

다카오는 '후지모토 씨'를 몰라서 굳이 이야기에는 끼지 않았다.

준코는 양식을 잘하지만 일식도 대체로 맛있게 만든다. 된장국도 옆에서 보고 있으면 아무렇게나 만드는 것 같은데 들어보면 뭘 넣는지에 따라 육수 배분과 된장 양, 불 조절도 달리한다고 한다. 다카오는 특히 준코가 만든 유부 된장국을 좋아했다. 부드러운 맛이 입안에 확 퍼지고 목에서 위장으로 천천히 넘어간다. 그러면서 확실하게 감칠맛이 남는다.

"으음, 맛있어."

그렇게 중얼거린 후 다카오는 생각했다.

뭔가 가게 안 공기에 위화감이 있다. 써늘하다고 할까 휑하다고 할까. 평소 같으면 아침에 카운터석에 앉는데 오늘은 소파석에 있어서일까. 아니, 그렇지 않다. 그럼 뭘까. BGM이 없어서인가? 그것도 아니다. 아침에 오디오를 켜지 않는 것은 별로 특이한 일이 아니다.

이유는 아주 단순했다.

카운터석 네 명이 거의 말을 하지 않았다. 아키라와 미와는 원래 말수가 적은 편이니 미치히코와 시오리가 잠자코 있는 것이 원인이리라.

시오리는 과묵해질 만하다. 어젯밤에 경찰에 불려가서 늦게까지 사정 청취를 하고 왔다. 아침까지 기분이 나아지지 않는 것도 무리가 아니다. 경찰에서 청취―다카오의 경우에는 완전히 '취조'였지만―당하는 건 정말 기분 나쁘다.

전과 많은 프로 범죄자라면 몰라도 인간은 대부분 자신을 그리 나쁜 사람이라고 생각하지 않는다. 그 사실을 경찰도 알아주길 바란다. 그래서 일에 관해 물으면 자신이 얼마나 성실하게 일했는지 열심히 얘기한다. 자기가 한 짓도 증거가 있는 부분이라면 잘 얘기한다. 다카오는 소변검사 결과를 솔직하게 인정하고 반성의 빛을 보인 것이 결과적으로 득이 됐다고 생각한다. 실제로 경찰관의 논리도 그렇다. 빨리 반성하면 그만큼 빨리 사회에 복귀할 수 있다. 그렇게 실컷 꼬임과 세뇌를 당해 어느샌가 있는 대로 다 털어놓게 된다. 그러고는 유치장으로 돌아간 뒤 자기혐오에 빠진다. 고등학교 시절의 사소한 잘못까지 말할 필요는 없었다. 친구 사이의 시시콜콜한 얘기는 모른다고 하는 편이 낫지 않았을까.

하지만 미치히코까지 입을 다물 필요는 없지 않나 생각했다. 평소라면 솔선해서 쓸데없는 수다로 시오리의 기분을 맞춰주었을 터다.

문득 어젯밤 시오리가 무심히 한 말이 뇌리에 되살아났다.

"됐어. 할 수 없지……. 우리가 전과자인 건 사실이니까."

경찰은 도가시라는 남자가 어디 있는지 알아내려는 것 같았다. 그 점은 다카오도 이해해서 시오리가 말한 '우리'는 시오리와 도가시를 가리키는 거라고 생각했다.

하지만 오늘 아침 상태를 보니 어쩌면 다른 의미였을지도 모르겠다는 생각이 든다.

'우리'란 시오리와 미치히코…….

그런 생각을 하는데 아키라가 자리에서 일어났다.

"잘 먹었습니다."

쟁반을 주방까지 갖다놓고 그대로 2층에 올라갔다. 오늘도 누구보다 일찍 나갈 것이다. 다음에 다 먹은 사람은 미와. 역시 "잘 먹었습니다" 하고 정중하게 손을 모은 뒤 스툴에서 내려왔다. 가림막 커튼 바로 앞에서 돌아보며 "그러고 보니 준코 씨, 그거 어떻게 됐어요?" 하고 물었다. 하지만 준코가 "으응, 아직"이라고 대답하니 "아, 네" 하고 안으로 들어갔다.

도모키는 소파에 둔 신문을 대충 보면서 젓가락을 움직였다.

준코가 "차를 좀 끓일까" 하며 자리에서 일어났다.

시오리와 미치히코도 아직 먹고 있다.

말은 전혀 나누지 않은 채 비슷한 동작으로 오이절임을 입으로 가져갔다.

준코가 스위치를 켠 모양이다.

실링팬이 소리도 없이 돌기 시작했다.

아침식사 뒷정리를 하고 잠시 후 준코의 새로운 런치 메뉴 준비를 도왔다.

"정어리인가요."

"응. 이걸 양념 발라서 구울 건데 덮밥에 올릴지 이대로 낼지 고민중이야."

정어리 양념구이는 그다지 텐션이 오르는 메뉴가 아니지, 하고 생각했는데 준코에게 들켜버렸다.

"뭐야. 실망했나 봐?"

"아뇨, 그런 건…… 아닙니다."

"겉은 바삭하고 안은 부드러운 느낌으로 구워두는 거야. 그래서 주문이 들어오면 데리야키풍 소스를 뿌려서 내는 거지. 미리 만들어놔도 되니 런치에 적격이고, 데리야키는 담백하게 먹을 수 있는 맛의 정통이잖아. 난 제법 괜찮을 것 같은데."

"네. 그렇다고 생각합니다."

준코가 살짝 흘겨보면서 한쪽 뺨을 실룩거렸다.

"두고 봐. 죄송해요, 너무 맛있습니다, 라고 말하게 해줄 테니까."

"저, 진짜…… 괜찮은데요."

먼저 다카오가 정어리를 석 장씩 포를 떴다. 요 며칠 준코에게 집중적으로 배워서 비교적 자신 있다.

"꽤 늘었는걸."

"감사합니다."

세 마리 정도 포를 뜬 뒤 소스를 만든다. 이건 준코가 한다. 다카오는 옆에서 보고 있을 뿐이다.

그러나 할당된 작업이 없어지자 갑자기 사고가 둥둥 헤매기 시작했다. 행선지는 아주 가까운 과거다.

어젯밤 경찰 사이에 끼어 있던 시오리.

그녀가 말한 '전과자'는 누구와 누구를 의미하는 걸까.

그리고 자신의 플라주 입주 허락과 뭔가 관계가 있는 걸까.

"왜 그래?"

준코의 말에 퍼뜩 정신을 차렸다.

"아뇨…… 아무것도 아닙니다."

"다카오 군, 아침부터 좀 이상해."

그런가. 이상한 건 나인가.

"그렇습니까. 저는 별로."

"아침부터가 아닌가. 어젯밤부터인가."

이 사람은 정말 주위 사람의 모습을 잘 보고 있다.

"……눈치채셨……어요?"

"당연히 눈치채지. 얼굴에 그렇게 경련이 이는데."

준코가 소스를 손등에 한 방울 떨어뜨려서 간을 보았다.

"간장을 조금 더 넣는 게 좋으려나…… 뭐야, 경찰이 와서 그때 일이라도 생각난 거야?"

준코는 옆에 둔 메모지에 간장을 추가했다고 기록했다. 한 번 더 간을 보더니 만족스러운 모양이다. 소스를 작은 냄비에 옮기고 불을 켰다.

다카오가 잠자코 있자 준코는 말을 이었다.

"뭐라도 말을 좀 해봐. 내가 괴롭히는 것 같잖아."

"아닙니다. 그건…… 아닙……니다만."

"내가 뭐라고 말을 할 수는 없지만 그렇게 마음에 걸리면 본인한테 물어보지? 다들 비밀도 아니니까…… 다카오 군도 그렇잖아. 자기가 먼저 집행유예 기간이라고 말하지는 않아도 직접 물으면 상대에 따라 얘기하겠지."

소스가 졸아들자 불에서 내렸다. 다음은 정어리에 밀가루를 뿌려서 굽는다. 기름 양과 불을 조절할 때 준코의 눈은 특히 진지하다.

"저기 말이야, 얘기할 수 있는 사람과 할 수 없는 사람의 경계랄까. 그런 걸 아는 거 중요해. 모두 알아줄 필요는 없고 누구에게나 알릴 필요도 없어. 근데 아무한테도 알리지 않으려고 하다보면 사람은 의외로 쉽게 펑크가 나버려."

다 굽고 나서 아까 졸인 소스를 가볍게 뿌렸다.

"다카오 군, 아침에 남은 밥이어도 괜찮으니 좀 퍼 와."

"덮밥입니까?"

"응, 작은 그릇이어도 돼. 한 입씩 먹어보면 되니까 두 그릇 퍼."

시키는 대로 조금씩 뜬 밥공기 두 개를 준코에게 내밀었다.

"다음은 어떻게 할까…… 산초를 넣을까 고추냉이를 넣을까. 쪽파나 깻잎은 당연히 넣어야겠지만."

이윽고 각기 다른 토핑을 뿌린 '정어리 양념구이 미니 덮밥'이 완성됐다.

준코는 접시에 남아 있던 정어리 한 조각을 긴 젓가락으로 반씩 나누었다.

"다카오 군도 먹어봐."

"잘 먹겠습니다."

반 토막을 입에 쓸어 넣었다.

갑자기 확 왔다. 향, 간, 감칠맛, 씹는 맛, 식감. 모든 것이 완벽했다. 돼지고기 생강구이, 닭고기 튀김, 햄버그 같은 런치 대상 고기 요리에 뒤지지 않는 임팩트가 있었다. 살짝 올린 고추냉이가 절묘한 악센트가 됐다.

"실례했습니다. 상상 이상으로 맛있습니다."

준코는 "에헴" 하며 가슴을 폈다.

"좋아. 그럼 위층에 누구 있으면 시식하라고 해줘."

아키라와 미와는 나갔다. 있다면 미치히코, 도모키, 시오리 세 사람이다.

2층에 올라가 보니 어느새 나갔는지 도모키는 방에 없었다. 커튼이 열려 있고 다카오 방과 다름없이 물건이 거의 없는 방이 훤히 들여다보였다.

시오리나 미키히코에게 먹어보라고 할 수밖에 없다. 시오리는 다카오의 옆방, 미치히코는 다카오 맞은편 방. 잠시 망설이다가 남자끼리 하기로 했다. 미치히코에게 의견을 묻는 게 좋으리라.

미치히코 방 앞에는 커튼이 아니라 포렴이 걸려 있다. 게다가 커다란 동그라미 안에 '질質, 일본의 전당포 표시' 자가 쓰여 있다. 어디서 얻어왔을까. 아니면 일부러 만든 것일까.

포렴 앞에서 말을 걸었다.

"실례합니다. 요시무라입니다. 잠깐 시간 괜찮으십니까."

"아…… 괜찮아."

왼쪽 끝을 들치면서 안을 들여다보았다. 미치히코는 침대에 누워 맞은편 선반에 놓인 텔레비전을 보고 있었다. 화면에 나오는 것은 오래된 흑백 외화인데 소리는 꺼져 있다. 막다른 곳에 있는 창은 열려 있다.

"저기, 런치 메뉴 시식인데요."

"시식이 아니라 기미겠지."

"아뇨, 그런 문제는 완전 괜찮습니다. 엄청나게 맛있습니다."

다카오가 침대 앞에 무릎을 꿇고 쟁반을 내밀자 미치히코는 "어디어디" 하며 그릇을 들었다. 성인 남자 한입 거리밖에 담지 않아서 미치히코도 한 그릇을 한 입에 먹어치웠다.

"맛있네. 산초가 좋군."

"이쪽은 고추냉이인데 이것도 드셔보세요."

"잠깐만 기다려."

침대 옆에 둔 녹차 페트병을 들었다.

한 모금 마시고 입을 헹군 뒤 다시 도전이다.

"고추냉이구나…… 음, 좋네. 난 고추냉이 쪽이 더 좋은데."

"그렇죠. 저도 양념꼬치구이에 고추냉이가 어울린다고 생각했습니다.

미치히코가 녹차를 한 모금 더 마셨다. 진한 맛 때문에 문득 생각났는지 창틀에 놓인 담뱃갑에 손을 뻗쳤다. 요즘 세상에 믿기 어렵게도 플라주는 각 방 흡연 자유다.

흠집투성이라 완전히 빛을 잃은 지포라이터로 불을 켰다.

미치히코는 한 모금을 깊이 빨아들이고 열린 창을 향해 연기를 토했다.

그 연기에 섞듯이 한마디 중얼거렸다.

"어젯밤에는 미안했어."

왜 미치히코가 사과하는 걸까.

"아니, 저는…… 괜찮습니다."

"무리하지 마. 완전히 쫄았더구만. 시오리 씨가 전과자라고 하는 순간 얼굴이 완전히 굳던걸."

그렇게 누구나 알아볼 정도로 표정이 바뀌었나.

"정말인가요. 그랬군요……."

"근데 시오리 씨 정도로 놀라면 안 돼. 난 사람을 죽였으니까."

다카오는 순간 말의 의미를 이해하지 못했다.

사람을 죽였다······ 뭔가의 비유인가. 아니면 설마 말 그대로의 의미인가.

몇 초 사이를 두고 미치히코는 다카오를 가리켰다.

"그래, 그 얼굴. 바짝 쫄아서 굳은 얼굴. 어젯밤에 바로 그런 얼굴을 하고 있었어."

그럴지도 모른다.

그러나 지금 문제는 그런 게 아니다.

"저기······."

"뭐 여기 사람들은 크건 작건 다들 상처 하나씩 가진 몸이니까. 다카오 군도 뭔가 저질러서 여기 왔지?"

'모두'란 그러니까 '전원'이라는 의미인가.

엉겁결에 고개를 끄덕이자 미치히코가 바로 물었다.

"뭐 했어?"

"가, 각성제입니다."

"소지? 사용? 둘 다? 아니면 매매?"

"······사용입니다."

"초범?"

"······네."

"그럼 집행유예?"

"······네."

미치히코가 내뱉은 '죽였다' 한마디에 완전히 얼었다. 이대로 질문을 계속 받으면 과거의 어떤 부끄러운 일도 비밀도 있는 대로 다 지껄일 것 같다.

미치히코는 살인범인가…….

보기에 살인범 분위기를 풍기는 사람은 아니다. 오히려 밝은 성격의 익살꾼이라고 생각했다. 좀 졸린 듯이 처진 눈. 콧날은 비교적 오뚝하지만 오리처럼 튀어나온 윗입술은 좀 멍청한 듯한 인상이 있다. 체격도 절대 우람하지 않다. 도모키에 비하면 마른 편일 것이다.

그 얼굴로, 그 몸으로 대체 어떤 살인을 했다는 것일까.

어떤 사람의 생명을 얼마나 빼앗은 것일까.

미치히코는 담배를 한 모금 더 깊이 빨아들이고 길게 토했다.

"보는 눈이 완전히 바뀌었네."

"아, 아닙니다."

"그러니까 무리하지 말라고. 다 그런 거야. 인간이란, 사회란, 그런 거야. 하지만 잘 기억해둬. 살인과 약을 비교하면 살인을 더 무서운 눈으로 보지만 그런 건 정도 문제야. 약으로 집행유예 기간이라고 해도 들키면 엄청나게 색안경 끼고 볼 거야."

창가에 놓인 재떨이에 담뱃재를 털었다.

오늘 이 거리는 별나게 조용하다.

"사람은…… 아무것도 모르고 끝까지 무사히 살아갈 수 있으면 그보다 나은 건 없지. 우리는 말이야, 이 나라에서 시합을 하는 선수 같은 거야. 다카오 군은 약, 나는 살인…… 룰을 깨고 반칙을 한 거지. 다카오 군은 옐로카드, 난 완전히 레드카드. 경우에 따라서 한 방에 퇴장…… 사형이란 것도 있지. 인제 시합에는 나갈 수 없어. 아니, 영구 추방인가. 두 번 다시 경기장으로 돌아갈 수 없지.”

하하, 미치히코가 마른 웃음을 곁들였다.

“그렇지만 말이야, 반칙이란 언제 누가 할지 모르는 거고. 별 악의가 없어도 순간적으로 아차 해서 할 때도 있잖아. 단방에 퇴장당하면 반성이고 뭐고 없지만 그래도 우리처럼 재출장이 허락되면 한 번 더 해보자, 하는 그런…… 뭐랄까…… 한번 시합에서 아웃당해본 인간만 아는 부분이 있다고 생각해. 한번 사회의 틀 밖으로 벗어나서 밖에서 바라보았기 때문에 객관적일 수 있다고 할까. 아아, 사회란 이런 거구나, 법이란 이런 거구나, 그래서 우리는 이렇게 됐구나 하는 식으로 말이야. 그건 절대 나쁜 면만 있는 건 아니라고 생각해.”

아래층에서 “다카오 구운” 하고 부르는 소리가 들렸다.

준코의 목소리였다.

다카오는 복도 쪽을 보면서 미치히코에게 물었다.

“미치히코 씨, 오늘 일 나가세요?”

“아니. 오늘은 쉬어.”

“그럼 런치타임 끝나면 잠깐 어디서 얘기 좀 나누시겠습니까……
저도 인생에서 좀 잘 알 수 없는 부분이 있어서요.”

미치히코는 “좋아” 하고 아무렇지 않게 말했다.

“고맙습니다. ……그럼 점심때 지나고 뵙죠.”

다카오는 밥공기 두 개와 젓가락을 올린 쟁반을 들고 일어섰다.

한 손으로 포렴을 들치고 복도로 나오니 마침 시오리도 나오는 참이었다. "뭐야, 시식?" 하고 물어서, "네, 정어리 양념구이 덮밥입니다" 하고 대답했다.

시오리는 "좋겠다, 좋겠네" 하고 노래하듯이 말하면서 지나갔다. 하얀 블라우스에 카키색의 통 좁은 카고바지. 드물게 노출은 없었지만 오히려 몸매가 돋보이는 코디였다.

분명하다. '전과자'라는 꼬리표는 사람을 달라 보이게 한다.

얼굴도 몸도 목소리도 동작도 웃는 얼굴도 눈물도, 무엇 하나 달라지지 않았는데 근본부터 인간이 달라 보인다.

그렇게 하고 있는 것은 인간이고 당하는 것도 인간이다.

아니, 인간이 가진 말들이다.

12. 미치히코의 흉터

미치히코는 계산대 앞에 멀뚱하니 앉아 가게를 보고 있었다.

기본적으로 한가한 가게다. 일부 '빈티지'라고 부를 만한 고급품도 다루지만 대부분은 그냥 헌옷이다.

특별히 관심이 있어서 시작한 일은 아니다. 옛날부터 알던 사람이 일이 없으면 도와달라고 해서 시작했고 딱히 그만둘 이유도 없어 계속하고 있을 뿐이다. 아직 상품 감정 같은 것도 할 줄 모른다.

오너 점장인 친구는 말한다.

"네가 제대로 일을 배운다면 그보다 든든한 게 없을 텐데."

그렇게 말해줘서 고맙지만 무리다. 몇 년도 어디의 제품이고, 소재는 무엇이며 이 부분 봉제는 이렇고 저렇고. 다 외우지도 못할뿐더러 무엇보다 자신이 없다.

상품 가치를 바르게 판단하고 매수해서 적정한 가격에 판다. 미치히코는 그럴 자신이 없다.

이런 유의 일에는 함정이 두 단계 있다. 첫 번째는 매수할 때. 3만 엔에 가치가 있는 것을 1만 엔에 사서 시세대로 팔면 2만 엔을 번다. 두 번째는 판매할 때. 3만 엔 가치를 5만 엔이라고 우기고 그럴듯한 논리를 펼치면 또 2만 엔의 이익이 생긴다. 이 모호한 '가치'라는 것을 자유자재로 조절할 수 있다면 부는 무제한으로 솟아난다고 해도 과언이 아니다.

다만 그 반대도 있을 수 있다.

5천 엔 가치밖에 없는 것을 실수로 1만 엔에 사들이고, 욕심을 부려 값을 붙여봐야 아무도 사주지 않는다. 그런 사태 역시 쉽게 일어날 수 있다.

그래서 감정법을 배우려 하지 않는다. 손님이 몇 년대의 이런저런 데님 있느냐고 물으면 재고 자료를 찾는 정도는 한다. 자료에 없으면 그걸로 끝이고, 있으면 창고에서 찾아온다. 혼자 가게를 볼 때는 창고에 되도록 가고 싶지 않다. 손님을 일단 좀도둑으로 여기라고 배우지는 않았지만 장사란 기본적으로 그런 것이라고 생각한다.

그 점에서는 준코의 방식에 크게 의문이 있다. 가게 문은 좀처럼 닫지 않고 각 방에는 문도 없다. 가리개는 커튼뿐. 인간은 도둑질을 하지 않고, 무전취식도 하지 않고, 관음도 하지 않고, 강간도 하지 않는다. 그렇게 생각한다면 어이없는 성선설의 신봉자라고 할 수밖에 없다. 하지만 그건 아닌 것 같다. 평소 준코의 언동에서 느껴지는 그녀의 사고방식은 충분히 현실적이고 합리적이다. 그런데 왜 방에 문이 필요 없다는 발상을 했을까. 기회가 있으면 물어보고 싶다.

요전에 드물게 신입 입주자와 얘기를 했다. 요시무라 다카오. 각성제 사용으로 집행유예를 받았다는, 한마디로 '운 나쁜' 남자다. 약을 먹든 속도위반을 하든 잡히지 않을 놈은 잡히지 않는다. 잡힐 놈은 어설프게 우회전을 한 것만으로도 잡힌다. 그게 현실이고 사회의 한계다.

인간의 본바탕이 평등하지 않듯 운 또한 평등하지 않다. 평등하게 할 수도 없다. 마찬가지로 법을 아무리 정비해봐야 세상에서 도둑질은 없어지지 않을 것이고 싸움은 줄지 않을 것이며 전쟁도 멈추지 않는다. 단 하나 밝은 부분이 있다면 인간이 아직 그 노력을 멈추지 않았다는 점일까.

미치히코는 자신에게 일어난 일을 대부분 솔직하게 얘기했다. 다카오는 미간을 찡그린 채 말을 잃었다. 운 없는 놈이라고 생각했을까. 아니면 도를 넘은 바보라고 생각했을까. 어느 쪽이든 옳고, 어느 쪽이든 상관없다. 진실 따위 있어도 없는 것과 다를 바 없고, 그것이 옳게 평가되는 일 자체가 기적이나 마찬가지니까.

중고교 시절에는 뭐 양아치였다고 생각한다. 특히 공업고등학교여서 남학생이 많으니 걸핏하면 싸움이네 전쟁이네 시끄러웠다. 하지만 소란의 중심에 있은 적은 한 번도 없다. 항상 '기타 등등' 중 한 사람이었다. 그런데 경찰 신세는 일곱 번이나 졌다. 도망치는 데 서툴렀다. 상황 파악을 못했다고 해도 좋다.

싸움이란 시작은 화려하고 재미있지만 그 뒤로는 서서히 뭐가 뭔지 알 수 없어진다. 특공복을 맞춰 입을 만큼 기합 들어간 놈들이면 몰라도 미치히코가 가세한 싸움은 우리 편도 상대편도 교복에, 휴일이면 그냥 사복이었다. 일단 시작하면 누가 누구 편인지 알 수 없어진다. 특히 인원수가 많으면 한창 싸우는 아이들은 승패조차 모른다. 그게 싸움의 실정이다.

영화처럼 하천부지에서 끝없이 서로 패는 일은 한 번도 없었다. 대부분은 선배가 며칠 몇 시에 모이라고 해서 지정된 공원이나 광장에 가보면 이미 싸움이 시작돼 있다. 반대로 아무도 없는 일도 있었다. 최악은 집합 장소에서 이동하다가 경찰에 잡히는 것이다.

경찰은 불량배를 두 명 발견하면 다섯 명, 다섯 명 발견하면 스무 명, 스무 명 발견하면 쉰 명이 모인다. 인해전술로 둘러싸니 빨리 도망치지 않으면 바로 잡힌다. 이런 상황에 익숙한 사람이 경찰이 있다는 기미를 느끼면 넌지시 "흩어져"라고 지시하고 집단에서 떨어진다. 하지만 그 메시지가 미치히코에게 전달될 무렵이면 이미 늦었다. 스무 명쯤 있던 동료는 열 명 이하. 그러나 경찰은 점점 늘어나 쉰 명에 가까워져 있다. 달아날 곳이 없다. 얌전히 잡혀서 조사를 받게 된다.

세 번째, 네 번째 잡히니 청소년 담당 형사도 알아봤다.

"또 너냐. 이번에도 도망 못 쳤냐."

"죄송합니다."

"오늘은 어디하고 싸울 계획이었어?"

"그게······ 잘 모릅니다."

"장소는."

"어······ 배송센터 뒤에 집합이라고만 들어서요."

"행선지도 싸울 상대도 모른다고?"

"예. 선배가 불러서 그냥 갔을 뿐이라."

"너도 바보 같다고 생각하지?"

"예. 잘못했습니다."

그래도 고등학교 졸업 후에는 성실하게 일했다. 전기공사 관련 일을 오래 했는데 사장의 총애를 받아서 사장 운전기사를 한 시기도 있었다.

밤놀이를 배운 것은 바로 그 무렵이다. 술, 여자, 도박, 야쿠자. 원래 그런 세계가 싫지 않았고 사장 또한 미치히코의 그런 '불량스러운' 부분을 간파했으리라. 여기저기 데리고 다녔고 때로는 같은 자리에 앉혀 술을 마시게 했다. 당시는 음주운전에 그렇게 엄격하지 않아서 운전에 지장이 없으면 좀 마셔도 괜찮은 시절이었다.

그러다 미치히코는 직접 가게를 해보고 싶어서 사장에게 상담했다. 사장은 의리가 대단한 사람으로, "네가 예뻐서 내 밑에 두고 싶지만 하고 싶은 일이 있다면 할 수 없지" 하고 음식점을 열 곳 이상 경영하는 청년실업가에게 미치히코를 소개해주었다. 나이가 비슷한 탓인지 그 실업가도 미치히코를 마음에 들어해서 정사원으로 맞아주었다.

지금 생각하면 이 시절이 미치히코 인생의 황금기였다.

처음에는 롯폰기에 신규 출점한 캐주얼 프렌치 레스토랑에 스태프로 참여했다. 반년 뒤 부점장으로 승격했고 일 년 뒤에는 시부야에 출점한 2호점 점장을 맡았다.

정말로 즐거웠다. 그 시절은 버블 붕괴로 온 일본이 침울했다고들 말하는데 그렇지만도 않았다. 돈을 버는 사람은 분명히 있었고, 불경기를 기회로 바꾼 파워나 세력도 있는 곳에는 있었다. 미치히코 본인이 그랬다는 건 아니지만 그런 계층 가까이에 있다는 실감은 했다.

점포 몇 곳을 경험하며 나름대로 경영 노하우도 터득했다. 사장에게 새로운 스타일의 바를 해보자고 얘기했다. 이미지로는 요즘 말하는 '걸스바'에 가깝다. '아가씨'가 각 테이블에 앉는 게 아니라 바텐더가 되어 카운터 안에서 접객하는 스타일이다. 외모는 물론이거니와 바텐더 기술도 습득해야 한다. 쿨하고 캐주얼하지만 본격적인 바. 이 계획은 실제로 점포 후보지를 찾는 데까지 추진했다.

사생활도 충실했다. 당시 미치히코에게는 사카구치 노조미라는 여자친구가 있었다.

미치히코가 다섯 번째로 출근한 가구라자카의 이탈리안 레스토랑에서 만났다. 그녀는 홀 책임자였다. 나이는 미치히코보다 네 살 아래지만 머리 회전이 빠르고 논리적으로 생각하는 사람이었다. 직감적으로 일을 추진하는 미치히코에게 노조미는 항상 냉정하게 시시비비를 판단하고 조언해주었다.

"매니저님. 여성 한정 메뉴로 내놓은 파스타가 선택 폭이 너무 넓어요. 크림, 토마토, 제노베제, 페페론치노, 봉골레비앙코 이렇게 다섯 종류로 줄이죠."

"아무리 그래도 그건 너무 썰렁하잖아. 좀 더 다양한 게……."

"아뇨. 괜찮아요. 다른 걸 원하면 그랜드 메뉴에서 고르게 하고 대신 추가 요금을 받으면 돼요."

"으음…… 뭔가 서비스가 나쁜 느낌 들지 않아?"

"반대예요. 여성 손님은 주로 대화를 즐기고 싶어하거든요. 메뉴는 합리적으로, 망설이지 않고 고를 수 있게 어느 정도 방향성이 정해진 쪽을 좋아해요. 커플 손님인 경우 남성은 매니저님과 마찬가지로 선택 폭이 넓은지 신경 쓰지만, 거기서 추가 요금 시스템이 빛을 발하는 거죠. 500엔이나 700엔 수준이면 저희 가게 손님은 개의치 않고 그랜드 메뉴에서 선택하겠죠. 그때 '이쪽에서 골라도 된다'라는 결단을 남성에게 하게 해주는 것이 포인트예요."

레이디 코스 아이디어뿐만 아니라 노조미의 판단은 대부분 적확했고 결과에도 납득이 갔다.

노조미는 절대 미인은 아니었다. 키도 크지 않았고 본인은 목이 짧은 것을 몹시 신경 썼다. 겨울에도 터틀넥은 절대로 입지 않았다. 십대 때 엄마에게서 "네가 입으면 답답해 보인다"라는 말을 들은 뒤로 지금껏 싫어한다고 했다.

하지만 그런 건 관계없었다.

미치히코는 노조미를 사랑했다.

총명하고 웃는 얼굴이 환한 노조미를 정말로 좋아했다. 일을 열심히 하는 점을 존경했다. 가게를 경영하는 파트너로서 의지했다. 사장과 계획하는 새로운 바에 노조미를 기용할 수 없을까 생각했다. 바텐더를 하기에는 키도 외모도 부족하지만 매니저로 적역이 아닐까. 노조미가 바텐더 기술을 습득해준다면 사내 교육을 맡길 수도 있다. 사장도 노조미를 마음에 들어해서 미치히코와 사귀는 것을 축복해주었다.

그 사실을 얘기했더니 노조미는 불안하다는 듯 미간을 일그러뜨렸다.

"매니저라니…… 나한테는 무리야."

"아냐. 너라면 할 수 있어. 더구나 이 바는 여성 직원으로만 운영할 거야. 뒤에서 확실하게 중심을 잡아줄 여성 스태프가 필요해."

한때는 데이트 중에도 거의 바 이야기만 나누었다. 영화를 보는 동안에는 멈추었지만 다 보고 자리에서 일어나 출입구를 향해 걷기 시작한 순간에 다시 시작했다. 영화에 대한 감상 따위는 한 마디도 나누지 않았다.

"3호점에 시로이시란 애 있지."

"아, 눈이 부리부리하고 예쁜 사람."

"걔는 일찌감치 확보해두려고."

"응. 그 친구라면 머리도 좋고 잘할 거야. 연봉을 확실하게 제시해야겠네. 미끼를 던져야 좋은 인재를 낚을 수 있으니까."

"그러게…… 그리고 걔, 누구더라. 최근에 사무실에 들어온 애."

"최근이라면 하시모토?"

"맞아 맞아. 하시모토 나나. 그 애 잘 가르치면 쓸 만할 것 같아."

노조미가 그 의견에는 난색을 표했다.

"걘 현장에는 나가고 싶어하지 않을 거야."

미치히코와 노조미는 당시 사업 전체를 총괄하는 부서를 '사무실', 각 점포는 '현장'이라고 했다.

"그래? 예쁘기도 하고 괜찮을 거라고 생각했는데."

"그럼 사쿠라이 쪽이 나을 거야. 현장에는 사쿠라이가 어울려. 어쩌면 나보다 매니저에 더 적합할지도 몰라."

두 사람의 화제는 끝이 없었지만 그날 영화관에서 나가는 사람들의 움직임이 믿을 수 없을 정도로 느렸다. 멀티플렉스 영화관이라 상영이 끝나면 관객은 홀 쪽으로 나가야 했다. 5층 상영관에서 영화를 봤지만 두 사람은 엘리베이터 대신 계단으로 내려가기로 했다. 그런데 계단으로 내려가는 줄이 좀처럼 줄어들지 않았다.

4층에서 3층 사이의 층계참이 내려다보이는 곳까지 와서야 원인을 알았다.

빡빡머리에 타투, 압정 박힌 라이더 재킷. 누가 봐도 '양아치'인 남자가 다리를 쭉 펴고 층계참에 앉아 있었다. 지나가는 손님을 노려보며 욕까지 하고 있다.

"뭘 봐? 어쭈, 멋대로 타 넘고 가네. 죽으려고 이게."

그의 다리를 넘지 않고 지나갈 수 있는 공간은 고작 한 명분. 이 사태를 뒷사람이 보고 4층까지 알려주면 좋겠지만 아무래도 그렇게까지 상황이 널리 전해지지는 않았다.

지나갈 순서가 된 여자아이 세 명은 좀처럼 그 좁은 공간을 빠져나가지 못했다.

할 수 없이 나서야겠다고 생각한 미치히코가 "잠깐 실례합니다" 하고 앞사람에게 말을 건 순간, 노조미가 말렸다.

"……하지 마. 괜한 짓 안 하는 게 좋아."

"하지만 저 아가씨들 불쌍하잖아."

"그렇다고 당신이 갈 필요 없어."

"괜찮아. 젊을 때는 힘 좀 썼다니까."

미치히코가 가볍게 주먹을 쥐어 보였다. 노조미는 "어휴" 하고 얼굴을 찡그렸지만 더는 말리지 않았다.

계단에 꽉 찬 인파를 헤치고 층계참까지 내려갔다. 여자아이 세 명은 간신히 통과했지만 다음 순서인 중학생인지 고등학생 커플에서 또 막혔다.

망설일 것도 없이 미치히코가 말했다.

"어이, 형씨. 이런 데 앉아 있으면 민폐지. 사람들이 지나가질 못하잖아."

양아치가 "뭐?" 하고 얼굴을 들었다. 양쪽 눈썹을 밀고 입술에는 상아 같은 피어싱, 트라이벌tribal 문신이 정수리에서 왼쪽 광대뼈에 걸쳐 새겨져 있다.

"……뭐가 민폐라고?"

혀가 꼬인 게 수상했다. 약을 했는지도 모른다.

이 정도 무뢰한이라면 무서울 것도 없다.

"사람이 지나가질 못한다고. 다리라도 좀 오므려."

양아치는 또 "뭐?" 하고 미치히코를 보고는 계단 위쪽으로 시선을 보냈다. 한 번 더 미치히코를 보더니 그제야 왼쪽 다리를 오므렸다. 사람들의 흐름이 원만해졌다. 오른쪽 다리는 벽 쪽이니 그대로여도 상관없다.

다들 옆을 통과하자마자 뛰듯이 빨리 내려갔다.

몇 명은 미치히코에게 인사를 하고 3층으로 내려갔다.

노조미도 바로 뒤까지 와 있었다.

"가자."

미치히코의 왼팔에 팔짱을 꼈다.

"응."

둘이서 층계참을 지나 계단을 내려갔다.

기분은 찜찜했다. 안면에 문신, 입술에 상아 피어싱을 한 양아치가 뒤에 있다. 3층에 내려와서 양아치와의 거리를 알기 전까지는 안심할 수 없다고 생각했다.

하지만 그조차 방심이었다.

등 뒤에서 꺄악, 아악 하는 비명 소리가 나서 뒤돌아본 순간, 커다랗고 검은 덩어리가 미치히코의 얼굴로 날아들고 있었다. 양아치의 두꺼운 신발 고무창이었다.

한순간 시야가 극채색 어둠에 갇혔다. 평형감각을 잃고 발을 헛디며 계단 네다섯 칸을 굴러떨어졌다. 하지만 이내 시야는 돌아왔다.

참으로 반가운 감각이었다.

맞아도 차여도 굴러도 쓰러져도 아프지 않은, 흥분 상태. 아드레

날린이 퐁퐁 소리를 내며 뇌내에 분출하고 있음을 느꼈다.

그리고 결정적인 장면이 시야에 들어왔다.

양아치가 노조미의 코트 깃을 잡고 끌어 올리더니 동그랗고 보드라운 뺨에 곧장 주먹을 날린 것이다.

노조미…….

이미 주변 소리는 하나도 들리지 않았다.

양아치를 노조미에게서 떼어낸 다음 압정 박힌 옷깃을 쥐고 피어싱 박은 입술을 향해 힘껏 팔꿈치를 휘둘렀다. 그 일격으로 양아치는 털썩 주저앉았지만 그대로 두지 않았다. 목을 껴안고는 양아치의 가슴을 몇 번이고 무릎으로 차 올렸다. 양아치의 체중은 거의 목을 안은 미치히코의 팔에 실려 있었지만 걷어찰 때마다 한순간만 가벼워졌다. 목을 놓자 양아치는 그 자리에 쓰러졌다. 그러나 아직 방심할 수 없었다. 미치히코는 양아치를 3층과 2층 층계참 쪽으로 걷어찼다. 부서진 인형처럼 무참하게 떨어졌다. 그래도 마무리가 부족하다고 생각했다. 계단을 내려가다가 마지막 두세 칸을 남기고 뛰어올랐다. 그러고는 엎드린 채 쓰러진 양아치의 목덜미에 온 체중을 실은 무릎을 꽂았다.

반응은 거의 없었다.

법정에서 살의는 인정되지 않았지만 과잉방위로 판단했다.

자신이 먼저 차였고 교제하는 여성도 맞았다. 피해자 오누키 마사시의 외모나 태도에는 확실히 반사회성이 엿보인다. 신변의 위험을 느낀 점은 이해되고 어느 정도의 반격은 정당방위로 판단됐을 것이다. 그러나 의식을 잃은 피해자 오누키를 계단에서 차서 떨어뜨린 점, 거기다 계단 단차를 이용한 체중 실린 타격으로 척추를 손상케 하여 죽음에 이르게 한 점은 도저히 정당방위라고 할 수 없다. 그것이 판결의 요지였다.

구형은 징역 칠 년이었지만 판결은 집행유예 없이 오 년. 미치히코는 지바 현에 있는 교도소에서 복역하고 사 년 반 만에 가석방으로 출소했다.

사건이 일어나고 많은 것을 잃었다. 가족과는 관계 단절, 연락이 되는 친구조차 거의 없어졌다. 수는 적지만 불행 중 다행인 사건도 있었다.

하나는 사건 당시 다닌 회사의 사장이 출소 후 일을 돌봐준 것. 그것이 지금의 가게다. 음식점 쪽은 옛 지인이 많아서 하기 어려울 거라며 취미로 시작한 헌옷가게에 고용해주었다. 고마웠다. 눈물이 날 만큼 기뻤다. 그래도 물건을 보는 안목이 생기긴 어려울 것 같다. 정말 미안하게도 도저히 배울 마음이 들지 않는다.

일이 있는 덕분에 오누키의 유족에게 배상도 할 수 있게 됐다. 적지만 이 배상은 계속하려 한다.

다른 한 가지는 노조미가 결혼한 것이다.

사장을 통해 몇 차례나 면회를 신청해왔지만 미치히코는 매번 거절했다. 한번은 혼인신고를 하면 만나기 쉬워진다는 내용의 편지까지 보냈는데도 답장을 쓰지 않았다.

노조미를 살인범의 아내로 만들고 싶지 않았다. 노조미가 그저, 그저 행복하기를 바랐다. 자기처럼 멍청하고 경박하고 허세만 부리는 단세포 따위 잊고 누구보다 행복한 결혼을 하기 바랐다.

구치소에서 교도소로 옮기고 이 년 정도 지나자 면회 신청도 편지도 오지 않았다. 가석방 일주일 후 노조미가 결혼했음을 알게 되었다.

사장이 알려주었다.

"그 후 반년 정도는 우리 회사에 있었지만 말이야. 아무래도 생활이 안정되지 않는다고 그만뒀어. 그래도 나하고는 주기적으로 연락했지. ……딱 일 년쯤 전인가. 결혼한다는 편지를 받았어. 자네한테는 알려주지 말라고, 자기만 행복해지는 게 미안하다고 계속 말하더군. 그건 아니라고 몇 번이나 전화로 나무랐어. 미치히코는 그런 녀석이 아니다, 누구보다 노조미 네가 행복해지기를 바라는 녀석이다, 네가 불행해지면 가장 슬퍼할 사람도 그 녀석이다, 라고. 그래서 이것만큼은 자네한테 보여주고 싶었네."

노조미의 결혼식 사진이었다.

미치히코는 사건 후 처음으로 울었다.

13. 다카오의 손재주

다마 강 하천부지에서 미치히코의 이야기를 들었다.

다카오는 커피숍 같은 데로 가자고 제안했지만, 미치히코가 "굳이 다른 가게에 갈 거 없잖아"라고 해서 마땅히 장소를 정하지 못하는 사이 하천부지로 가게 됐다.

다카오가 새삼 물을 것까지도 없이 미치히코는 담담히 자신에게 일어난 일을 얘기해주었다. 인생의 황금기에, 유치한 흥분이 뇌리에 되살아나서 거역하지 못했다. 그래서 모든 것을 잃었다. 바보 같았다, 라고.

마지막으로 조금 쓸쓸한 듯이 덧붙였다.

"……노조미의 결혼사진을 보고는 울었어. 내가 이렇게 해야 했는데…… 생각하기도 하고. 정말 착한 사람이었으니까."

미치히코는 몇 번이나 바보였다, 유치했다 하는 말을 되풀이했다.

그래도 미치히코가 그런 행동을 한 데는 누군가를 지키겠다는 확고한 이유가 있었다.

그런데 자신은 어떤가.

그 후 몇 번이나 생각했다. 다카오의 생각은 출구 없는 미로에 빠졌다.

죄와 벌. 법과 사회. 가해자와 피해자. 자신과 타인. 그리고 과거와 미래…….

플라주가 바쁘면 그런 잡생각도 머리 한구석으로 밀어낼 수 있다. 계속 그렇게 지내다보면 언젠가 혼돈도 작아져서 딱딱하게 말라버릴지 모른다.

그러나 오늘은 일요일. 플라주는 휴일이다.

"다카오 군, 오늘 할 일 있어?"

아침식사 후 도모키가 말을 걸어왔다.

"특별히 없습니다."

"요즘 요리는 그럭저럭하는 것 같은데 다른 건 뭐 잘해?"

내가 그렇게 아무것도 못 하는 남자로 보이느냐고 다카오는 되묻고 싶었다.

"다른 것요? 이를테면요?"

"목공 같은 거."

아하, 그런 쪽 말인가.

"아뇨…… 톱질이나 못 박기는 좀 서툽니다."

"그래도 나무판 정도는 잡아줄 수 있겠지?"

역시 자신의 능력을 저평가하고 있다.

"그 정도라면 뭐."

"좋아. 같이 가자."

플라주에서 걸어서 십 분 거리인 '홈센터'에 함께 갔다.

도모키는 관엽식물이나 공구, 생활용품 쪽은 그냥 지나치고 곧장 목재 코너까지 갔다.

"바깥이니까 편백이어야지……. 아, 맨나무도 좋다고 했던가. 페인트칠을 하려나…… 칠하는 편이 오래가니 좋겠지만."

의외였다. 다카오는 도모키가 이렇게 혼잣말을 하는 사람인 줄 몰랐다.

등에 멘 빨간 륙색은 곳곳이 이상한 모양으로 튀어나왔다. 도구를 찔러 넣고 왔으리라. 상당히 무거워 보이는데도 도모키는 힘들어하는 기색이 없다. 이쪽 선반 앞에 쭈그리기도 하고 저쪽 선반에서 목재를 끌어내 들여다보기도 했다. 평소보다 발걸음이 가벼워 보였다.

평소와는 다른 일면…….

또 미치히코의 말이 뇌리에 떠올랐다.

"여기 사람들은 크건 작건 다들 상처 하나씩 가진 몸이니까."

그 말은 도모키도 자신들과 마찬가지로 과거에 뭔가 죄를 저질렀다는 건가. 전과자인 건가. 그럼 당연히 미와도 아키라도 그렇다는 얘기가 된다. 어쩌면 '이곳 사람' 범위에는 준코도 들어갈지 모른다. 아니, 그편이 오히려 납득이 간다. 다른 곳에서는 여간해서 받아주지 않는 전과자를 적극적으로 입주시키는 것은 자신도 그런 고생을 한 적이 있기 때문. 그렇게 생각하는 편이 자연스럽긴 하다.

다만 생각만 할 뿐 입 밖에 내서 물을 수 있는 얘기는 아니다.

"이 정도면 되겠지."

카트에 목재를 잔뜩 실은 도모키가 계산대로 향했다. 다카오는 완전히 '수행인'이었다. 목재를 세는 일도, 카트를 미는 일도 시키지 않았다. 목재를 나르는 거라면 같이 짊어지겠다고 마음먹었다. 하지만.

"경트럭 한 대 부탁합니다."

도모키는 홈센터에서 상품운반용 경트럭을 빌리더니 짐칸에 목재를 실었다.

"좋았어. 다카오 군, 출발."

"네."

현장은 그리 멀지 않은 곳이었다. 아니, 바로 근처였다. 플라주에서 걸어가면 칠팔 분 걸리지 않을까.

결코 크지 않은 일본 가옥. 석조 문기둥에는 '마쓰이 신스케'라는 문패가 걸려 있다. 도모키가 운전석 창을 열고 손을 내밀어 초인종을 누르자 걸걸한 노인의 목소리가 "예, 누구신가" 하고 물었다. 하지만 실제로 문을 열고 나온 사람은 웬걸, 앞치마 차림의 미와였다.

"고생 많으세요."

얼핏 봐서는 이 집 가사도우미처럼 보였다. 전에 미와는 자신의 일을 '서비스업'이라고 했다. 그게 이건가. 가정부나 도우미라는 의미였나.

운전석에 앉은 채 도모키가 물었다.

"저쪽 문, 열렸어?"

"안 열렸어요. 지금 열게요."

미와가 정원으로 이어지는 문을 열자 도모키가 트럭을 후진시켰다. 다카오가 유도할 것도 없이 단번에 정확하게 주차했다.

운전석을 들여다본 미와가 문을 가리켰다.

"닫을까요?"

"바로 트럭 반납하러 갈 거니까 열어둬. 다카오 군, 시작할까."

"네."

도모키의 지시로 목재를 내리고 있으니 아까 걸걸한 목소리 주인이 툇마루까지 나왔다. 의외로 다카오도 아는 인물이었다.

"안녕하세요. 가게에도 몇 번 오셨죠."

문패의 '마쓰이 신스케'라는 이름을 보고도 미처 깨닫지 못했는데 그러고 보니 주위에서 "신스케 씨" 하고 부르던 생각이 난다.

"그래. 오늘은 요시무라 군도 온다고 아까 들었어. 기다리고 있었네. 미와, 점심 맛있는 것 해 먹자."

미와는 "네" 하고 밝게 답했지만 역시 표정은 거의 없었다. 그러나 이제 다카오는 이 아이는 이대로도 좋은 거라고 생각하게 됐다. 주위에 맞춰 표정을 꾸미지 않는 개성이 있어도 좋다고.

도모키가 경트럭을 반납하고 오는 동안, 다카오에게는 중간 정도 굵기의 각목을 120센티미터 단위로 자르라는 명령이 내려졌다.

"똑바로 자를 수 있을지 자신 없는데요."

신스케가 괜찮다며 웃어넘겼다.

"나무선반을 만드는 거니까. 길이가 좀 달라도 그 정도는 나중에 도모키 군이 알아서 해줄걸세."

도모키는 운전석에 올라타 문을 쾅 닫은 뒤 "맞아" 하면서 시동을 걸었다. 그러고는 기세 좋게 정원을 떠났다.

그러나 역시 나무 자르는 작업은 어려웠다. 게다가 미와가 눈앞에 쭈그리고 앉아 빤히 손을 보고 있다. 정말로 어렵다. 미와 때문인지 손이 더 말을 듣지 않았다.

"또 비뚤어졌네."

"다카오 군."

얼굴을 들자 미와가 다른 각목을 가리켰다.

"……응, 뭐?"

"도모키 씨는 다른 나무를 베개처럼 아래에 받치고 해."

"응? 무슨 말이야?"

"다른 나무 위에 올려서 자른다고."

미와의 말대로 다른 나무로 받치고 자르니 잔디밭 바닥에서 자를 때보다 훨씬 쉬웠다.

"정말이네. 이러면 잘 자를 수 있겠어."

"그리고 바로 위에서 봐."

"뭘?"

"도모키 씨는 톱을 바로 위에서 내려다본다고. 그래야 비뚤어지 지 않아."

시키는 대로 해보니 그것도 정말 그랬다. 다카오는 톱니가 나무에 표시한 선과 맞는지만 신경 쓰느라 비스듬히 위에서 보았는데 그 자세가 오히려 비뚤게 자르는 원인이 된 모양이었다.

그렇지만 옆에서 바른 소리를 하는 것만큼 짜증나는 일은 없다.

"미와, 너도 좀 도와."

"싫어. 내 담당이 아니니까."

"심술부리지 말고."

"심술 아냐. 남의 일을 빼앗는 건 안 좋다고 신스케 씨도 그랬어."

"아니, 빼앗고 그런 게 아니라······."

"난 점심식사 준비나 해야지."

그러고는 무표정하게 샌들을 벗어 던지더니 툇마루로 올라가 신스케가 있는 부엌 쪽으로 휙 가버렸다.

그때 겨우 도모키가 돌아왔다.

"어떻게, 좀 했어?"

"아뇨. 제대로 자르질 못해서····· 아직 두 개째입니다."

"흐음. 이리 줘봐."

도모키는 같은 목재를, 같은 톱으로, 똑같이 다른 나무를 받침으로 해서 잘랐다.

한 개 자르는 데 걸리는 시간이 약 이십 초. 다음 나무를 세팅하는 데 또 십 초 정도. 120센티미터 목재를 열 개 자르는 데 걸린 시간 오 분 남짓. 도모키가 차를 돌려주고 오는 데 걸린 시간은 대략 이십 분 정도였다.

"도모키 씨. 오늘 저 필요했어요?"

"글쎄…… 어떨까."

이게 뭐야.

나무선반과 점심식사인 카레라이스는 거의 동시에 완성됐다.

"나하고 미와가 솜씨를 발휘했어. 준코 씨 맛에도 절대 지지 않을 거야."

"그럼 잘 먹겠습니다."

다카오는 준코가 만든 카레라이스를 먹어본 적이 없어서 직접 비교는 할 수 없었다.

"음, 맛있다."

빈말이 아니라 신스케의 카레는 맛있었다. 소뼈를 곤 진한 육수를 써서 보통 비프카레보다 감칠맛이 뛰어났다.

"일식 맛도 나네요."

"느껴지나? 된장을 약간 넣었거든. 그것도 집에서 만든 거로."

육체노동을 해서인지 배가 고파 두 그릇이나 먹었다. 다카오의 불룩해진 배를 보고 드물게 미와가 소리 내어 웃었다.

디저트로는 미와가 만들었다는 말차 푸딩을 먹었다. 이건 그냥 보통이었다.

모두 다 먹었을 즈음 도모키가 슬쩍 일어났다. 도구라도 정리하려는 건가 싶어 다카오가 따라 일어서려는데 "아냐" 하고 제지했다.

"괜찮아. 한 개비 태우고 오려고."

그 말만 하고 툇마루로 나갔다.

"그렇군요. 다녀오세요."

"그럼, 나도……."

미와까지 나가고 나니 뭐랄까, 신스케와 둘이 된 다다미방은 갑자기 어두컴컴하고 불안할 만큼 넓게 느껴졌다.

칸막이 문이 열린 다다미방 안으로 불단이 보였다. 기둥에 가려져서 위패나 사진까지는 보이지 않지만 비닐 씌운 자몽을 공양해놓은 것은 보였다.

다카오의 시선을 눈치챘는지 신스케가 말을 꺼냈다.

"저건…… 아내와 딸이야."

바로는 말이 나오지 않았다.

부인은 그렇다 해도 딸이라니.

신스케가 말을 이었다.

"아내는 오 년 전에 위암으로 떠났지. 할 만큼 했고 충분히 살아서 아쉬움은 없었어. 물론 외롭긴 했지만 슬픔과는 좀 달랐지. 그런데 딸은 아직도 헤어 나올 수가 없어."

다다미방의 어둠과 휑뎅그렁함의 의미를 그제야 알 것 같았다.

"따님은 몇 살 때……."

"삼십육 년 전. 겨우 열여섯 살이었지."

열여섯 살…….

등 뒤에 갑자기 어두운 숲이 나타난 것 같았다.

스며드는 바람은 차갑고, 진하고, 축축하다.

나무들의 이파리 소리가 낮게 술렁거린다.

신스케는 고개를 기울였다.

"살해당했어. 같은 동네에 살던 대학생한테. 요즘으로 말하자면 스토킹 살인이지. 이 동네는 아니었어. 당시 요코하마에 살았는데 통학할 때 이용하던 역이 범인과 같았다네. 거기서 매일 아침 얼굴을 본 모양이야. 말을 걸어온 적은 없었지만 편지는 보낸 것 같더군. 재판 때 그쪽에서 그렇게 말했어. 말을 건 적은 없지만 편지는 건넨 적 있다고."

타닥타닥, 하고 등 뒤에서 발소리가 나서 농담이 아니라 사타구니가 쪼그라드는 것 같았지만, 옆방에 미와가 들어오는 모습이 보여서 안도의 숨을 토했다. 떨리던 가슴도 이내 진정됐다.

미와가 불단에 있던 사진 액자를 들고 왔다. 신스케 옆에 앉아 그 사진을 다카오에게 보여주었다.

"히토미仁美 씨. 한자로 이렇게 써. 예뻐, 히토미 씨."

까만 눈썹이 청초하고 까만 눈동자는 큼직하고 사랑스러운, 반듯해 보이는 여자아이였다. 어딘지 모르게 눈매는 미와를 닮은 것 같기도 하다.

다카오는 고개를 끄덕일 수밖에 없었다.

"예쁜 분이네요."

"응…… 이런 말 해봐야 그렇네만 자랑거리였지. 머리도 좋았고. 이 사진은 고등학교 입학 기념으로 찍은 건데 이 학교는 편차치가 77한국 입시의 '표준 점수'와 유사한. 일본의 통계 수치. 77은 상위 0.5퍼센트 수준이었어."

203

다카오는 더욱 말을 잃었다. 편차치 77이면 다카오가 다닌 학교의 거의 배다.

신스케가 찻잔을 들어 한 모금 마셨다.

"학교에서 돌아오기를 기다리고 있다가 만나자고 강요해서 거절당하니…… 그렇게 된 거지. 나는 사건이 일어날 때까지 정말로 아무것도 몰랐는데 아내한테는 딸아이가 의논을 했다더군. 역에서 우연히 마주치는 사람한테 편지를 받았다, 사귀자고 했다…… 부모가 이런 말을 하긴 그렇지만 애가 좀 예쁘잖나. 그 정도는 있을 수 있는 일이라고, 별로 이상할 건 없다고 아내는 생각했겠지. 그래서 나한테 얘기하지 않은 거야. 그랬더니 며칠 뒤…… 정확하게는 편지를 받고 열흘 뒤에 살해당했어."

이 동네도 아니고 이 집도 아니라고 했지만 다카오는 아무래도 이 집을 무대로 히토미를 미와로 바꾸어 상상하게 된다.

흉기는 무엇이었을까. 칼일까. 아니면 맨손으로 교살했을까.

"아내는 자신을 탓했네. 이럴 줄 알았으면 나와 의논하고, 경찰에도 물어보고, 학교는 차로 데려다줄걸, 하고. 나마저 따져 묻고 말았지. 이 남자가 히토미한테 사귀자고 한 걸 알고 있었느냐고. 알면서 왜 나한테는 말하지 않았느냐고…… 아내는 자신을 탓하고 탓하다 병이 들어간 거야. 그 모습을 보고 나도 나를 책망했지. 왜 그런 걸 물었을까. 나쁜 뜻이 없었다는 것도, 아내한테 잘못이 없다는 것도 알면서 왜 그렇게 말했을까. 왜 아내 탓처럼 말해버렸을까……."

미와가 차를 더 따라 신스케와 다카오에게 각각 건넸다.

"고마워. 미와도 그렇게 말했지. 자신을 책망하면 안 된다고. 나쁜 건 범인이라고. 아, 도모키 군한테도, 아키라 군한테도 들었네. ……머리로는 알지. 아내한테 들었더라면 나도 히토미는 의외로 인기가 많다고 놀리며 끝냈을지도 몰라. 그랬더라면 나도 아내와 함께 자책했을 테지. 상대의 집까지 쫓아가서 무슨 짓이냐고 따지면 됐을 텐데, 전학을 갈 수도 있었을 텐데, 버스로 통학해도 됐을 텐데, 적어도 그날 역까지 데려다주기라도 해야 했는데 하면서……."

신스케가 찻잔에 손을 뻗쳤다.

"딸을 잃었다는, 받아들이기 힘든 상황에 놓이니 뭔가를 탓하지 않을 수 없더군. 히토미를 잃은 원인을 찾느라 기를 썼지. 원인을 알아봐야 히토미는 돌아오지 않고 원인 따위 애초에 없을지도 모르지만 유족 마음은 그렇지 않거든. 어쨌든 뭔가를 계속 찾아 헤맸다네. ……그중 대부분은 범행 동기, 범인의 반성, 판결 내용이었지. 범인은 미성년자가 아니어서 형사 재판을 받고 판결이 내려졌지. 징역 십육 년의 실형 판결. 사형이 아닐 줄은 처음부터 알고 있었어. 그럼 내 손으로…… 솔직히 그렇게 생각한 시기도 있었네. 하지만 범인의 반성 편지를 받기도 하고 그럭저럭하는 사이에…… 인간이란 좋든 싫든 사회의 생물이란 걸 실감하게 됐다네. 범인은 석방돼서 사회에 복귀했고 지금은 결혼해서 평범하게 생활하는 것 같더군. 그리고 나도 그걸 받아들이기로 했어."

정원 쪽에서 도모키의 기척을 느꼈지만 이내 사라졌다.

"사형됐다면 내 인생은 달라졌을까. 아내 인생은 달라졌을까. 그건 모르는 거잖나. 사형 제도를 폐지하라는 사람이 더러 있지. 범죄가 억제되지도 않는다, 노역도 시키지 못한다, 사형은 잔혹하다, 억울한 죄라면 어떡할 건가. 폐지에 반대하는 사람도 물론 있지. 억제는 충분히 된다, 외국과는 사정이 다르다, 노역 따위 시켜봐야 실제로는 적자다, 그렇다면 죽여버리는 편이 낫다, 교수형은 잔혹하지 않다, 억울한 죄 운운하는 건 사형과 별개인 수사 방법 차원의 문제다 등등."

　무슨 계기로 이 얘기가 나왔는지는 솔직히 잘 모르겠다. 다만 다카오의 머릿속에서 소용돌이치는 것이 몸 밖으로 넘칠 것 같았다. 그 출구 없는 사고의 미로. 갈 곳 없어진 혼돈이 비명을 지르며 당장이라도 몸 안쪽에서 뚫고 나오려 한다.

　신스케는 계속했다.

　"나는 어느 쪽도 아닐세. 사형은 잔혹하니까 안 되고 종신형은 세금 낭비니까 안 된다고 한다면 말이야, 나는 두 팔을 절단해버리면 된다고 생각하네. 두 팔이 없으면 적어도 사형이 될 만한 범죄는 저지르지 못할 테니."

　신스케는 잠시 사이를 두었다가 다카오의 눈을 보았다.

　"좀 놀랐나? 이런 얘기를 나 같은 노인이 하는 건 이상한가."

　"아닙니다. 뭐랄까, 좀⋯⋯."

　"다만 두 팔을 자르면 석방해야지. 그 몸으로 살아가기는 쉽지 않겠지. 그러나 사형당하는 것보다는 나을걸. 그건 고맙게 생각해야지. 게다가 신체적인 핸디캡을 안고 살아가는 사람은 흔히 있지 않

나. 두 팔이 없으면 살아갈 수 없다는 옹호는 성립하지 않지. 한 가지, 범죄자가 아닌데 겉모습이 비슷한 사람과 외견상 어떻게 구별하도록 할 건가 그런 문제는 있겠지만."

이미 다카오의 상상력으로는 얘기를 따라갈 수 없어졌다.

"다 공상일세. ……어쨌든 그거로 죄는 사하고 사회에 나가 사는 걸 인정해준다. 받아들이는 측도 이제 범죄를 저지를 수 없는 건 명백하니 아무리 살인자여도 두려워할 필요는 없다. 다만."

신스케의 눈초리가 약간 험악해졌다.

"그럼 이번에는 사회에서 범죄자를 거부할 수 없게 되겠지. 지은 죄만큼 벌은 받았다, 재범 가능성도 제로에 가깝다. 그런 사람이 성실히 애쓰는 자세를 보이면 사회는 무조건 그 자를 받아들여야 한다…… 어떨까. 여기까지 생각하면 범죄와 사회, 형벌과 사형 존폐 문제는 유족 운운할 얘기가 아니라 받아들이는 사회 측의 문제라고 생각되지 않나. 요컨대 우리 모두의 문제라는 거지."

마쓰이 신스케라는 노인이 다카오나 플라주 사람들에 관해 어디까지 알고 얘기하는지는 모른다. 전혀 모르고 하는 얘기는 아닌 듯했다. 적어도 미와에 관해서는 아는 것 같았다.

미와도 과거에 뭔가 죄를 저질렀다.

하지만 신스케는 그걸 용서하고, 받아들이고, 곁에 두고 있다.

그런 걸까.

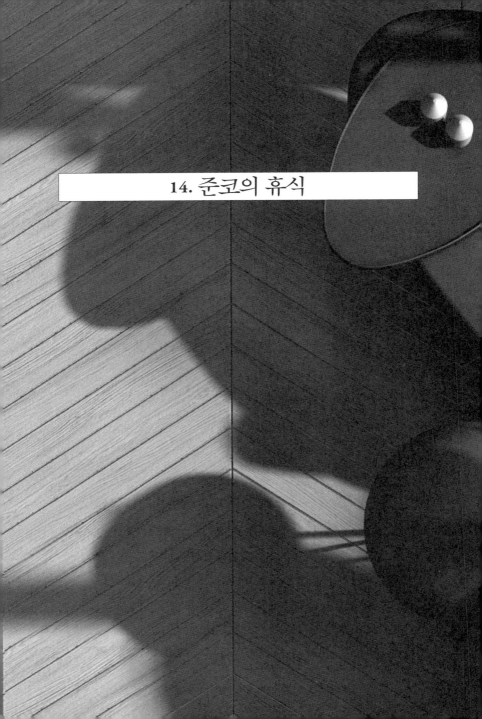

14. 준코의 휴식

도모키가 다카오를 데리고 나가서 플라주에는 준코 혼자 남았다.

별로 드문 일은 아니다. 다카오가 들어오기 전까지는 이런 시간도 꽤 있었다. 입주자들이 제각기 일이 있고, 일요일에 나갈 볼일이 생기고, 그게 가능할 정도로는 경제적 여유도 생겼다는 말이다.

혼자 거실 한쪽 구석에 놓인 불단 앞에 앉았다. '인테리어 불단'인가 '모던 불단'인가 하는 상품명의 서양식 미니 불단으로, 위패 두 개와 향로 세트를 놓으면 꽉 찬다.

조용히 손을 모으고 오늘 아침 일을 보고한다.

미치히코 씨와 아키라 씨와 시오리 씨는 일하러 갔어요. 도모키 씨와 미와 그리고 다카오 군은 신스케 씨네 집에 갔고요. 신스케 씨한테 나무선반을 만들어달라고 부탁을 받았나 봐요. 펑크 나서 뒤뜰에 세워둔 자전거는 도모키 씨가 고쳐주었어요. 다카오 군은 요리

감각은 별로 없네요. 이번 달에 또 약간 적자가 날 것 같아요. 죄송해요…….

향은 시간 여유가 있을 때만 피운다. 사람 눈이 없는 곳에 화기가 있는 것은 위험하다. 오늘도 빨래며 청소며 할 일이 많아서 피우지 않았다. 그것도 미리 사과해두었다.

욕실 청소는 입주자가 당번제로 하는데 만족스럽진 않다. 대부분은 일요일에 준코가 꼼꼼히 다시 한다. 화장실도 그렇고 세면대나 복도도 그렇다. 도모키나 시오리가 있을 때는 도와주지만 기대는 하지 않는다. 그거로 됐다.

한차례 청소를 하고 나자 벌써 점심때가 됐다. 꽤 배가 고팠다. 방마다 들여다보았지만 아무도 돌아오지 않았다.

가게에 내려가 주방 냉장고를 점검했다. 베이컨은 없어도 칵테일 새우와 제노베제 소스가 있으니 피자토스트라도 만들어 먹을까. 휴일이니 코로나 한 병 정도는 괜찮겠지. 제대로 라임도 넣어 마시자.

요리는 좋아한다. 다른 사람을 기쁘게 할 수 있으니까. 누구에게나 필요한 것이니까. 이내 없어지는 것이니까. 따뜻하고, 생명이 이어지는 걸 느끼니까. 준코 자신도 무엇보다 먹는 걸 좋아하니까.

완성된 피자토스트와 코로나를 들고 도모키가 늘 앉는 소파석으로 갔다. 그 자리에서는 가게 전체가 잘 보인다. 자기가 생각해도 그냥 넓기만 한 가게구나 싶다. 손님이 그럭저럭 들어오니 좌석을 늘리는 게 어떠냐고 부동산의 스기이 씨는 말했다. 저는 좀 휑한 느낌이 좋더라구요, 하고 대답해두었다. 정말로 그렇다. 이렇게 실링팬만 돌아가는 플라주를 보고 있으면 왠지 모르게 안정된다. 정적은 싫지 않다. 고독도 괴롭지 않다.

정말로 무서운 것은 정적을 잃는 것이다. 고독을 선택할 자유조차 빼앗기는 것이다. '사랑의 반대는 증오가 아니라 무관심이다'라고 마더 테레사는 말했다. 이름은 잊었지만 미국의 극작가도 비슷한 말을 했다. 사회를 넓고 크게 내다보면 그건 진리일지도 모른다. 다만 세상에는 사람에게 끝까지 상처를 주는 관심도 있다. 인간이 가진 관심과 흥미는 속된 호기심을 쉽게 만들어낸다. 팽창해서 폭주하는 호기심은 진실 따위 원하지 않게 된다. 그저 산 제물을 원할 뿐. 납득이 가는 비극이 보고 싶을 뿐이다.

벽에 걸린 ES-335를 올려다본다. 몇 안 되는 아버지 유품이다. 비비 킹이 어떤 뮤지션인지 준코는 잘 모른다. 솔직히 흥미도 없다. 다만 비비 킹이 같은 기타를 쳤다는 사실은 안다. 그것만으로 충분하다.

그리고 이 기타를 사랑하고 지금도 소중하게 쳐주는 사람이 옆에 있다. 그것으로 만족한다.

소파석에서 깜박 잠이 들었다. 카우벨 소리에 눈을 떴다. 역광이지만 그림자 형태로 도모키라는 것을 알았다. 뒤에 있는 사람은 미와, 그 뒤에 들어온 사람은 다카오다.

"어서 와"

"다녀왔습니다."

평온한 느낌은 아니다. 세 사람은 오히려 소침했다. 무거운 분위기마저 감돈다. 아마 신스케의 딸 이야기를 듣고 왔겠지. 도모키가 다카오를 데리고 간 이유도 그것이리라.

미와가 뚜벅뚜벅 도모키를 앞질러 준코에게 왔다.

"잤어요?"

"웅. 잠깐 졸았어."

"늦었어요."

흰 봉투를 한 손으로 내민다. 미와는 언제나 그렇다.

"고마워."

"저녁은 어떻게 할까요. 따로따로? 같이?"

"다들 점심은 먹었어?"

준코가 둘러보자 다카오도 따라하듯이 도모키와 미와의 안색을 살폈다. 하지만 두 사람이 말을 꺼낼 듯하지 않으니 다시 준코 쪽을 보았다.

"……마쓰이 씨가 카레라이스를 만들어주셨어요."

"맛있었겠네. 신스케 씨 요리 잘하시니까."

"네. 뭔가 공들인 맛이었어요. 맛있었습니다."

도모키가 가까이 오더니 벽에서 ES-335를 내렸다. 준코가 오른쪽으로 조금 비켜주자 옆에 털썩 앉아 가볍게 줄을 어루만졌다. 튜닝이 이상한지 미아찾기 방송 시작음 같은 소리를 내며 조율했다. 기타 치는 사람이 다 그러는지는 모르겠지만 도모키는 언제나 그렇게 소리를 맞춘다.

아, 저녁 얘기였지.

"다들 뭐가 좋아? 담백한 게 좋아?"

다카오가 또다시 도모키와 미와의 안색을 살폈지만 아무도 대답하지 않는다. 두 사람에게 의견을 물어봐야 소용없다. 주면 주는 대로 먹고, 주지 않아도 불평하지 않는다. 반은 길고양이 같은 사람들이니까.

다카오가 조심스럽게 "저기" 하고 말을 흘렸다.

"뭔가 휴일답게 해보면 어떨까요. 준코 씨도 가끔은 먹는 쪽이 되고 싶죠?"

"그럼 좋긴 한데…… 뭐야, 다카오 군이 만들어준다는 말?"

그건 솔직히 사양하고 싶다.

그러나 아닌 모양이었다.

다카오가 조그맣게 고개를 저었다.

"아뇨, 제가 만든다기보다 뭐랄까요. 이를테면 데마키초밥이나 야키니쿠 같은 거요. 다들 같이 만들면서 먹을 만한, 그런 메뉴도 가끔은 괜찮지 않을까 싶어서요."

미와가 고개를 끄덕였다. 도모키도 "좋네" 하고 낮게 중얼거렸다.

물론 준코도 이의는 없다.

"그럼 그럴까. 근데 데마키초밥은 이것저것 사러 가야 하니까 야키니쿠로 할까. 그거라면 있는 재료로 해결될 거야."

"네. 그럼 제가 하겠습니다. 써는 정도는 저도 좀 하거든요."

그렇다. 단순히 써는 것만이라면 다카오에게 맡겨도 된다.

소파석 테이블에 핫플레이트를 세팅하자 의외로 미와가 바쁘게 손을 움직이며 계속 구워주었다.

"이거 다 익었네…… 이것도 익었어……. 다카오 군, 그거 아직 먹지 마."

준코가 애초에 그렇게 부른 게 나빴다. 미와까지 다카오 군이라고 부르게 됐다. 열 살이나 연하인 여자아이가 '다카오 군'이라고 부르면 어떤 기분일까. 준코는 미와가 '준짱'이라고 부르면 좀 기분 나쁠 것 같다.

음료는 도모키가 맡았다. 지금은 모두 하이볼. 테이블 끝에 네모난 병의 위스키, 소다수, 얼음통을 준비해두고 잔이 비면 옆에서 만들어주었다.

"뭔가 호스트 같네."

준코가 그렇게 말하자 수염 난 도모키의 뺨이 쓴웃음 짓듯 쓰윽 올라갔다.

"이렇게 못생긴 사람은 아무도 지명하지 않을걸."

"아냐. 여러 스타일이 있대. 얼굴 담당, 개그 담당, 위로 담당."

"난 어디에 들어가는 거야?"

"……모르겠는데."

추가로 소시지를 썰어서 갖고 온 다카오가 이야기에 가세했다.

"준코 씨는 호스트클럽에 가보셨어요?"

"안 가지. 텔레비전에서 본 적 있을 뿐."

"가고 싶으세요?"

"음…… 아니, 별로. 대충 어떤 곳인지 상상도 되고 시끄러운 곳을 좋아하지 않기도 하고."

도모키가 풉 하고 웃음을 흘렸다.

"여긴 매일 밤 시끄럽잖아."

도모키는 이따금 이렇게 심술궂게 말한다.

"나는 떠들지 않잖아. 다른 사람들이 소란 떨 뿐이지."

"그래도 자기 가게가 시끄러운 건 싫어하지 않잖아?"

"그렇지. 호스트클럽 시끄러운 것과는 다르니까."

미와가 고기와 채소를 치우고 만든 공간에 다카오가 소시지를 늘어놓았다. 학생 시절 친구들과 캠프 가서 먹던 바비큐가 생각난다. 오늘은 휴일이라 조명을 이쪽만 켜놓아서 출입구 부근은 상당히 어두워졌다. 그래서 야외처럼 보이는지도 모른다.

다카오가 젓가락을 놓았다.

"근데 여기는 언제부터 이런 분위기가 됐어요?"

준코는 하이볼을 한 모금 마신 뒤 되물었다.

"이런 분위기라니, 뭐가?"

"플라주는 단골손님뿐 아니라 모르는 사람도 같이 마시고 노래하고 그러잖아요. 뭔가 영화에 나오는 미국 술집 같아요. 일본에는 별로 없는 오픈된 분위기랄까요."

확실히 '오픈'은 준코가 갖고 있던 콘셉트이긴 하다.

"그러게. 언제부터일까. '어느샌가'라고 해야겠네. 입주자들 식당도 겸하는 게 영향이 크지 않을까. 모두의 거실 같아서."

그러는 동안에 미치히코가 돌아왔다.

"다녀왔습…… 앗, 오늘은 바비큐네. 내 것도 있어? 고기 남았어?"

"물론 있지."

"그럼 얼른 옷 갈아입고 와야지."

미치히코가 안으로 사라지자 미와가 도모키에게 물었다.

"이게 바비큐예요?"

도모키는 고개를 갸웃거렸다.

"음…… 바비큐는 대개 야외에서 하지."

"안이냐 밖이냐, 그 차이뿐이에요?"

"글쎄. '바비큐맛' 과자도 있으니 맛도 좀 관련 있지 않을까."

"밖에서 고기를 구운 다음 야키니쿠 소스로 먹으면 바비큐가 아니에요?"

"정식으로는 아닐지 몰라도 일본인이 하는 바비큐는 그런 거야."

"미국에서는 어때요?"

다카오가 품 하고 웃음을 터트렸다.

"미와는 의외로 사소한 데 연연하네."

미와는 아무 대답도 하지 않았다.

준코가 생각하기에 미와는 사소한 데 연연하는 게 아니다. 자신이 모르는, 혹은 이해하지 못하는 규칙에 어느 틈에 갇히는 걸 두려워하는 것이다. 그러나 그걸 보통 사람은 느끼지 못한다. 자신은 규칙의 범위 내에서 산다는 막연한 확신이 있어서다. 미와에게는 그게 없다. 자신이 규칙의 범위 내에 있다는 실감이 없다. 그래서 일일이 규칙과 법칙을 확인하고 싶어한다.

나만 모르는 걸까?

나만 알지 못하는 걸까?

미와만이 갖고 있는 불안과 의심. 그녀의 마음에는 어두운 구멍이 뚫려 있다. 뭐든 집어넣으려 하지만 전부 빠져나가버리는 텅 빈 구멍. 미와를 보고 있으면 준코는 아무래도 그런 상상을 하게 된다.

이윽고 시오리와 아키라도 돌아왔다.

시오리는 안쪽 테이블을 보자마자 휙 하고 핸드백 던지는 시늉을 했다.

"아앙, 뭐야. 야키니쿠 하는 줄 알았으면 라면 같은 거 안 먹고 왔을 텐데."

옆에서 아키라도 고개를 끄덕였다.

"나도 규동 먹고 왔어."

도모키가 고기 담긴 접시를 가리켰다.

"아직 있으니까 한잔하지."

이렇게 해서 일곱 명 전원이 모이게 됐다. 미와는 굽는 게 지겨워졌는지 주방에서 아이스크림을 꺼내 오더니 카운터에 가서 먹었다. 미치히코가 이어서 고기를 굽고 시오리와 아키라도 같이 먹었다.

도모키가 ES-335를 손에 들었다. 하지만 치지 않고 가까이 있는 다카오에게 내밀었다.

"한번 쳐봐."

다카오는 당황해서 아뇨, 아뇨 하고 양손을 저으며 거부했다.

"저는 전혀 못 쳐요."

"가르쳐줄게."

"그런…… 아뇨, 무립니다."

"괜찮다니까."

도모키는 반쯤 강제로 다카오를 카운터까지 데려가 스툴에 앉히고, 다리를 꼬게 하고, 기타를 떠안겼다. 억지로 떠안긴 것치고는 자세가 자연스러워 보였다.

"뭐야, 칠 줄 알잖아."

아니나 다를까. 그랬다.

그래도 다카오는 고개를 저었다.

"아뇨. 칠 줄 아는 레벨이 아니라니까요. 그냥 만져본 적 있는 정돕니다."

"뭔데, 통기타?"

"아뇨. 전기기타였습니다만."

"그럼 괜찮네. 같은 거야."

"무리입니다, 진짜. F에서 좌절한, 전형적인 낙오자니까요."

'F'는 초보자에게는 잡기 어려운 코드라고 생각한다. 그런 이야기를 전에도 들은 적이 있다.

"F는 못 쳐도 괜찮아. 일단 E마이너 쳐봐."

준코는 도모키가 사람을 좋아하고 싫어하는 태도를 별로 본 적이 없다. 그러나 신스케의 집에 같이 가고 기타까지 치게 하는 것을 보면 다카오를 꽤 마음에 들어하는구나 싶었다.

"옳지. 그리고 C. 약지로 5현 3플렛, 중지로 4현 2플렛, 검지로 2현 1플렛…… 아니, 2현 1플렛…… 그래그래."

도모키는 말을 걸면 대답하고, 뭔가 같이 하자고 하면 대부분 응한다. 가게 손님과 술도 잘 마시고, 신청곡을 받으면 기타도 친다. 그러나 자기가 먼저 뭔가를 하는 성격이 아니다. 기타는 누가 부탁하지 않아도 치지만 그건 예외 중의 예외다. 그런 무심함이 오히려 사람을 끌었다. 가게 손님 중에도 도모키와 얘기하고 싶어하는 사람이 많았다.

다카오를 어느 정도 가르쳤는지 도모키가 준코에게 손짓했다.

"다카오 군 이제 〈장식이 아니야, 눈물은〉 칠 수 있어. 준코 씨, 노래 불러."

"아이, 싫어. 나 시오리 씨처럼 노래 잘 부르지 못한단 말이야."

시오리는 노래를 무척 잘 부른다. 무슨 곡이든 다 잘 부른다.

"괜찮아. 다카오 군도 서투니까."

거꾸로 아닌가. 도모키가 기타를 잘 치니까 준코도 그럭저럭 노래를 부른 것이다.

"근데 '도'는 뭐야. 난 다카오 군 쪽이란 말이야? 그거 조금 상처인걸."

다카오가 "준코 씨, 은근히 디스가 심하네요" 하면서 우는 시늉을 했다.

시오리가 "준코 씨 은근 사디스트야" 하고 먹으면서 말했다.

미치히코와 아키라는 야키니쿠 먹는 데 전념하느라 이쪽 이야기에 끼지 않았다.

도모키는 히죽히죽 지켜보고 있을 뿐.

미와는 어느샌가 카운터에 엎드려서 자고 있었다.

뒷정리를 마치고 모두 2층으로 올라갔다.

"그럼 잘 자."

"잘 자."

도모키만 늘 앉는 그 소파에 남아 있다. 얼리타임스를 온더록스로 홀짝홀짝 마시면서 다카오가 친 곡을 다시 연주했다.

준코도 옆에 앉아 잔을 들었다. 엷게 탄 소주 미즈와리다.

"내일, 일은?"

"쉬어. 모레부터는 며칠 사이타마에서 묵게 될지도 몰라."

"건물 신축 현장?"

"응."

"힘들겠네."

"아니…… 별거 아냐."

기타를 아무렇게나 세워서 어깨동무를 하듯이 옆에 꼈다. 소총을 든 게릴라 병사처럼 보인다. 어쩌면 남자에게 기타라는 악기는 무기에 가까운 성격일지도 모른다.

허벅지에 축 늘어뜨린 도모키의 왼손. 손가락 끝은 딱딱하게 변했지만 어두워서 또렷이 보이지는 않는다. 아버지 손가락도 이랬을까. 별로 기억이 없다.

약지의 굳은살 부분을 만져보았다.

"아프지 않아?"

"안 아파. 아픈 건 처음에 잠깐. 한동안 안 치면 원래대로 돌아가서 그럴 때는 또 아프지만."

도모키가 아버지를 닮았다고는 생각하지 않는다. 얼굴도, 목소리도, 성격도, 공통점은 거의 없다. 하지만 같은 기타를 사랑하고 같은 기타를 친다. 그것만으로 왠지 마음이 설렜다.

셔츠 너머로 도모키의 살 냄새를 맡았다. 무거워 보이는 불룩한 근육을 생각했다. 따스한 그 체온을 느끼고 싶어졌다.

"……오기 전에 전화해."

"응?"

듬성듬성 제멋대로 자란 눈썹이 의문으로 치켜 올라갔다.

준코는 만지고 있던 손끝에서 손을 뗐다.

"일 말야. 며칠 머문다며."

"아…… 끝나면 전화할게."

이마를 눈앞에 있는 동그란 어깨에 기댄다. 흔들림 없는 존재감과 강한 생명을 그 미미한 접촉을 통해 느낀다.

도모키는 왼손을 들어 준코의 귀 위쪽을 톡톡 건드렸다.

준코는 굳이 얼굴을 들지 않았다.

"……응?"

"내일 장 보러 같이 가. 고기도 채소도 다 떨어졌잖아."

"……응."

그랬다. 기타 말고도 도모키가 적극적으로 하는 일은 있었다.

준코의 장보기에는 비교적 잘 어울려주었다.

내일은 좋은 날이 될 것 같다.

15. 다카오의 곤혹

뒷정리를 하는데 미와가 귓속말을 했다.

"이따가 내 방으로 와."

발꿈치까지 아플 정도로 소름이 돋았다.

내 방으로 오라니…….

"어…… 알, 았어."

드디어 왔구나, 하고 다카오는 생각했다.

처음 이곳에 온 날, 시오리가 "여기서는 요바이 마음껏 해"라고 했다. 그것이 입주를 결정한 이유의 전부는 아니지만 각 방에 문이 없는 상황이 특히 그 말을 의식하게 해서 기대에 부푼 것도 사실이다.

오늘 밤 드디어…….

그 생각에 빠져서 같은 접시를 계속 씻고 있다가 미치히코에게 주의를 받았다.

"다카오 군. 그거 그만 씻어도 되지 않아?"

"아…… 아아, 죄송합니다."

설거지를 마친 뒤 개수대를 물기 없이 닦고, 또 닦고, 닦고 있으니 시오리도 말했다.

"다카오 군. 그렇게까지 닦지 않아도 되잖아?"

"아…… 하하, 그렇군요."

그릇을 전부 그릇장에 넣은 뒤 불을 끄고 다들 주방에서 나갔다.

이제 다카오는 미와가 있는 쪽을 볼 수도 없어졌다.

평소처럼 미와를 대할 자신이 없다. 눈이 마주치면 두근두근, 말을 하면 어버버버, 그러지 않으면 안절부절. 그런 모습을 시오리에게 들킨다면 이내 무슨 일이 있다는 걸 들킬 것이다. 들키면 과장스럽게 놀려서 모든 게 엉망이 된다. 그런 사태만은 어떡하든 피하고 싶다.

"그럼 잘 자."

"안녕히 주무세요."

누가 누구에게 인사를 하는지도 몰랐다. 적어도 2층에 올라온 멤버만이라도 파악해두어야 하는데 그것도 못 했다. 완전히 흥분했다. 발이 바닥에서 3센티미터쯤 떠 있는 듯한 상태였다.

일단 방으로 돌아왔다. '이따가'라니. 어느 정도나 이따 가면 되는 거지. 서로 샤워를 한 뒤일까.

"아, 비었다. 나 먼저 쓸게."

그런 생각을 한 순간 시오리가 먼저 욕실을 차지했다. 어떡하지.

어떻게 하면 좋지.

애초에 커튼만 친 방에서 '한다'는 게 가능한가. 남자는 괜찮다. 그러나 여자는 무의식중에 소리를 지르거나 하지 않는가. 다카오는 지금까지 세 명과 사귀었는데 두 번째 여자친구가 특히 그랬다. 다세대주택이라 옆집에 들리면 곤란하다고 거듭 주의를 주었는데도 매번 큰 소리를 질렀다. 일이 끝난 뒤에도 "소리 좀 더 참아줘"라고 했다.

"그렇지만 그냥 소리가 나온단 말이야…….'

그렇게 말하면 다카오도 할 말이 없었다.

미와가 어떤지는 모르지만 완전히 소리를 내지 않는 것은 불가능하지 않을까. 만약 미와가 조용하다고 해도 남자인 다카오는 자발적으로 움직여야 한다. 붙박이 침대가 삐걱거릴 가능성은 충분히 있다. 아니, 분명히 삐걱거릴 것이다.

소리가 나면 옆이나 맞은편 방 사람은 "뭐지?" 할 것이다. 반대 입장이라면 다카오도 그렇게 생각할 터다. 생각하면 어떻게 할까. 소리의 출처를 확인하러 가리라. 문제의 장소를 파악하면 말을 걸지 어떨지는 사람에 따라 다르겠지만 분명히 커튼은 걷어보겠지…….

안 된다. 미와하고 사귀게 된다면 더더욱 그런 장면을 다른 사람에게 보여서는 안 된다. 그러다 나쁜 마음 먹고 '나도 해도 되나' 하고 편승하면 최악이다. 좋아, 하고 미와가 받아들이기라도 한다면 자신은 평생 재기할 수 없다…….

아니, 잠깐. 애초에 이곳 입주자는 "상처 하나씩 가진 몸" 아닌가.

즉 미와에게도 뭔가 있을 가능성이 높다. 각성제로 집행유예를 받은 몸이지만 그렇다고 상대의 과거가 신경 쓰이지 않는 건 아니다.

미와는 무엇을 해서 이곳에 온 걸까.

거기까지 생각이 이른 것과 동시에 커튼이 걷혔다.

"다카오 군, 뭐 해?"

새까만 두 개의 눈이 깜박이지도 않고 다카오를 보고 있다.

"아, 지, 지금, 가려고, 했는데…….."

"난 여기도 괜찮은데."

미와 방은 복도 제일 안쪽의 왼쪽. 맞은편은 준코, 준코의 옆방은 시오리. 미와의 옆방은 아키라. 다카오 방에서 보면 계단 방향으로 옆방은 도모키, 안쪽으로 옆방은 시오리의 방이다. 최악인 것은 맞은편이 미치히코라는 것이다. 출입구는 완전히 마주 보지는 않고 약간 비스듬하게 있지만, 그래도 무슨 일이 벌어지면 적어도 미치히코는 보러 올 것이다. 뭐하는 거야, 오옷, 좋은 거 하고 있네, 나도 같이 해. 미치히코라면 예사로 그렇게 말할 것 같다.

"아니, 미와. 네 방으로 가자."

"아, 그래."

일부러 방에 불을 켜둔 채 복도로 나왔다. 그 정도로 뭘 속일 수 있는 것도 아니겠지만.

앞장서서 복도를 걸어가는 미와. 상의는 황록색 파카. 가녀린 등이 뭐랄까, 무방비하고 좋다. 색은 핑크지만 오늘도 데님 반바지에 맨다리. 그것도 좀 섹시하고 좋다.

커튼을 차르륵 걷으며 미와가 자기 방으로 들어갔다. 아주 잠깐 따라 들어가길 주저했지만, 미와가 "들어와"라고 할 리도 없을 것 같아서 다카오도 커튼을 걷었다.

"실례합니다."

미와의 방을 보는 것은 처음이었다. 잠깐 들여다보는 정도는 언제라도 할 수 있지만 여자 방이라서 이성이 강렬하게 작용했다. 준코나 시오리보다 미와를 개인적으로 의식하는 탓도 있을지 모른다. 아니, 있을 것이다. 아니, 있다.

그러나 방 안이 이럴 줄은 전혀 상상하지 못했다.

"우아, 이런 거 좋아……하는구나."

방 구조는 다카오의 방과 똑같다. 정면에 창, 왼쪽에 침대, 오른쪽에 목제 선반. 선반에는 도자기부터 유리, 봉제인형, 플라스틱, 양철까지 갖은 재질과 색상의 피에로가 비좁게 늘어서 있다.

침대 쪽 벽에는 크고 작은 액자가 모두 다섯 개. 하나같이 피에로 그림이 들어 있다. 귀여운 일러스트풍, 오싹한 유화풍, 고독을 넘어 광기마저 느껴지는 판화풍, 엽기적이라고밖에 할 수 없는 피와 암흑의 몽상적인 화풍, 나머지 하나는 상당히 예술성 높은 흑백 사진.

천장의 형광등은 켜져 있지 않다. 선반 위에 놓인 도자기 피에로한 개가 장난스러운 자세를 하고 부옇게 빛을 발하고 있을 뿐이다.

솔직히 이상한 광경이었다. 딴 세상이라고 해도 좋다.

미와가 이쪽을 돌아보았다.

"적당히 앉아."

피에로에 관한 멘트는 없다.

"응. 고마워."

선반 옆에는 자그마한 정리 서랍장. 위에 화장품이 몇 개 놓였지만 소지품은 그것뿐인 것 같았다. 어떤 의미에서 잘 정리돼 있다. 정리돼 있지만 몹시 불편하다. 앉으려고 보니 침대를 등질 수밖에 없는데, 그러면 선반에 널린 피에로들과 눈이 마주친다. 뭐랄까, 어딘지 기분 나쁘다.

다카오가 앉자 미와도 옆에 나란히 앉았다.

"다카오 군은 약 했어?"

느닷없이 뭐람.

다카오는 엉겁결에 "뭐?" 하며 몸을 젖혔다.

"누구한테 들었어?"

"누구더라…… 하지만 다카오 군은 보기에도 그런 느낌이 들어."

"말도 안 돼, 무슨 소리…… 어째서? 내 어디가?"

"그냥. 사람을 덮쳤을 것 같진 않으니까. 뭔가 했다면 약이나 했을까 생각했지. 떨이나 엑스나…… 그렇지만 역시 각성제겠지."

'떨'은 대마초, '엑스'는 엑스터시를 가리키는 은어다.

미와가 계속했다.

"알지? 여기 입주자는 뭐든 저지른 사람뿐인 것."

미와는 언제나 무표정하지만 특히 지금은 더 위압감을 강하게 느꼈다.

"응. 미치히코 씨한테 얼핏."

"내가 뭐 했는지 들었어?"

"아니, 다른 사람 얘기는 아무것도 못 들었어."

"알고 싶어?"

"그건…… 글쎄."

"어째서? 어째서 알고 싶지 않아?"

알고 싶지 않다면 거짓말이다. 하지만 알면 분명히 충격받을 것이다. 그건 쉽게 상상이 간다. 절도이건 매춘이건 위법 약물이건 간에 기분이 아무렇지 않을 리 없다.

"좀 무섭다고 해야 하나. 미와가 무슨 짓을 했는지 아는 건."

"하지만 모르니까 무서운 것도 있다고 신스케 씨가 그랬어. 다카오 군은 어느 쪽이 무서워? 무얼 했는지 모르는 나, 엄청난 짓을 했다 해도 무얼 했는지 아는 나. 어느 쪽이 무서워?"

이 아이는 왜 이렇게 대답하기 어려운 질문만 할까.

"뭐야. 미와는 나한테 가르쳐주고 싶은 거야?"

"아냐."

"……그럼 뭐야."

"내가 뭘 했는지 알았을 때 다카오 군이 어떻게 변하는지 보고 싶어. 다들 변했어. 준코 씨는 처음부터 알았지만 시오리 씨도, 아키라 씨도, 도모키 씨도 미치히코 씨도, 신스케 씨도 변했어. 변하지 않은 사람은 없어. 그러나 어떻게 변하는지는 다 달랐어. 난 그걸 보고 싶어. 알고 싶어."

좀 전까지의 달콤한 기분 따위는 어딘가로 날아갔다. 취기도 완전히 깼다. 그뿐만 아니라 사타구니는 한계까지 쭈그러들었다.

뭐지. 이 아이는 대체 뭘 한 거지.

나한테 무슨 이야기를 들려주고 싶은 거지.

미와가 고개를 갸우뚱했다.

"어떻게 할래?"

다카오의 얼굴을 빤히 들여다보았다.

"들을래? 안 들을래?"

다카오는 고개를 끄덕일 수밖에 없었다.

되도록 짧게, "예스"인지 "노"인지 알 듯 말 듯할 정도로 낮게.

하지만 몸짓이 어떻건 미와는 "예스"로 해석한 것 같았다.

"······살인. 열여섯 살 때 여자아이를 한 명 죽였어."

눈도 깜박이지 않고 말하며 다카오의 눈을 계속 응시했다.

똑같다. 맞은편에 늘어선, 무수한 피에로들의 눈과 똑같다. 보는 것 같으면서 보지 않는다. 보지 않는 것 같은데 보고 있다. 잠자코 있지만 전부 안다. 그런 눈이다.

"더 들을래? 어떻게 죽였는지 알고 싶어?"

이 집에는 살인범이 두 사람이나 있나.

미치히코의 고백을 들었을 때와는 크게 달랐다.

아무리 과잉방어라 해도 사람을 죽인 미치히코가 무섭다는 마음은 있었다. 하지만 그때 눈앞에 있던 미치히코가 돌연 자신을 덮칠 거라고는 생각하지 않았다.

이유는 명확하게 설명하지 못하지만 적어도 미치히코의 이야기에는 마음이 갔다. 중학교, 고등학교 시절의 자신을 비웃는 모습에도 애교가 있었다. 이십대에 이룬 성공 체험은 들으면서 가슴 설렜다. 노조미라는 여성을 사랑하게 된 과정은 부럽기도 했다. 그래서 사건이 슬펐다. 두 사람의 이별이 안타까웠다.

그러나 미와는 다르다.

유리구슬 눈을 한 피에로가 남에게 들은 이야기를 외워서 장난스럽게 얘기하려는 것 같다. 전혀 자신이 저지른 죄에 관해 고백하려는 것처럼은 보이지 않는다.

"나 중고등학교 때 일진이었어. 별로 으스대고 싶었던 건 아냐. 학년을 장악한다든가 그런 데도 전혀 관심 없었어. 그냥 시비를 거니까 도망치기 귀찮아서 그 자리에서 퍽…… 처음에는 마침 근처에 있던 금속방망이로 때렸어. 그 아이, 한 달 정도 입원했지. 그쪽이 먼저 시비를 걸었다고 주위에서 증언해줘서 그때는 소년원 같은 데 가지 않았어."

미치히코의 이야기와 비슷한 것 같으면서 뉘앙스는 전혀 다르다.

"한동안은 무서워하는지 아무도 다가오지 않더라. 나도 뭐 그게 편했고. 그런데 어느새 추종자 같은 게 생겼어. 나를 거스르는 아이는 하나도 없으니까, 추종하는 애들은 그게 좋았겠지. 같은 고등학교에 진학한 몇 명은 내 친구라며 처음부터 엄청나게 으스댔대. 난 잘 몰랐어. 실제로 걔가 누구한테 얻어맞아도 도와주지 않았고, 보복도 하지 않았어. 하지만 2학년이나 3학년들은 그런 식으로 보지 않아서…… 나 혼자 있을 때 상급생 무리가 덮친 거야."

미와가 무릎을 세우고 황록색 파카 지퍼를 내렸다.

"남자도 몇 명 있어서 강간당했어. 그래도 그중 한 사람의 성기를 물어서 뜯어버렸어. 걘 뭐 난리가 났지. 나도 안면에 골절을 당하고, 갈비뼈 두 개, 손가락 세 개, 발가락 두 개, 정강이가 부러졌어."

파카 아래는 역시 피에로가 프린트된 흰색 티셔츠. 그 옷자락을 천천히 걷어 올린다.

"배도 칼에 찔렸어…… 여기. 내장까지 닿아서 한참 입원했어."

납작하고 평평한 배. 그 한복판에 있는, 세로로 긴 배꼽 같은 흉터. 오므라든 분홍색 살.

"나는 중태로 오 일 동안 정신을 잃었지만 그쪽은 네 명이 입원했어. 한 명 죽고, 한 명은 한쪽 눈 실명하고, 한 명은 가운뎃손가락 잘리고, 다른 한 명은…… 그러니까 성기를 잘렸지. 실명은 손가락으로 눈알을 뽑아버린 거지만 나머지는 전부 물어뜯었어. 죽은 아이의 이곳을……."

왼쪽 하관 언저리를 손가락으로 가리켰다.

"물어뜯었어. 피가 팍 나와서 나도 깜짝 놀랐지만 개들도 깜짝 놀라더라. 물 때 느낌으로 죽겠구나, 하는 걸 알았어. 별로 불쌍하지도 않았고 미안하지도 않았어. 나도 죽을지 모르니까 피차일반이라고 생각했어."

미와는 옷자락을 내리더니 대신 파카를 벗었다.

"교도소에는 일 년 반 있었어. 어리니까, 거기를 핥으라는 둥 여러 일이 있었는데 처음에 힘껏 깨물어버렸더니 그 후론 아무도 그런 말

을 하지 않았어. 물린 사람도 부위가 부위잖아. 어쩌다 그렇게 됐는
지 솔직히 말하면 자기가 징벌을 받게 되니까 잠자코 있더라고. 결
국 곪아서 나중에 엄청난 일이 됐지만."

파카를 벗더니 다음은 피에로 티셔츠…….

"그렇지만 잘 돌봐주는 언니도 있어서 여러 가지 상담도 해주었
어. 나 같은 애는 있지, 사이코패스라고 한대. 좋은 일과 나쁜 일을
구별하지 못하고, 냉혹하고, 잔혹하고, 규칙을 지키지 못하는 인간
이래. 그런데 딱 한 가지는 칭찬해줬어. 너는 거짓말을 하지 않는다
고. 그 점은 칭찬해줬어. 거짓말을 하지 않는 그 점을 살려서 사회의
규칙을 하나하나 익혀나가면 사이코패스가 아니게 된다고, 고칠 수
있다고 했어."

가느다란 두 팔을 등 뒤로 돌려서 브래지어 호크를 풀었다. 톡 하
고 컵이 앞으로 튕기더니 그대로 미끄러져 떨어졌다.

"보통 사람은 성장하면서 저절로 좋은 것과 나쁜 것을 구별하게
된대. 남의 기분도 알기 때문에 잔혹한 짓도 하지 않게 되고. 저절로
사회의 규칙도 지킬 수 있게 된대. 그런데 내게는 그런 걸 느끼는 부
분이, 마음이 원래 없어서…… 선천적으로 없는 거라 어쩔 수 없대.
머리카락이 자라는 것처럼, 가슴이 커지는 것처럼, 생리가 시작되는
것처럼 시간이 지나면 할 수 있게 되는 게 아니어서 나는 안 된대."

미와가 다카오의 허벅지에 걸터앉았다. 알몸의 가슴이 눈앞에 다
가왔다.

"하지만 그럼 외우면 된대. 느끼지 않아도 되고 몰라도 되니까 이

건 좋은 일, 이건 나쁜 일이라고 하나하나 외우면 된대. 모르는 건 묻고 사람들에게 배우며 하나하나 익혀나가면 된대. ……어째서 나만 모든 일이 순조롭지 않을까 생각하던 터여서 그렇구나, 하고 깨달았지. 외우면 된다는 걸 알았어."

부드러운 곡선이 다가온다. 처음에는 뺨에 닿고, 더 다가오더니 다카오의 눈을 가렸다.

"그러니까 가르쳐줘. 내가 살인자라는 걸 다카오 군은 지금 어떻게 생각해? 어떻게 생각하던 게 어떻게 변했어? 다카오 군은 물어뜯지 않을게. 그건 약속해. 나 거짓말은 하지 않으니까. 가르쳐줘……. 날 무서워해도 돼. 싫어해도 좋아. 지저분하다고 생각한다면 그렇게 말해도 좋아. 그런 데 상처받거나 울거나 하지 않아. 알고 싶을 뿐이야. 다카오 군이 나를 어떻게 생각하는지 외워야 해."

알고 싶을 뿐, 기억하고 싶을 뿐이라고 말하면서 미와는 입술을 원했다. 다카오의 머리를 쥐어뜯듯이 감싸 안고는 탐욕스럽게 혀를 넣었다.

질문인 동시에 대답이라고 다카오는 생각했다. 다카오의 혀가 무엇을 전하는지 어떻게 반응하는지 미와도 혀로 확인하는 것이다. 거부할지, 받아들일지, 더 원할지, 범할지, 빼앗을지.

미와의 손이 다카오의 어깨에 걸쳐졌다. 플란넬 셔츠의 단추를 풀고 조심스럽게 벗겼다. 다카오는 무의식중에 기대 있던 침대에서 등을 뗐다. 플란넬 셔츠, 티셔츠가 벗겨지고, 청바지 허리띠에 손이 닿았다. 미와는 능숙했다. 보기보다 힘도 셌다. 가타부타 말도 없이 다카오를 알몸으로 만들었다.

입으로 품어준 순간 얼어붙었다. 미와의 입이 사나운 육식 동물의 그것으로 보였다. 그러나 뜨거운 미끈거림과 빨아들이는 힘에는 거역할 수 없었다. 끝으로 온 신경이 모였다.

미와의 손이 부드럽게 가슴을 어루만졌다. 손끝으로 유두를 만지작거린다. 남자도 이렇게 느끼나 싶어 자신이 부끄러워졌다. 앗, 하고 새어나온 소리가 자기 목소리가 아닌 것 같았다.

어느새 바닥에 눕혀졌다. 성긴 카펫이 긁어대듯이 등을 자극했다.

미와가 기어 올라온다. 가슴으로, 배로, 다카오를 자극하면서 위치를 맞춘다.

그대로 미끈거림에 싸였다. 삼켜졌다.

"앗…… 미와."

"괜찮아."

완전히 하는 대로 맡겼다.

얼굴에 드리워진 채 흔들리는 미와의 부드러운 머리칼이 기분 좋다. 허리에 느껴지는 무게가, 리듬이 그 이외의 사고를 모조리 빼앗아간다. 이곳이 커튼 한 장으로 나뉜 셰어하우스의 방이란 사실 따위 이제 아무래도 좋다. 목을 물어뜯을지 모른다는 공포도 이미 버렸다.

아래에서 미와의 가슴을 꽉 잡았다. 마른 데 비해 의외로 묵직했다. 허리로 미끄러져 내려가서 양옆에서 엉덩이를 받쳤다. 매끈매끈하고 마른 몸은 조금 서늘했다.

한번 손이 닿기 시작하니 걷잡을 수 없었다.

다카오도 아래에서 들어 올렸다. 미와는 버티고 있던 팔을 꺾고, 다카오를 덮쳤다.

체중을 고스란히 받아들였다. 엉덩이에서 손을 떼고 살이 없는 등을 꽉 껴안았다. 한 손을 어깨에 올려 미와의 상반신을 고정했다. 밀어 올리는 힘을 그대로 미와에게 전하고 싶었다.

저림이 고조되었다. 한 점에 집중했다.

"다카오 군…… 고, 고마워."

아냐…….

이것이 대답일까.

이것으로 답이 됐을까.

반짝거리는 피에로가 보고 있다. 미와의 하얀 몸을 비추고 있다.

단순한 욕망이라도 괜찮은가. 그 욕망을 이 아이의 몸에 쏟아내도 괜찮은가.

미와가 원하는 것은 이런 것이 아닐 터다.

마음이 없어서, 그래서 미와는 마음을 원하는 게 아닐까.

내게 마음은 있을까. 미와에게 줄 마음이 정말로 있을까.

반짝거리는 피에로가 보고 있다.

떨어지지 않으려 다카오에게 매달리는 미와를 가만히 보고 있다.

네게 마음은 있느냐고 묻고 있다.

16. 미와의 일탈

섹스할 때 남자 얼굴은 예외 없이 멍청하고 웃긴다.

미와는 곧잘 도중에 실눈을 뜨고 본다. 거의 무표정하게 단순한 반복 운동으로 허리를 움직이는 남자. 눈을 꼭 감은 채 때로는 괴로운 듯 이를 악물고 가능한 한 사정을 참으려는 남자. 히죽거리면서 여자의 반응이 더 격해지도록 삽입 각도나 체위를 조정하는 남자. 의식적으로 여자를 거칠하게 다루면서 사디스트적 기쁨을 온 얼굴에 드러내는 남자.

정복욕이라고 생각한다. 굴복시키고 싶다, 생각대로 여자의 몸을 조종하고 싶다, 멋대로 하고 싶다. 그런 남자의 욕망, 갈망. 그 정도는 신스케에게 듣지 않아도 알고 있다. 오히려 그 이외에 남자에게 무엇이 있는지 묻고 싶다. 상대를 생각하고, 빼앗기보다 주고 싶다고 생각하며 섹스하는 남자가 있는지.

실제로 미와는 흘리는 신음만큼 느끼지 않는다. 행위를 인식할 수 없을 만큼 둔감하지는 않지만 몸부림칠 정도의 쾌감은 지금까지 한 번도 경험한 적 없다. 민감한 부분을 만지면 나름의 감각은 살아나지만 그건 남자도 같다. 정성껏 핥아주면 남자의 유두도 선다. 남녀 차를 느낀 적은 솔직히 없다. 차이가 있다면 개인차가 있을 뿐이다.

그래서일 것이다. 미와는 정복당했다고 느낀 적이 없고, 상대의 것이 됐다고 생각하지 않으며, 뭔가를 잃었다는 느낌도 없다. 반대 경우라면 있다. 보수를 얻는 것은 항상 미와이고, 남자들은 항상 잃는 쪽이다. 연인이나 가정이 있는 남자는 행위가 끝난 뒤 미와의 존재 자체에 겁먹기도 한다. 하지만 미와에게는 무서운 게 없다. 어느 쪽이 정복자인지 따지면 자신이 아니었을까 하는 생각마저 든다.

다카오도 도중까지는 그랬다. 미와가 과거를 고백하자 공포 비슷한 것을 느낀 듯했지만 옷을 벗고, 가슴을 보이고, 누르고, 다카오의 옷을 벗기고, 살을 맞대고, 발기한 그것을 물어주고, 넣어야 할 곳에 이끌어주자 다카오 역시 다른 남자와 마찬가지로 허리를 흔들기 시작했다. 간단한 거라고 생각했다.

그런데 도중에 무언가 달라졌다. 사정 직전까지 갔을 것이다. 그러나 다카오는 끝까지 가지 않고 거기서 끝냈다. 피임을 하지 않아서 멈춘 건 아니라고 생각한다. 무언가가 다카오에게서 성욕을 빼앗았다. 눈에 보이지 않는, 말로도 할 수 없는 무언가가 다카오를 위축하게 했다.

옷을 입은 뒤 다카오는 말했다.

"……미안."

사정 못 한 것을 사과하는 걸까. 아니면 피임을 하지 않았다거나 그런 말을 하는 걸까. 그렇다면 터무니없는 오해다. 미와는 처음에 말했다. 차이를 알고 싶은 거라고. 자신이 살인자라는 것을 알기 전과 알고 난 뒤에 마음이 어떻게 달라지는지 알고 싶은 거라고. 섹스는 그걸 쉽게 하기 위한 분위기 만들기다. 미와의 만족이, 다카오의 만족이 어떻든 상관없다.

"괜찮아…… 사과하지 않아도."

벗어 던져놓은 파카 자락을 끌어당겼다. 사람의 모양을 잃은 흐물흐물한 천. 정체불명의 껍데기. 혹은 처음부터 텅 빈 무엇.

주머니를 뒤져 담배를 찾았다. 몇 개비 남은 팔리아멘트 라이트 멘솔. 창틀에 올려둔 재떨이에 손을 뻗쳤다. 기치조지의 잡화점에서 발견한 물건으로, 가장자리에 작은 피에로가 앉아 있다.

미와가 불을 붙이고 얕게 들이마신 첫 모금을 토할 때까지, 다카오는 무릎을 안고 얼굴을 묻고 있었다. 방금 한 섹스가 그렇게나 만족스럽지 않았나. 그렇게까지 침울해할 정도인가. 생각해보니 미와도 플라주 입주자와 잔 것은 처음이었다. 미치히코와도, 아키라와도, 물론 도모키와도, 얼마 전까지 있던 호소노 료헤이와도 자지 않았다.

미와는 다카노를 마주 보고 앉았다.

"저기, 다카오 군."

응, 하고 낮게 대답했지만 얼굴은 들지 않는다.

"이쪽 봐. 날 봐."

그제야 수영하다 잠시 숨을 돌릴 때처럼 얼굴을 반쯤 들었다. 눈은 졸린 듯이 반은 감고 있다. 그 모습에서 미와는 아무것도 읽어낼 수 없다.

"저기, 나 무서워?"

"……아니."

"무섭지 않아?"

"무섭지……는 않아."

"그럼 좋아해?"

"……응. 좋아, 한다고 생각해."

"어디가 좋아? 얼굴? 몸? 몸이라면 어디? 가슴? 엉덩이? 아니면 섹스?"

얼굴을 옆으로 돌린 채 다카오가 고개를 저었다.

"모르겠어."

"모르는데 좋아해?"

"그건…… 그럴 수도 있어. 이유는 잘 표현할 수 없는데 맛있다고 생각하는 음식 있잖아."

"난 맛있었어?"

미간을 살짝 찡그린다.

"그런 게 아니라…… 지금은 그냥 비유."

"그래? 그럼 사람을 죽였다는 걸 알아도 좋아한다는 말?"

"응…… 그건 뭐랄까, 딴 얘기랄까."

"살인자여도 섹스만 할 수 있으면 좋다는 말?"

"그런 것과 다르다니까."

"그럼 뭐야? 왜 나를 좋아한다고 생각해? 나, 살인자야. 물어뜯지 않을 거라고는 했지만, 안 죽인다고는 하지 않았어. 다카오 군은 자신을 죽일지도 모르는 여자를 좋아할 수 있어?"

숨 돌리기는 끝나고 다카오는 다시 얼굴을 묻었다.

"몰라, 지금 당장은…… 하지만 좋아해. 뭐가 뭔지 모르겠지만 그렇다고 생각해."

그런가. 이런 남자도 세상에는 있는 걸까.

또 하나 새로운 사실을 배웠다.

미와 이외에도 자신이 자신을 모르는 사람은 있다.

그런 사람의 마음을 미와가 알 리 없다.

그것과 다카오의 변화.

다카오는 미와가 살인자란 걸 알고도 별로 달라진 느낌이 들지 않았다. 그게 좋은 건지 나쁜 건지 미와는 모른다.

그러나 모른다는 것은 안다.

며칠 뒤 다카오가 데이트 신청을 했다.

"저기, 런치타임 끝나면 쇼핑하러 같이 가자."

"뭐 사게?"

"뭐 사긴…… 이것저것."

신스케 집에 가는 건 저녁 무렵이니 같이 가기로 했다.

대단한 쇼핑은 아니었다. 역 근처 상점가에서 살 수 있는 일용품이라 미와가 할 수 있는 조언은 아무것도 없었다.

"이런 양말은 아저씨 같을까."

"뭐 어때."

아저씨 같다는 것 자체를 좋다고도 나쁘다고도 생각하지 않는다. 스니커도 사고 싶다고 해서 싸구려 신발 가게를 알려주었다.

"이건 너무 화려한가?"

"화려하면 어때."

"컨버스 신을 나이가 아니지?"

"신스케 씨는 컨버스 신어."

"그래? 그렇다고 신스케 씨하고 똑같은 신발을 신는 것도……."

쇼핑이 끝나자 잠깐 차 한잔 마시자고 했다. 다카오가 선택한 곳은 상점가 변두리에 있는 치과 옆의 커피숍이었다. 그리 세련된 곳은 아니다.

"난 아이스커피. 미와는?"

"나도."

카운터석이 다섯, 사 인석 테이블이 두 개. 가게 넓이는 플라주 삼분의 일이나 사분의 일 정도. 다카오와 미와가 앉은 테이블석 의자는 몹시 좁고 불편했다. 이런 수직 등받이라면 차라리 없는 편이 낫다.

창으로 거리를 내다보았다. 근처 슈퍼에라도 다녀온 걸까. 무거워 보이는 장바구니를 든 주부가 한 손으로 휴대전화를 조작하면서 지나간다.

앞을 보니 언제부터인지 다카오가 빤히 보고 있다.

"뭐야?"

표정은 부드럽다. 십 퍼센트 정도 미소가 들어 있다.

"아니, 그냥."

"음침해."

"그래? 미안. ……반했어."

이건 뭐지.

"……역시 다카오 군은 나를 좋아해?"

"응. 요전에 말했잖아. 며칠 만에 무슨 일이 생긴 것도 아닌데 마음이 달라지진 않아."

"몰라, 그런 거. 직접은 아니어도 간접적으로는 뭔가 있을지도 모르고."

"간접적? 예를 들면?"

"예를 들면 누구한테 나에 관해 나쁜 소문을 들었다거나."

"아니…… 요전보다 임팩트 있는 얘기는 좀처럼 없을걸."

그렇게 단정할 수는 없다.

"내가 매춘부여도?"

갑자기 다카오의 눈초리가 올라갔다. 역시 살인 운운은 과거의 잘못이라 쳐도 매춘은 얘기가 다른가. 아니, 그런 건 아닌 것 같았다.

뒤쪽에서 인기척을 느껴 무심코 돌아보니 칠복신_{일본의 행운 신 일곱 명.}
_{그중 풍요의 신은 대개 살집 있는 모습으로 그려진다}의 한 명처럼 뚱뚱한 주인이 아이스커피를 들고 다가오고 있었다.

"오래 기다리셨습니다."

유리잔 두 개를 테이블에 놓고 주인은 물러났다. 그 뒷모습을 노려보면서 다카오가 얼굴을 가까이 가져왔다.

"그런 얘기는 큰 소리로 하지 마."

"큰 소리로 하지 않았어. 보통 목소리야."

"그래도 들리지 않게 해."

"어째서? 그냥 비유인데."

다카오의 표정이 금세 풀어진다.

"……그래?"

"뭐가?"

"좀 전에 한 얘기는 그냥 비유야?"

"그편이 좋아? 다카오 군은?"

"그, 그야…… 응. 그런 건 미와가 하지 않길 바라."

"어째서? 나하고 사귀고 싶어?"

다카오는 잠시 숨을 멈추고 창밖을 보다가 아이스커피에 눈을 두었다. 겨우 미와를 보는가 싶으면 이내 시선을 돌리고, 뭔가 생각났다는 듯이 숨을 토했다.

"미와가 나를 어떻게 생각하는지 모르겠지만…… 만약 그런 사이가 될 수 있다면…… 구직 같은 거 지금보다 더 열심히 할 수 있을 것 같아."

이건 또 무슨 소리지.

담배를 두 개비쯤 피웠을 무렵에는 아이스커피도 다 마셨고 다카오가 산다고 해서 그대로 가게를 나왔다.

그 단계에서 이미 위화감은 있었다. 예감, 위기감, 동물적인 감. 더 어울리는 말이 달리 있을지 모르겠지만 미와가 느낀 것은 그런 종류였다.

사거리 건너편 담뱃가게 유리문으로 확인했다. 아무래도 틀림없는 것 같다.

"다카오 군. 나는 바로 신스케 씨한테 갈게. 안녕."

"알았어. 근데 그쪽……."

방향이 다르다고 말하고 싶은 거겠지만 미와는 못 들은 척하며 왼쪽으로 돌았다.

다음 모퉁이를 돌면 전력 질주다. 이런 사태에 대비하던 건 아니지만 평소 스니커를 신고 다닌다. 달리기에도 자신 있다.

어쨌든 다카오에게서 떨어져야 한다. 플라주에서 떨어져야 한다.

정신없이 뛰고 정신없이 돌았는데도 결국 다마 강변으로 나오고 말았다. 주위는 공장이 하나 있을 뿐 평범한 가정집이 늘어선 주택가. 정면에는 제방으로 올라가는 콘크리트 계단이 있다.

두 칸씩 뛰어서 올라가다 중간쯤 이르렀을 때 처음으로 소리가 들렸다.

"고이케에, 기……기다려, 이 계집애야."

경찰이 "서!"라고 한다고 정말 서는 도둑은 없다.

하지만 미와는 도둑이 아니다. 상대도 경찰이 아니다.

네 칸 더 올라가 발을 멈추고 돌아보았다.

소리의 주인공은 계단 맨 아래 칸에 한쪽 다리를 올린 참이었다.

한류 배우가 낄 법한 큼직하고 시커먼 선글라스. 짧게 깎은 머리. 오 년 전에는 금발이었던 것 같지만 그런 건 어떻든 상관없다.

니무라다. 니무라 다카아키. 미와가 안구를 후벼 파서 오른쪽 눈을 실명한 고등학교 한 학년 선배. 최근에는 이런 추적 놀이도 별로 하지 않았는지 숨을 헐떡거리며 어깨를 들썩거리고 있다.

미와는 인사 대신에 턱을 내밀었다.

"오랜만이네요."

두 개의 눈이 선글라스 위쪽으로 미와를 노려보고 있다. 오른쪽에도 제대로 검은자가 있다. 의안인가.

"야…… 도망치지 마."

"도망치지 않아요. 그보다 멋대로 따라다니는 거나 좀 그만둬요. 기분 나쁘니까."

"건방진 소리 지껄이지 마. 이 살인자."

"그 '살인자'란 말도 그만두시죠. 그런 소리 하면 반대쪽 눈도 망가뜨릴 테니까."

니무라는 화난 들개처럼 코를 킁킁거렸지만 아무 대꾸도 하지 않았다. 말 대신 블루종 주머니에 오른손을 찔러 넣었다. 가죽 같아 보이지만 아마 싸구려 합성피혁일 것이다.

칼이라도 꺼내나 했는데 아니었다. 휴대전화였다.

"어, 꽤 이동했어. 지금 다마 강 제방까지 와 있어……. 어, 있어.

잘 모르겠는데 마토바 금속이란 회사가 보여. 공장 같네……. 어, 빨리 해."

휴대전화를 넣고 숨도 골랐는지 니무라는 계단을 올라왔다.

"고이케, 너 찾느라 고생 많았다."

"오호. 무슨 볼일이시죠?"

니무라에게 등을 돌리고 미와도 남은 계단을 올라갔다. 제방 위 도로로 파란색 작업복 차림의 남자가 자전거를 타고 지나갔다.

뒤에서 니무라의 목소리가 쫓아왔다.

"무슨 볼일이냐니. 사람을 죽여놓고, 감방에 일 년 있다 나온 정도로 깨끗이 없던 일이 될 줄 알아!"

"별로 그렇게 생각하지 않는데요."

겨우 제방 위 도로까지 나왔다. 경트럭이 맞은편에서 달려왔다. 바람이 조금 세다. 아래쪽으로 펼쳐진 땅에는 야구장이 몇 개 있다. 평일 오후지만 연습하는 곳은 한 군데도 없다.

돌아보니 니무라는 마침 아까 미와가 섰던 곳까지 올라와 있다.

"출소한 모양이라는 소문이 있은 뒤 반년이 지나도 일 년이 지나도 집에 돌아오지 않더라? 네년 동생, 슈지였나. 몇 번 두들겨 패도 모른다고 잡아떼더군. 정말 모르는구나 싶어서 그때부터 진짜로 찾아다니기 시작했는데…… 설마 이 년이나 걸릴 줄이야."

미와는 왼쪽으로 걷기 시작했다.

"우아, 다들 한가하시네요."

시야 끝에 있는 니무라가 또 열받아서 노려보는 모습이 보였다.

"네가 죽인 마리카는 아키모토 씨 동생이다. 우리가 끝장을 보는 건 당연하지."

아키모토는 동네에서 야쿠자 흉내를 내고 다니는, 같은 중학교 선배다. 더 설명하자면 미와가 가운데손가락을 물어뜯은 다누마는 죽은 마리카의 전 남자친구, 성기를 물어뜯긴 오카무라는 당시 동정이었다고 들었다.

미와는 앞을 향해 계속 걸었다.

"그런 얘기 몰라요. 애초에 그쪽에서 먼저 시비를 걸었잖아요. 난 쇼타한테 강간당했고 안면골절로 입원했다고요…… '쎔쎔'이라고 할 순 없지만 나름대로 고생했다고요. 그런 바보 같은 소리 하다가 되레 당할걸요."

뒤에서 타다다닥 발소리가 쫓아왔다.

오른쪽 어깨를 잡더니 강제로 돌려세운다.

두 사람 옆으로 아까의 경트럭이 지나갔다.

"잘났다, 미친개 같은 년. 지금 다들 이리 오고 있어. 네년 전부 윤간하고 오뚝이를 만들어버릴 테니까…… 아, 그 전에 이를 펜치로 다 뽑아주지."

펜치로 이를 뽑기 전에 본인 손목이 물어뜯길 거라는 생각은 들지 않나.

"선배, 날 이길 수나 있어요? 한쪽 눈밖에 안 보이면서."

"뭐? 이년이!"

부웅 하고 공기가 울리더니 갑자기 광대에 충격을 느꼈다. 이어서 찌르는 듯한 통증, 피부가 터지는 느낌, 이어서 같은 곳에 뜨거운 열……

하지만 그 이상의 열이 미와의 뇌 속에서 단번에 폭발했다.

"아프잖아, 이 새끼야!"

또 맞았다. 무릎차기도 당했다. 그러나 물러나지 않았다. 팔을 크게 휘둘러 선글라스 위로 니무라의 안면을 쳤다. 렌즈는 깨지지 않았지만 다리가 휘어지면서 선글라스는 어딘가로 날아갔다.

"이…… 이년이."

그렇게 쓸데없는 소리를 하니까 안 되는 거다.

미와는 권투로 말하자면 어퍼컷을 치듯 니무라의 사타구니를 힘껏 주먹으로 쳐주었다.

니무라는 컥 하며 숨을 토했지만 그 이상은 말도, 비명도 입에서 나오지 않았다.

"여전히 약해빠졌네요, 니무라 선배. 미안하지만 당신들 상대할 만큼 한가하지 않아서 또 도망갈 거예요. 그 전에 아까 약속한 대로 나머지 눈도 빼줄게요."

머리칼은 잡을 만큼 길지 않아서 대신 오른쪽 귀를 움켜잡았다.

"히익…… 하, 하지 마……."

"그러니까 말했잖아요. 살인자, 살인자, 시끄럽다고. 그렇게 나한테 죽고 싶어요? 난 감방 따위 별로 힘들지도 않으니 선배 한 명쯤 지금 죽여도 돼요. 어떻게 할까요…… 응? 어떻게 할까, 이 새끼야!"

아직 살아 있을 왼쪽 눈두덩을 오른손 엄지로 눌렀다. 딱딱한 눈알을 확인했다. 기억에 있는 손가락 감촉과 거의 같다. 이대로 눈꺼풀을 벌리고 검지나 중지로 눈구멍을 후벼 파내면 눈알이 밖으로 튀어나온다. 따라 나오는 힘줄을 찢어버리면 이쪽 눈도 두 번 다시 빛을 느끼지 못하게 된다.

하지만…….

"우, 우욱…….."

왜일까. 옛날처럼은 손가락이 움직이지 않는다.

"욱…… 하, 하지, 마……."

설마 니무라를 동정하는 건가. 오 년이 지나도 여전히 자신보다 약한 쓰레기 같은 남자를.

아니, 그렇지 않다…….

니무라의 눈동자를 만지자 왠지 준코의 눈이 생각났다. 희미한 엄마의 윤곽도, 울보였던 남동생도, 눈앞에서 죽은 아버지도 아닌, 준코. 그저 조용히 고개를 끄덕이면서 미와를 바라보는 준코의 큰 눈.

그뿐만이 아니다. 신스케, 도모키, 시오리, 미치히코, 아키라 그리고 다카오. 플라주에서 만난 사람들의 얼굴이, 눈이 번갈아 뇌리에 떠올랐다.

왜지. 지금까지 이런 적 없었는데.

17. 다카오의 공전空轉

사구치의 협박에 굴한 것 같아 한심하긴 했지만 다카오는 여행사 이외의 일을 찾기 시작했다. 기본적으로는 영업직이다.

외식업계 점포 개발, 건설회사 하청, 태양광 발전, 파친코, 부동산. 닥치는 대로 마구 다녔다. 고용해주기만 한다면 업무 내용은 무엇이어도 상관없었다.

하지만 그렇게 줏대없는 사람을 고용해줄 회사가 쉽게 있을 리 없다.

"우리 회사를 지망한 동기를 말해보세요."

태양광 패널 판매회사 정도라면 지원 동기를 뭐라도 쥐어짜낼 수 있다고 생각했다.

"네. 에너지 문제는 현재 일본이 안고 있는 중대한 과제입니다. 바이오 연료나 풍력 발전 등 여러 선택지가 있겠지만 그중에서도 태양광 발전은 각 가정에 설치가 가능하므로 소규모로 시작할 수 있다는 점에서 우위성과 장래성이 있다고 생각했습니다."

그 생각 자체가 물렀다.

"그건 태양광 발전 전반에 대한 당신 생각이죠. 그게 아니라 많은 태양광 발전 패널 회사 중에서 우리 회사를 지망한 동기를 말해보시라고요."

난감했다.

"어어, 가격 경쟁력과, 또…… 서포터 체제가 충실한 점이 매력이라고 느꼈습니다."

"네, 됐습니다."

애초에 태양광 발전 패널에 흥미가 있는 것도 아닌데 브랜드별 차이를 알 리가 없다. 그 점은 파친코나 부동산도 마찬가지여서 지원 동기를 물어도 상대가 납득할 만한 대답은 한 번도 하지 못했다.

유일하게 외식계통 점포 개발을 하는 회사에서는 "귀사에서 운영하는 '로얄다이너'의 데미그라스 오므라이스를 아주 좋아합니다"라고 대답해보았다. 그러나 평가에 별반 도움이 되지 않았는지 익숙한 불합격 통보 메일이 왔다.

그냥 불합격이라면 그나마 괜찮다.

"전에 다니던 회사는 왜 그만두셨나요?"

이런 질문에 대한 답은 언제나 똑같았다.

"네. 전에는 여행사에 다녔습니다만, 부끄럽게도 제가 해외에 가본 경험이 적어서 고객에게 진심이 담긴 제안을 하지 못했습니다.

그래서 이번에는 귀사에서 하는 부동산처럼 제 눈으로 보고 장점을 알 수 있는 상품…… 그런 물건을 다루며 고객에게도 납득이 갈 만한 제안을 하고 싶습니다."

그러나 개중에는 그 정도에서 끝나지 않는 면접관도 있었다.

"대단히 의지가 높고 좋습니다만…… 마지막으로 회사에 다닌 뒤 공백이 꽤 길군요. 본인 뜻대로 제안을 못 한다는 게 다음 일도 정하지 않고 퇴직할 만큼 고통스러웠나요?"

이 단계에서는 한 직장과 일에 대한 끈기를 보는구나, 하고 다카오 나름대로 추측했다.

"사실 전직은 이전부터 생각했습니다만, 저 나름대로 개선하려 날마다 애쓰다 보니 당시에는 다음 직업을 찾을 겨를이 없었습니다."

면접관은 이해가 되지 않는 듯한 얼굴로 고개를 끄덕였다.

"그렇습니까. 실제로 이직 활동을 해보니 어떤가요. 다른 회사에도 면접을 봤지요?"

"네. 어려운 면도 많지만 지금까지의 영업 경험을 살려서 앞으로는 귀사에 도움이 되고 싶습니다."

"어려운 면…… 확실히 그렇죠. 오늘 여기 계신다는 것은 여러 군데 면접을 봤으나 유감스럽게 떨어졌다는 의미겠지요. 그 이유를 본인은 어떻게 분석합니까?"

자기 판단, 상황 분석, 객관성, 겸허함 그런 면을 보는 질문이라고 생각했다.

"네. 다른 회사, 다른 업종을 지원하는 가운데 공부가 부족하다는 사실을 실감하기도 했습니다. 그래서 부동산업계에 관해 열심히 공부하던 와중에 모집 공고를 보고, 귀사에서 꼭 일하고 싶다는 마음에 지원했습니다."

다카오가 그렇게 대답하자 면접관의 표정이 노골적으로 어두워졌다.

"아니, 그런 게 아니라요. 본인에게 뭔가 문제가 있어서, 그래서 채용되지 못한 게 아니었는지 그런 걸 묻고 있습니다."

처음으로 철렁했다. 아마 표정도 눈에 띄게 굳었을 것이다.

면접관은 말을 이었다.

"누구한테 들었다거나 그런 게 없다고 해도 말이죠. 예를 들어 전과가 있다거나 하는 경우, 솔직하게 말해주지 않으면 우리도 곤란합니다. 사람은 말이죠, 누구나 좋은 면과 나쁜 면이 있어요. 한번 취직해봤으니 성공도 실패도 몇 번인가 경험했겠죠. 기업이 한 사람을 채용한다는 건 좋은 면은 장점으로 삼되 나쁜 면은 단점으로 삼지 않도록 하면서 함께 살아가기로 하는 겁니다. 그러나 그 이전에 자신의 나쁜 면을 숨기려고 하면요…… 함께 일할 수 없습니다."

다카오는 더는 할 말이 없었다. 마지막에 감사하다고 인사를 했는지 어땠는지조차 제대로 기억나지 않는다.

이런 일이 있어도 이상하지 않았다.

전 직장은 이력서에 쓰여 있다. 여행 관련 회사가 아니라고 해서 전 직장에 확인해보지 않을 거란 보장은 없다. 사원 여행이나 가족 여행 등으로 전 직장과 거래가 있는 사람도 세상에는 많이 있으리

라. 물론 업계를 바꾸면 다카오의 개인 정보가 전해질 가능성은 현격히 낮아지지만 절대 제로가 되진 않는다. 사회는 의외로 모든 곳에서 이어져 있다. '세상은 넓은 듯하면서 좁다'란 옳은 말이다. 정말 그렇다고 다카오는 처음으로 실감했다.

시오리는 말했다.

"인생이 그렇게 간단히 리셋되지 않아. 과거는 언제까지고 따라다녀. 속죄는 할 수 있어도 실수를 저지른 과거를 지울 수는 없어. 그건 어쩔 수 없는 거야."

취직하면 한 대로 직장에 경찰이 찾아오는 일도 있을지 모른다. 그 때문에 전과가 있다는 사실이 주위에 알려지고 해고되는 일도 충분히 있을 수 있다. 전과를 숨기고 취직하면 더욱 그렇다.

채용되기도 전에 좌절할 것 같았다.

어떻게 수습해도 잘못을 저지른 과거는 지울 수 없으니까.

그런 날들이어서 더, 미와가 큰 힘이 됐다. 원래 귀여운 아이라고 생각했던 만큼, 뭐 그날의 고백에는 진짜 놀랐지만 그래도 좋았다.

살인을 저지른 것도 폭행당한 과거가 있는 것도 지금 눈앞에 있는 미와의 일부이긴 하지만 전부는 아니다. 그렇게 생각했다. 무엇보다 자신에게는 미와의 과거를 나무랄 자격 따위 없다. 제대로 복역하고 벌을 받았으니 된 것 아닌가. 설령 세상이 미와를 인정하지 않아도 나만은 받아들이고 싶다. 받아들여야 한다. 그렇게도 생각했다.

그래서 시험 삼아 데이트 신청을 해보았다.

런치타임에는 장사를 도와야 해서 나가는 것은 오후부터. 돈도 별로 없어서 멀리는 못 간다. 그러나 근처에서도 마음만 먹으면 나름대로 즐길 수 있다. 같이 쇼핑을 하고 차를 마시고 좋아하는 영화나 음악 얘기를 해도 좋다. 충격적인 과거는 들었지만 더 옛날에 있었던 일이나 가족 얘기, 고향 얘기도 들어보고 싶다. 다카오 나름대로 여러 가지 데이트를 그렸다.

다만 그린 대로 되지 않은 것도 첫 데이트에 있을 법한 일이었다.

"……뭐, 어때."

"아, 그 정도면 됐잖아."

나쁘게 받아들이자면 다카오가 하는 일에 그리 흥미가 없다. 미와의 반응은 대개 그런 투였다. 그러나 미와라면 용서된다. 애초에 표정이 빈곤한 아이, 감정표현이 서툰 아이다. 같이 보낸 시간이 늘면 점차 마음을 열고 지금까지 표현하지 않던 속마음까지 드러낼지 모른다. 자신들은 사귄다, 사귀지 않는다 하는 일반적인 말로 묶을 수 있는 관계가 아니라는 생각도 들지만, 마음은 거기에 가깝다.

자신은 미와를 좋아하고, 미와도 자신을 싫어하지 않는다. 같은 곳에 살고, 같은 것을 먹고, 같은 밤을 보내고, 잠이 든다. 지금은 그걸로 좋다고 생각했다.

데이트의 끝도 담백했다. 미와답다고 하면 미와답다.

"다카오 군. 나는 바로 신스케 씨한테 갈게. 안녕."

신스케 집과는 방향이 달랐지만 다른 볼일이라도 있나 싶어 그대로 두었다.

다카오는 다카오대로 초저녁에 볼일이 있었다. 보호사인 고스게를 찾아가기로 했다.

"안녕하세요. 요시무라입니다."

"네, 지금 열겠습니다."

도우미 안내를 받아 평소처럼 서재로 들어갔다. 고스게는 구석 책상에서 뭔가 일을 하고 있었다. 컴퓨터가 아니라 펜을 들고 쓰는 일이다.

"아, 요시무라 군. 미안하네. 얼른 써서 마치 씨한테 부쳐달라고 해야 해서."

마치 씨는 도우미의 애칭이다. 성에서 따온 건지 이름에서 따온 건지는 모른다.

"괜찮습니다."

"거기 앉게."

다카오는 응접세트에서 늘 앉던 자리에 앉았다.

맞은편 벽에 책장이 있고, 책이 두서없이 꽂혀 있다. 법률이나 범죄에 관한 서적이 많지만 낚시 잡지부터 조각, 건축, 시대 소설, 역사 소설, 퍼즐이나 마술 같은 취미 도서까지 다양한 장르가 있다.

"어때. 일은 찾았나?"

갑자기 물어서 책상 쪽을 보았지만 고스게는 여전히 시선이 아래를 향한 채 계속 쓰고 있다.

"아직입니다. 꽤 힘드네요."

"헬로워크일본 정부의 일자리 알선 센터는 가봤나?"

"아뇨, 제 힘으로 찾고 있습니다. 덕분에 스기이 씨에게 좋은 셰어하우스도 소개받아서…… 거기서 컴퓨터도 쓸 수 있고 해서 어떻게든 해보고 있습니다."

"그렇군. 전과가 지장이 되지는 않나?"

"뭐, 조금은요. 전에 있던 업계에는 정보가 빨리 돌아서 가기 어렵고…… 지금은 다른 곳을 보고 있습니다. 부동산 분야라든가 이곳저곳요."

고스게는 잠깐 얼굴을 들었다가 입가에 살짝 미소만 짓고는 다시 아래를 향했다.

"잘됐군. 스기이 씨한테도 주거는 걱정 없다고, 이제 열심히 일자리만 찾으면 된다고 들었어. 그리 걱정은 하지 않지만, 그래도 일을 찾는 건 힘들 거야. 전과가 없어도 요즘은 힘드니까."

"그러게요. 실제로 고전하고 있습니다."

거기까지는 다카오도 의식해서 말했다. 하지만.

"아, 그렇지만요."

왠지 모르게 이런 말을 꺼내버렸다.

고스게가 또 잠깐 고개를 들었다.

"응, 뭐?"

"아…… 아무것도 아닙니다."

"아닌 게 어디 있어. 먼저 말 꺼내놓고."

"아, 아뇨. 그런 게 아니라."

"뭐 좋은 일이라도 있나?"

어떻게 알았을까. '고전하고 있습니다' 뒤에 '그렇지만'이라는 역접을 써서인가.

"네…… 뭐."

"뭐야. 말해, 솔직하게."

"네에…… 어, 저기…….."

"좋아하는 사람이라도 생겼나."

헉.

"고, 고스게 씨, 어떻게…….."

"뭐야, 맞힌 건가. 그 셰어하우스 아이인가?"

갑자기 식은땀이 분출했다. 겨드랑이 아래가 차가워졌다.

"어, 어…….."

"어떻게 알았냐고? 스기이 씨한테 들은 건 아냐. 주거는 확보했지만 일자리는 찾지 못했고, 그런 상황에서 무심결에 보고하고 싶은 일이라면 연애밖에 없잖아. 텔레비전에서도 나오대. 셰어하우스에서 사랑이 싹트는 다큐멘터리. 그런 건가 하고 잠깐 상상했는데…… 뭐야, 맞혔군. 제법이네, 요시무라 군."

보호사 고스게 다이사쿠. 경계할지어다.

오후 5시에는 플라주로 돌아와 재료 준비를 도왔다.

"다카오 군. 이 양파 잘게 썰어줘."

양파를 작은 상자로 한가득 주었다.

"전부요?"

"응, 전부."

"뭐 할 건데요?"

"햄버그나 카레 루 등등 여러 곳에 들어가. 가능하면 반은 볶을 거야."

"네."

그런 작업이 한 시간 가까이 계속됐다.

평소보다 조금 늦게 6시 반이 넘어 팻말을 'OPEN'으로 돌렸지만 역시 한동안 손님은 오지 않았다.

"그러고 보니 준코 씨, 운전은 하세요?"

"면허는 있는데 몇 년째 하지 않았어. 차도 산 적 없고."

"스쿠터 같은 게 있으면 편리하지 않을까요?"

"다카오 군, 갖고 싶어?"

"……그냥요."

"난 필요 없어. 갖고 싶으면 다카오 군이 사. 일자리를 구하면 말이지만."

7시 지나서 누가 들어온다 했더니 택배 기사였다.

"늦어서 죄송합니다."

"아니에요. 수고 많으세요."

배달 온 것은 가벼워 보이지만 아주 큰 상자였다.

"헤헤…… 인터넷에서 사버렸네."

"뭐예요?"

"안 가르쳐주지. 분명히 웃을걸."

"안 웃을게요. 가르쳐주세요."

"흐음, 어쩌지……."

웬걸. 내용물은 거대한 테디베어였다. 색은 캐러멜 정도의 갈색. 소파에 준코와 나란히 앉으니 앉은키가 거의 비슷했다.

"어째서 또."

"그냥. 충동구매."

"하지만 어떻게 하려고요. 이렇게 큰 걸."

"아무것도 안 해. 침대 옆에 둘 거야."

"준코 씨, 혹시…… 외로우세요?"

"거봐. 그렇게 볼 거 같아서 가르쳐주기 싫었다고."

에잇, 하고 준코는 거대한 테디베어를 안아들고 2층으로 올라갔다. 다카오는 상자를 접었다. 좀 드문 크기여서 어딘가 쓸모가 있을 것 같았다. 일단 창고에 갖다 두었다.

8시가 못 돼 도모키와 아키라가 돌아왔고 이윽고 첫 손님이 들어왔다. 늘 오는 히로시와 일행이다. 오늘은 두 명이다.

"어서 오세요…… 어, 슈지 씨는요?"

다카오가 묻자 히로시는 능청맞은 표정으로 고개를 갸웃거렸다.

"몰라. 지나가는 길에 가게를 들여다봤는데 아직 안 왔대. 시오리 씨도 아직이야? 너무 일찍 왔나."

슈지는 저래 봬도 꽃집 후계자다. 낮에는 의외로 성실하게 일한다. 배달하는 모습을 종종 보았다.

안쪽에서 나온 준코도 의외라는 얼굴이었다.

"어쩐 일이야. 슈지 군이 없다니."

그러게요, 하고 히로시가 고개를 끄덕였다.

"어머니한테 물어봐도 잘 모른대요. 점원으로 일하는 미카와, 그 친구도 안 와서 전화를 해봤는데 안 받는다나."

같이 어디 놀러간 거 아닐까요, 하고 히로시 일행이 말했지만 준코는 고개를 저었다.

"미카와 군은 성실한 친구야. 슈지 군 꼬임에 넘어가서 놀러 다니고 하지 않아."

그런 얘기를 하고 있을 때 또 손님이 들어왔다. 약간 촌스러운 울 재킷을 입은 나이 지긋한 남성. 사냥모를 쓰고 있어서 순간 누군지 몰랐지만 자세히 보니 신스케였다.

다카오는 여느 손님에게보다 공손하게 인사했다.

"어서 오세요. 지난번에는 감사했습니다."

신스케는 "그래그래" 하고 손을 든 채 가게 안을 둘러보았다.

"미와는 아직 돌아오지 않았나?"

"아뇨, 아직입니다. 같이 있지 않으셨어요?"

아니, 하고 신스케가 미간을 찡그렸다.

"오늘 초저녁에 오기로 했는데 어쩐 일로 오지 않아서 말일세. 난 점심을 먹고 졸려서 꾸벅꾸벅하는 사이 그대로 잠이 들었는지 일어나니 벌써 어두워졌더군."

이상하다.

다카오는 고개를 갸웃거렸다.

"초저녁까지 미와하고 같이 있었는데, 헤어질 때 신스케 씨 댁으로 간다고 했습니다."

"오지 않았어. 현관은 잠겨 있었고. 평소에는 못 들어오면 초인종을 누르거나 정원 쪽으로 돌아와 창문을 두드리거나 하거든. 아까 휴대전화를 걸어봤지만 신호는 가는데 안 받아. 지금까지 이런 일은 없었는데…… 집에 오는 약속은 어긴 적이 없어."

신스케의 집에 간다며 다카오와 헤어진 미와는 그 집에 가지 않았다.

"그러고 보니…… 헤어질 때 신스케 씨 댁과 다른 방향으로 걸어갔습니다. 뭔가 다른 볼일이 있겠지 하고 별로 신경 쓰지 않았습니다만."

갑자기 준코가 "진짜네" 하고 중얼거렸다. 손에 무선전화기를 들고 있다.

"안 받아. 자동응답으로 넘어가."

옆에 있던 히로시가 "근데요" 하고 말을 하려다 누구에게 전화가 왔는지 주머니를 뒤졌다.

액정화면을 보더니 "엇" 하고 중얼거렸다.

"슈지다……. 야, 너 지금 어디야. 아줌마가 걱정하던데…… 엉? 무슨…… 잠깐만, 슈지. 진정해봐. 지금 무슨 소리야…… 뭐? 미와가 어쨌다고?"

18. 기자의 갈등

내가 잠입을 시작했을 때 플라주에는 세 명의 남성 입주자가 있었다. 물론 한 명은 A. 나머지 두 명은 나카하라, 호소노라고 했다.

처음에 얘기를 나눈 사람은 나카하라였다. 사람 좋은 성격으로, 언제나 싹싹하게 맞장구를 잘 치는 타입이었다. 귀가 시각이 비교적 일정한 것으로 보아 일정한 직업이 있는 것 같았다.

"안녕하세요. 나카하라 씨, 대개 이 시간에는 퇴근하시는군요."

나카하라는 혼자 카운터에서 하이볼을 마시며 닭튀김을 먹고 있었다.

"응. 가게가 7시까지라서. 어디 들르지 않으면 대부분 이 시간."

"오, 가게…… 무슨 가게입니까?"

"헌옷가게. 아는 사람 가게여서 편해."

"헌옷가게라. 좋네요, 멋있고."

"글쎄, 어쩌려나. 그냥 누더기도 꽤 섞여 있는데 그런 걸 좋아하는 손님은 몇만 엔에 사가기도 해. 솔직히 난 이해가 안 가. 점원이 이렇게 말하면 안 되나. 하하."

맞은편에서 준코가 잔 맥주를 내밀었다. 타산이 맞을지 몹시 의문스럽지만, 이곳 입주자는 기본적으로 먹고 마시는 것이 무료라고 한다.

"감사합니다. 잘 먹겠습니다."

준코는 아주 잠깐 빙그레 웃어 보이고는 카운터 안으로 돌아갔다.

나카하라가 이쪽을 향했다.

"당신은 무슨 일 해?"

"지금은 저도 아는 사람 일을 돕고 있습니다. 대개 건축 쪽이죠."

물론 거짓말이지만 하야시 히로시에게 그렇게 말한 터라 한동안 이 노선으로 갈 생각이었다.

나는 빨리 A에 관한 정보를 수집하고 싶었지만 너무 직접적으로 물어서 의심받는 건 피하고 싶었다. 일단 주변 사정부터 알아보기로 했다.

"그나저나 여긴 참 특이하네요. 방에 문도 없고, 입주자는…… 음식이 무료라면서요?"

나카하라는 입가에 쓴웃음을 지었다.

"뭐, 그렇지…… 그만큼 준코 씨가 '신'이란 거지."

확실히 그렇다. 왜 그녀는 이런 스타일로 셰어하우스를 운영하겠다고 생각했을까. 대단히 흥미롭다.

나카하라가 말을 이었다.

"아마 매달 적자겠지…… 어떻게 운영하는 걸까. 신기해."

나는 주위를 둘러보았다.

"가게 자체는 잘되는 것 같습니다."

"겉으로 보기에는. 손님은 꽤 들고 점심때도 잘되는 것 같지만 과연 어떨까. 나도 옛날…… 아주 옛날에 물장사를 해봤는데 그다지 못 벌어."

준코 외에 입주자가 여섯 명. 월세가 모두 똑같으니 수입은 월 30만 엔. 여기서 칠 인분의 식비를 빼면 실제로 얼마 남지 않는다. 뭐 셰어하우스 운영은 출소자를 위한 자원봉사이고, 자기 생활비는 '플라주'로 번다고 생각하면 그리 불가능하진 않을지도 모른다.

나는 서서히 이야기를 A 쪽으로 돌리려 시도했다.

"다른 입주자는 어떤 분들입니까?"

"어떤 분이라니?"

"이를테면……."

슬슬 A를 지명하고 싶었는데 타이밍을 놓쳤다.

"앗, 시오리 씨는 안 돼. 내가 찜했다고."

"아뇨, 난 그런 게 아니라."

"그럼 미와? 겉보기랑 달리 로리콘롤리타 콤플렉스의 일본식 표현이네."

"아뇨, 그러니까……."

화제의 방향을 근본적으로 수정하고 싶었으나 도통 말이 통하지 않았다.

"그럼 뭐야, 준코 씨? 뭐 옛날 청춘드라마에 흔히 있었지. 고학생이 하숙집 딸을 사모하는 스토리. 그런 작품 있었잖아. 만화 중에 말이야, 애니메이션도 나왔고 드라마인가 영화로도 나오지 않았나. 뭐더라."

다카하시 루미코의 〈도레미 하우스 원제는 '메존잇코쿠'〉 말이겠지만, 길게 얘기하고 싶은 화제가 아니어서 모르는 척하고 넘어갔다.

하지만 그것이 오히려 좋은 결과로 연결됐다.

나카하라는 의기양양하게 말을 계속했다.

"근데 준코 씨도 안 돼. 저래 보여도 좋아하는 사람이 있으니까."

"네엣, 그래요?"

"알고 싶어?"

"아뇨. 들어도 누군지 모를 텐데요."

"그렇지 않아. 당신도 벌써 봤을걸."

설마 여기서 A의 이름이 나올 줄이야, 생각지도 못했다.

호소노는 입주자 가운데 비교적 A와 가까운 존재라는 사실도 알게 됐다. 공통점도 많다. 두 사람 다 말수가 적고, 술은 버번 언더록스를 좋아하고, 담배는 말보로 12밀리그램만 피운다.

나는 호소노에게 A는 어떤 남자인지 물어보았다.

"어떻다니…… 뭐 성실한 사람 아닌가."

성실하다는 말인가.

"성실하긴 성실하지. 그 외에는 말할 게 없네."

그에 대한 내 침묵을 호소노는 억측했다.

"뭐야. 그 사람이 뭘 했는지 알고 싶어?"

나도 조금 안달이 난 모양이다. 엉겁결에 고개를 끄덕이고 말았다.

"이해는 해. 다른 입주자가 어떤 사연으로 여기 온 건지 궁금하겠지. 다만 그 사람은 달라. 그런 일에 말려들긴 했는데…… '원죄寃罪'라고 하나. 판결이 잘못됐던 것 같아."

A가 스스로 그렇게 설명했으리라.

"뭣하면 본인한테 물어봐. 난 믿어. 그 사람은 범죄를 저지르지 않았어. 그런데 의심받은 것만으로 인생을 몇 년이나 휘둘리다니……. 나하고는 달리 불쌍한 사연이지. 난 정말로 했으니까 변명도 못 해. 할 생각도 없고."

호소노는 담배를 물더니 그 후로 잠잠해졌다.

이 이상 묻지 마, 말 걸지 마…….

어떤 의미에서 위엄마저 느껴지는 침묵이었다.

호소노 또한 과거에 살인을 저질렀다고 한다.

어느 날 밤 우연히 준코와 둘만 있게 됐다. 이곳 생활에 익숙해지고 입주자들과도 마음이 통하기 시작한 무렵이었다.

카운터 안에서 조용히 잔을 닦는 준코를 나도 모르게 물끄러미 보았다. 코가 오뚝하니 옆얼굴이 예뻤다. 말수가 적은 건 아니지만 그래도 침묵이 어울리는 여자였다. 준코는 밤에 곧잘 BGM으로 블루스를 튼다. 좋아하는지 물어보니 죽은 아버지가 좋아했다고 한다.

당신은 어떠냐고 거듭 물으니 나는 별로, 하고 고개를 저었다.

아직 A가 돌아오지 않아서 그것에 관해 물었더니 준코의 입가에 희미하게 미소가 떠올랐다.

"군마 현 쪽에서 일이 있다나 봐요. ……이삼 일 돌아오지 않을지도 몰라요."

이때 내 감정을 한 마디로 표현한다면 아마 '질투'겠지. 준코는 자신이 A의 일정을 파악하고 있고 바로 대답도 할 수 있다는 데서 명백히 기쁨을 느끼고 있었다. 적어도 내게는 그렇게 보였다.

내 속에 설핏 피어오른 붉은 감정은 이내 검은 그을음이 되어 목으로 올라왔다.

A는 살인자다. 옛 애인에게 거짓 증언을 하게 해서 감쪽같이 무죄를 받고 사회로 돌아온 비겁한 놈이다. 사법이 놈을 벌하지 않는다면 펜의 힘으로 내가 재판해주겠다. 교도소에 처넣지 못한다면 내가 이 사회에서 매장해주겠다.

하지만 그 생각은 더 비틀어졌고 의외의 말이 되어 입에서 흘러나왔다.

"……좋아하세요, 그 사람?"

아뿔싸, 라고 생각했다. 아무런 의미도 없는, 전혀 쓸모없는 질문이었다. 됐어, 하지 마. 대답하지 마. 무시해줘.

그러나 준코는 또 기쁜 듯이 미소를 지었다.

"뭐예요, 갑자기…… 누가 그래요?"

계속하고 싶지 않았다. 대화의 흐름을 무시하고 떠나고 싶었다.

그러나 그러지 못했다.

"나카하라 씨가 그 비슷한 말을 하더군요."

"하여간에 그 사람 곧잘 그런 말을 한다니까요. 정말 미치겠네."

그 이상은 묻지 않았다. 묻지 않았는데 그녀는 계속했다.

"설령 내가 그렇다 해도 그 사람은…… 그런 생각 없을 거예요. 여러 일이 있었던 모양이라…… 뭐랄까, 그런 남들 같은 감정은 어딘가에 두고 온 것 같아요."

거기까지 말하고 또 갑자기 쑥스럽다는 듯이 웃었다.

"아유, 내가 무슨 소릴 하는 거지. 미안해요. 지금 한 말 안 들은 걸로 해주세요. 진짜 아니에요. 그런 거 아니니까."

그렇게 하고 싶었다. 나 역시 가능하다면 듣지 않은 것으로 하고 싶었다.

'플라주'는 프랑스어로 '해변'. 바다와 육지의 경계선. 모호하게 계속 흔들리는 사람과 사람의 접점. 남과 여, 선과 악, 진실과 거짓, 사랑과 미움. 그리고 죄와 용서.

나도 스스로 깨닫고 있었다.

물가에 쌓은 성벽은 어느샌가 조금씩 잔물결에 침식되고 있었다.

남자 입주자들도 준코도, 고이케 미와도 야베 시오리도, 누구도 A를 나쁘게 말하지 않았다. 심지어 플라주를 찾는 손님까지―물론 손님은 놈이 살인죄로 수감됐던 것은 알지도 못하겠지만― A의 존재를 받아들이고, 함께 술 마시고, 노래하고, 즐겁게 같이 밤을 보냈다.

괜찮은 거냐. 그놈은 살인범이야. 이제 곧 내가 쓴 기사로 사회에서 말살될 살인범 새끼라고.

그렇게 마음속으로 외치면 외칠수록 모래 성벽은 허물어져서 파도에 씻겨 내려갔다.

아냐. 다들 놈을 더 미워하고 혐오해줘. 눈매가 무서워, 발끈하는 성격이야, 술을 마시면 사람이 달라진 것처럼 난폭해지는 버릇이 있어, 그런 이야기를 해줘.

어느 날 밤 A에 관한 얘기를 하는데 호소노가 되레 질문을 했다.

"당신, 그 사람의 뭘 알고 싶은 거야."

경솔했다. 성과를 내려 서두른 나머지 내 처지를 잊고 저널리스트로서 '알고 싶어하는 얼굴'을 보인 것 같았다. 아니, 나는 이미 저널리스트조차 아니었을지 모른다.

변명하기도 괴로웠다.

"딱히 그런 건 아니고⋯⋯."

그때 호소노의 눈은 정말로 무서웠다.

"별로 칭찬받을 만한 행동은 못 돼. 타인의 과거를 너무 캐려 하지 말라고. 당신도 누가 뒤에서 킁킁 냄새 맡고 다니면 싫잖아."

호소노와 A는 공통점이 많을 뿐만 아니라 뭔가 특별한 감정으로 엮인 부분이 있었다.

셰어하우스를 나가는 날, 호소노는 플라주에서 A와 굳게 악수를 나누고, 어깨를 껴안고, 한참 말을 나누었다. 둘밖에 모르는 낮고 묵직하고 깊은 대화. 그런 것이리라 상상했다.

옆에 있던 준코가 적절한 말을 했다.

"저러고 있으니 뭔가 질투나네……."

그럴지도 모른다.

내 속에 싹튼 감정도 같은 종류였다고, 지금은 생각한다.

호소노가 떠난 셰어하우스는 조금 쓸쓸해졌다. 꼭 그래서는 아니지만 A와 말을 나눌 기회가 자연스럽게 늘었다.

밤에 옷을 챙겨입고 플라주로 내려가니 소파석에 있던 A가 말을 걸었다.

"지금 나가세요?"

나도 A만 감시하며 매일을 보낼 수는 없다. 돈을 벌려면 원고를 써야 하고 그러려면 취재도 해야 했다.

"아, 볼일이 있어서요. 진짜 귀찮아 죽겠네요."

한 지붕 아래에서 생활하면 당연히 둘만 있는 일도 생긴다. 어느 날 밤인가에는 준코가 주방에 있었지만, 목소리가 들리는 범위가 아니었다. 대화 상대라는 의미에서 둘이 있어 좋았다.

호소노에게 무슨 소리를 들었는지 A는 스스로 이곳에 살게 된 경위를 얘기했다.

"난 살인죄로 기소됐어요. 1심은 유죄…… 그러나 2심에서 무죄가 됐죠. 항소는 당하지 않아서 그대로 석방됐어요……. 다만 삼 년을 안에 있으니 잃은 게 크더군요. 그건 뭐 다들 마찬가지겠지만."

나는 능청스럽게 왜 1심에서 유죄이던 판결이 2심에서 뒤집혔는지 물었다.

"문제가 된 건 옛날 여자친구의 증언이었어요. 거기에 경찰도 판사도 휘둘린 거죠. ……누구보다 휘둘린 건 나 자신이지만."

일부러 "죽이지도 않았는데 참 힘들었겠네요"라고 말해보았다.

A는 쓴웃음을 지으며 "그러게요" 하고 중얼거렸다.

이미 나도 알고 있었다.

이 남자를 살인범으로 내세우기에는 무리가 있다는 걸.

평소에는 신사 같은 얼굴을 하고 있다가 이면에서는 급변, 갑자기 거칠어져서 흉악한 행동을 하는 타입의 범죄자가 있다. 나도 몇 명 취재한 적이 있다. 형기를 마치고 사회에 복귀한 사람도, 아직 교도소에 있는 사람도 만나 얘기를 들었다.

개인적인 생각이지만, 그런 사람은 대부분 평상시 얼굴과 이면의 얼굴이 차이가 크다.

나쁜 일을 하는 데는 많은 에너지가 든다. 돌발적인 사고나 치상치사가 아니라, 자기 의지로 상대를 죽이거나 몰락시키려면 보통 사람은 상상도 할 수 없을 만큼 막대한 에너지가 필요하다.

보통 사람에게서도 막연하게 느껴질 때가 있다. 이 사람의 에너지가 부정적인 쪽으로 향하면 터무니없는 일이 벌어지겠는걸, 하는 위험한 기운을 풍기는 사람은 의외로 주변에도 있다. 사람들은 그걸 "뭔가 번뜩거리는 느낌이었다" "위압감이 엄청났다"라는 말로 표현한다. 실제로 경찰에 잡히고 나면 "역시 그랬군" 하고 고개를 끄덕거린다.

그런 사람이 아니었다는 것이다.

A도, 나도.

이윽고 새 입주자가 들어왔다. 요시무라라는 서른 살 청년으로, 각성제 사용으로 집행유예를 받았다고 한다. 그야말로 요즘 세상 젊은이라는 느낌이다. 아니, 젊은이는 어느 시대나 이런 것일지도 모른다. 사회와 정치에 무관심하고 무엇에나 심드렁한 세대. 신인류, 유토리 세대1987-1996년 사이에 태어난 세대로, 창의성과 자율성을 중시하는 교육을 표방하다 실패하여 흔히 '학력 저하 세대'로 비하됨. 어느 것이나 본질적으로 큰 차이는 없다.

그를 보고 있으면 내가 해온 짓이 더 한심하게 느껴진다. 사법이 무죄라고 한 A를 펜의 힘으로 다시 살인범으로 벌하려 하고 있다. 법의 무력함을 비웃고 경찰의 무능함을 조롱하고 그 상징으로 A를 제물로 바치려 한다. 그런 일에 혈안이 된 내가 몹시 작게 느껴졌다. 내 입장을 지키기 위해 A를 살인범으로 만들려 했던 나 자신이⋯⋯ 어딘가로 꺼져버릴 것 같다.

요시무라의 그릇이 크다거나 그런 얘기는 아니다. 오히려 평균 이하다. 하지만 작다는 것을 본인이 안다. 분별하고 있다. 그래서 거스르지 않고 사회의 파도에 몸을 맡긴 채 떠다닌다. 그런 그를 나도 모르는 사이 부러워하고 있었다.

요시무라는 그런 상황에서도 연애를 하는 것 같았다. 태평스럽다고 하면 태평스럽고, 조심성이 없다고 하면 조심성이 없다. 나는 도저히 흉내 낼 수 없는 일이지만 그를 보고 있으면 왠지 기쁘다. 호흡이 느려지고 깊어진다.

같은 의미의 말을 준코에게서 들었다.

"뭔가 얼굴이…… 부드러워졌어요."

그날 밤 나는 A를 따라 얼리타임스를 온더록스로 즐기고 있었다.

"그런가요."

준코는 조그맣게 두 번 고개를 끄덕였다.

"이 장사를 그리 오래한 건 아니지만 그래도 알아요. 하우스에 들어왔을 때의 얼굴과 달라지는 순간을…… 아, 이 사람은 이제 괜찮구나 하고 느껴지는 때가 있어요."

거기까지 말하고 준코는 수줍은 듯이 고개를 움츠렸다.

"미안해요. 건방진 소릴 한 것 같네."

아니. 준코의 말 그대로라고 생각했다.

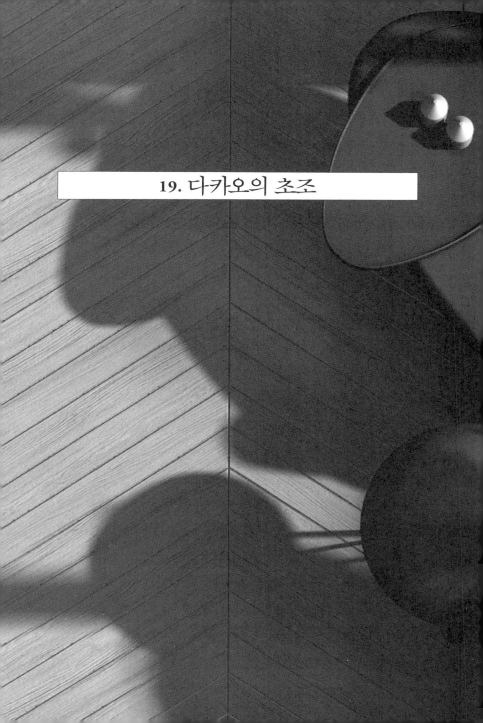

19. 다카오의 초조

"잠깐만, 슈지. 진정해봐. 지금 무슨 소리야…… 뭐? 미와가 어쨌다고?"

주위의 눈이 일제히 히로시를 향했다.

"못 알아듣겠다고. 좀 진정해봐. 안 들려. 더 큰 소리로 말하라고…… 어이, 슈…… 아, 끊겼네."

다카오는 엉겁결에 히로시의 가죽점퍼 어깨를 잡았다.

"히로시 씨, 뭡니까. 미와가 어쨌답니까?"

평소 히죽거리기만 하던 히로시의 이런 얼굴은 처음 보았다. 금강신절 문 양옆에 서 있는 용맹스러운 모습의 수호신처럼 미간에 혹이 생길 정도로 얼굴을 찡그리고 있다. 한때 양아치였다는 그의 또 다른 얼굴이 보인다.

"몰라. 근데 목소리로 봐서 예삿일은 아닌 것 같아. 게다가 슈지는 나하고 전화하다 먼저 끊는 놈이 아냐. 무슨 일이 있는 게 분명해. 전화를 끊어야만 하는 일이 눈앞에서 일어난 거라고."

그 손에는 아직 휴대전화가 들려 있다.

다카오는 히로시의 어깨를 흔들었다.

"다시 전화해보세요. 별로 큰일이 아닐지도 모르잖아요. 물어보면 알 일이잖아요."

히로시가 손을 획 뿌리쳤다.

"아무것도 모르면서 나대지 마. 슈지 어머니도 나도 아까부터 걸고 있는데 안 받아. 진동으로 해놓았는지 어쨌는지 안 받아. 깜박한 게 아니라 일부러 받지 않고 있다고. 삼 분만 기다렸다가 한 번 더 걸어보지."

안쪽 가림막 커튼이 흔들렸다. 아키라가 얼굴을 내밀었다.

"왜 그래. 무슨 일 있어?"

뒤에는 도모키도 있다.

준코가 다가오는 두 사람에게 고개를 끄덕여 보였다.

"저기, 미와가…… 오늘 신스케 씨 댁에 간다고 했는데 안 왔대. 그리고 방금 슈지 군한테 전화가 와서 미와한테 무슨 일이 있는 것처럼 말하다가 바로 끊겼어."

도모키는 신스케한테 인사한 뒤 준코 쪽을 보았다.

"다시 걸어봐."

흥, 하고 히로시가 콧방귀를 뀌었다.

"이럴 때는 서두르면 망쳐요. 그쪽 상황을 파악하고 움직여야 한다고요."

아키라가 준코에게 물었다.

"미와한테 최근에 무슨 문제 될 만한 일 있었어요?"

준코는 고개를 저었다.

"딱히 뭐 들은 건 없어. 그래도 그 아이는 예전 일이 그렇다 보니."

예전 일이라니. 무슨 뜻이지…….

하지만 다카오 나름대로 짐작 가는 부분이 있었다. 그것을 깨달은 순간 등골이 오싹해졌다.

설마…….

미와는 여자아이를 한 명 죽이고, 남자 세 명에게 깊은 상처를 입혔다. 한 명은 한쪽 눈을 실명시키고, 한 명은 음경을 물어뜯고, 나머지 한 명은 손가락을 물어뜯었다. 상대는 같은 불량 그룹이었다고 들었다. 그렇다면 적어도 해를 입은 남자 세 명은 지금도 살아 있으며, 미와를 원망할 가능성이 있다.

히로시가 쥔 휴대전화 액정화면이 하얗게 밝아졌다.

신호음이나 진동이 시작될 틈도 없이 히로시가 전화를 받았다.

"여보세요, 어떻게 됐……음, 아아."

히로시가 펜을 쥐는 시늉을 하자 준코가 얼른 메모지와 볼펜을 건넸다.

"불러. 어어…… 기타야초? 가와사키의 기타야초? ……응 ……뭣, 그래서 미와는 무사하고?"

한 마디로 "무사합니다" 하고 말할 만한 얘기가 아닌 모양이었다.

히로시는 대답밖에 하지 않는다. 그의 표정에서 읽어낼 수 있는 것
도 없다.

다카오는 온몸의 피가 중력에 이끌려 점점 바닥으로 빠져나가는
것을 느꼈다.

히로시가 간헐적으로 고개를 끄덕인다.

"알았어. 지금 당장 간다. 너 인마, 잘 지키고 있어. 정말로 위험해
지면 짭새 불러…… 이제 옛날하고 달라. 그런 소리 할 때가 아냐.
……하여간 지금 당장 갈 테니까 냉정하게 행동해. 미카와한테는 무
리한 짓 시키지 말고. 전화 걸면 받을 수 있냐…… 그러냐. 그럼 그
렇게 하지. 어쨌든 지금 당장 갈게. 응. 부탁한다."

다카오는 거의 쓰러질 것 같았지만 겨우 히로시에게 물었다.

"어떻게 된 일이랍니까?"

히로시는 "차 갖고 와"라며 허리에 찬 열쇠고리를 통째로 일행에
게 건넸다. 받아든 남자는 "넵" 하고 기세 좋게 플라주를 나갔다.

그 뒷모습을 지켜보면서 히로시가 통화 내용을 전하기 시작했다.

"슈지 말로는 이렇게 된 것 같아. 낮에 미카와가 미와하고 누가
싸우는 걸 봤대. 장소도 모르고 어느 정도의 싸움이었는지도 몰라.
그러다 싸우던 상대의 동료인지 누가 나타나서 미와를 데리고 갔대.
미카와가 곧장 경트럭으로 뒤를 쫓아가서 도착한 곳이 기타야초의
아파트라는 거야. 놈들은 거기로 들어갔어. 미와도 같이. 슈지도 바
로 달려가서 같이 상황을 지켜보는데, 안을 직접 볼 수 없으니까 어
떻게 됐는지는 모르네. 이따금 고함이나 '고이케' 하고 외치는 소리

가 들리는 모양이야. 납치해서 감금했을 가능성이 높아."

거기까지 말하고 히로시는 카운터 쪽으로 향했다.

"준코 씨, 미와의 '예전 일'이란 게 뭐예요?"

준코는 바로 대답하지 못했다.

히로시가 초조해하며 말을 이었다.

"준코 씨. 우리도 바보가 아니라고요. 여기 사람들, 다들 뭔가 별한 개씩 달았다는 것쯤은 이미 알고 있어요. 근데 별로 상관없다고 생각했어요. 그런 건 우리도 마찬가지고. 다들 감별소판결 이전 단계의 비행 청소년을 수용하는 기관며 소년원이며 꽤 다녔다고요. 그래도 우리는 운 좋게 부모가 가게를 하거나 동네 선배들이 봐줘서 그렇게 고생하지 않고 살아왔죠. 이웃사람들도 너 옛날에는 양아치더니 이제 인간 됐다고 아무렇지 않게 말해주고요. 지금은 감사하며 살고 있어요. 하지만 세상이 그렇게 만만하지 않다는 것도 잘 알아요. 그래서 준코 씨를 존경하는 거고, 한 잔이라도 좋으니 팔아주려고 매일 밤 얼굴을 비치는 겁니다."

준코가 이를 악물고 있는 것이 보였다.

"그렇다고 뭐든 다 얘기해달라는 건 아니라고요. 단지 미와한테 무슨 일이 생긴다면 도우러 가야 하니까, 그게 '동료'니까…… 준코 씨가 사실은 이런 불량 동료 따위 좋아하지 않는다는 것도 잘 알아요. 그럼 동료가 아니어도 좋아요. 친구든 단골이든 그냥 아는 사람이든 뭐든 상관 없어요. 우린 그냥 아는 사람이어도 좋아하는 녀석의 일을 못 본 척하지 못한다고요. 그러니까 짐작 가는 게 있으면 말해줘요. 거기에 따라 우리가 할 수 있는 일도 달라지니까."

"다녀왔습니다" 하는 소리가 들려 출입구를 보니 시오리가 서 있었다. 이내 무슨 일이 났음을 눈치챘는지 조용히 가게 문을 닫았다.

준코는 아키라, 도모키, 다카오 얼굴을 차례차례 확인하고는 마지막에 히로시에게 시선을 보냈다.

"미와는 상해치사사건을 일으켰어요. 죽은 사람은 여자아이 한 명이지만, 남자 세 명한테는 신체 일부에 장애가 생길 만한 상처를 입혔대요. 그놈들에게 쫓겨서 여기까지 흘러온 거예요. 그래서 걱정은 항상 있었죠. 지금 얘기하는 상대가 그놈들인지 아닌지는 잘 모르겠지만."

또 출입구 근처에서 "왔습니다" 하는 소리가 들렸다. 히로시의 지시로 승합차를 가지러 간 후배가 문밖에 서 있었다.

히로시는 후배에게 고개를 끄덕여 보이고는 한 번 더 준코를 보았다.

"알았어요. 그런 일이라면 순서대로 할 테니까 걱정하지 말고……
어이, 가자."

히로시가 남아 있는 후배에게 말하며 한 걸음 내딛는데 누군가가 어깨를 잡았다.

도모키였다.

"히로시 군. 우리도 데려가줘."

도모키가 말하는 '우리'에 다카오가 들어가는지 어떤지는 모른다. 그러나 당연히 갈 생각이었다. 다카오도 도모키 옆에 나란히 섰다.

히로시가 입술 끝을 몇 밀리미터쯤 올렸다.

"여섯 명이면 탈 수 있겠네. 좋습니다."

그렇게 말하고 이번에는 시오리 쪽을 향했다.

"자, 이런 일이니, 시오리 씨…… 폼 좀 잡고 올게."

시오리가 전에 없이 진지한 얼굴로 고개를 끄덕였다.

"코로나 준비하고 기다릴게."

명백히 시오리보다 키가 작은 히로시의 등이 오늘은 아주 커 보였다.

'마루'라고 하는, 차를 가지고 온 후배가 운전을 했다. 그러고 보니 마루는 술을 마시지 않는다. 원래 못 마시는지 운전 담당인지는 모른다.

조수석에는 히로시가 앉았다. 대시보드에 장착된 내비게이션에 슈지가 말한 주소를 입력했다.

"음, 막히지 않으면 이십 분 거리네."

중앙열에는 왼쪽에 또 다른 후배, 가운데에 도모키, 오른쪽에 아키라가 앉았다. 삼 열에는 다카오 혼자 앉았다. 옆자리는 등받이를 평평하게 접고 그 위에 건축용 공구와 합판 도막 등을 잡다하게 쌓아놓았다. 무심결에 손을 짚었다가는 다칠 것 같다.

도중에 또 슈지에게 연락이 왔다.

"응. ……응응. ……그건 잘 모르겠어. ……앞으로 십 분 정도 걸리려나. 알았다. 잘 부탁한다."

다카오는 침을 삼키고 히로시의 추가 보고에 귀를 기울였다.

"현재 움직임은 없는 것 같아요. 미와를 데리고 간 집은 1층 모퉁이라는데, 환기구로 안쪽 소리는 어느 정도 들리지만 사람은 보이지 않나 봐요. 아무래도 놈들이 누군가를 기다리는 것 같다네요. 그때까지는 미와에게 손대지 않을 것 같다고 슈지가 그러는군요."

운전석의 마루가 "앗, 빌어먹을" 하고 소리를 흘렸다. 빨간불에 걸린 것이다.

"서두르지 마, 마루. 이럴 때 신호 위반으로 정지당하는 게 제일 한심하니까. 아, 그리고 놈들은 '아키모토'라는 녀석을 기다리는 것 같아요. '아키모토 씨는 아직입니까' 하는 소리를 몇 번이나 하더래요. 도모키 씨, 아키라 씨, 미와한테 그런 이름 들은 적 없습니까?"

두 사람은 눈이 마주쳤지만 이내 고개를 저었다.

도모키가 대답했다.

"그 아이는 옛날이야기를 잘 하지 않아서."

아키라가 고개를 끄덕였다.

"그건…… 뭐 다들 마찬가지지만."

다카오도 미와가 저지른 사건을 대략 들었지만 사람 이름은 전혀 나오지 않았다. 하지만 상당히 흥분한 상태여서 미와는 말했는데 기억을 못 하는 건지도 모른다.

문득 한 가지 안이 떠올랐다.

"도모키 씨. 준코 씨라면 듣지 않았을까요?"

"그러네. 물어볼까."

도모키가 휴대전화를 꺼내 번호를 눌렀다.

"가게가 바빠지지 않았으면 좋겠는데⋯⋯. 아, 난데. 잠깐 괜찮을까⋯⋯. 미와하고 관계된 사람 중에 아키모토라는 이름 들은 적 있어? ⋯⋯아니, 모르겠어. ⋯⋯응, 알았어."

통화를 마친 도모키는 "알아보고 연락준대" 하고 짧게 말했다.

히로시가 "앞으로 오 분이네" 하고 누구에게랄 것도 없이 말했다.

준코에게서 바로 전화가 왔다.

"여보세요. ⋯⋯아, 그렇군. 알겠어. ⋯⋯아니, 아직 가는 중인데 잠깐 그런 얘기가 나와서. 뭐 알게 되는 거 있으면 또 연락할게⋯⋯. 응, 이쪽에서 할게. 그럼."

도모키가 한숨을 한 번 쉬더니 히로시에게 말했다.

"시오리 씨가 기억하는 것 같은데, 미와의 사건에서 죽은 여자아이 이름이 아키모토 마리카래."

히로시가 "세상에" 하고 중얼거렸다.

"그럼 유족이란 건가. 부모나 형제나⋯⋯ 질 나쁜 인간이 아니면 좋을 텐데. 아무리 가해자라지만 이제 와 찾아내서 납치 감금이라니. 정상적인 인간은 아니네."

듣기만 해도 온몸의 피가 차갑게 가라앉았다.

애초에 지금 이 행동이 최선의 방법일까.

"히로시 씨. 차라리 경찰에 신고하는 게 어때요?"

히로시는 앞을 향한 채 대답했다.

"나도 생각하고 있어. 다만 미와가 정말 강제로 끌려갔는지, 억지로 감금된 게 맞는지 확실히 하지 않으면 경찰도 움직일 수 없어. 정체를 아는 스토커를 신고해도 일단은 전화로만 대응하니까. 어느 아파트에 여자아이가 끌려갔습니다, 상대는 모릅니다, 전화번호도 모릅니다. 그런 상황이면 '난교 파티 아냐?' 하고 무시해도 뭐라고 할 수가 없어. 안에서 약을 한다거나 하는 확증이 있다면 다르겠지만."

약이라는 말에 흠칫했지만 지금 그건 상관없다.

"그럼 슈지 씨한테 벨을 눌러보라고 하면요?"

"눌러서 어쩔 건데. 나온 사람한테 미와 있느냐고 물을 거야? 그런 사람 없다고 하면 그만이고. 넌 뭐야, 하면서 끌고 들어가서 되레 두들겨 팰지도 몰라. 말이 좀 그렇지만 슈지는 주먹도 세지 않고, 머리도 좋지 않고, 배짱도 없어."

일단 갈 수밖에 없다는 건가.

"미안합니다. 제가 이런 일에 좀⋯⋯."

아냐, 하고 히로시가 고개를 젓는 모습이 보였다.

"나도 미안. 나잇값도 못하고 큰 소리를 냈네. ⋯⋯이제 우리도 애들이 아니니까 말이야. 인생 경험도 쌓고 했으니 신중히 대처해야지. 경찰을 적이라고 생각하는 것도 아니고 여차하면 의지할 거야. 세금도 꼬박꼬박 내고 있는걸. 다만 경찰이 만능은 아냐. 여러모로 얽혀봐서 경찰이 어떨 때 움직이는지 대충 알아. 내가 가서 상황을 파악해야지. 미와도 꼭 구할 거야⋯⋯ 어이, 마루. 거의 다 왔어."

"네."

주위는 정말로 이렇다 할 만한 건물이 없는 주택가였다. 3층이나

4층 정도의 저층 아파트와 2층짜리 주택이 뒤섞여 있을 뿐, 높은 빌딩이나 상업시설은 보이지 않았다. 이 길에는 편의점조차 없는 모양이었다.

"……아, 있다."

히로시가 그렇게 말하고는 조금 더 가서 일단 차를 세웠다.

다카오 위치에서는 보이지 않았지만 어디 건물 뒤에 숨어 있었는지 슈지가 갑자기 차 옆쪽으로 나타났다. 뒤를 신경 쓰는 듯하면서 조수석 문 앞에 섰다.

히로시가 창을 열자 슈지는 꾸벅 머리를 숙였다.

"고생 많으십니다. 지금 좀……."

속닥속닥 하는 소리여서 잘 들리지 않는다.

히로시가 쳇, 하고 혀를 찼다.

"큰일이네. 경찰 부를 틈이 없을지도 모르겠어. 다카, 너는 마루하고 차에 남아. 그리고 다들 일단 조용히 내려주세요."

들렸는지 어쨌는지 모르겠지만 도모키에게 물었다.

"슈지 씨가 뭐래요?"

"아키모토란 자가 곧 오는 모양이야. 오 분 뒤래."

다카오 일행 세 명이 차에서 내리자 히로시는 "모퉁이 도는 데서 기다려" 하고 마루에게 명령했다. 차에 한 명을 더 남긴 이유는 잘 모른다. 슈지가 "이쪽입니다" 하고 앞장서서 걸었다.

아파트 1층의 모퉁이 집이었다. 이웃 땅과의 경계에 세운 블록 담과 건물 사이에는 수십 센티미터 틈이 있다. 거기에 누가 웅크리고 있었다. 바로 옆에 환기구가 있는지 약간 새어나온 빛에 얼굴이 보였다. 다카오는 비로소 '미카와 군'이 누군지 알았다. 두세 번 플라주에 온 적이 있다. 확실히 히로시 일행과는 달리 성실해 보이는 사람이었다.

히로시가 슈지에게 말했다.

"저거 네가 대신하고 미카와는 차에서 기다리게 해."

"네, 알겠습니다."

슈지가 손짓하자 미카와가 천천히 기어 나왔다.

"수고했다. 저 끝에 차 있으니까 타고 기다려."

"네."

미카와는 히로시, 도모키와 아키라, 다카오에게도 머리를 숙이고는 한 블록 건너편 모퉁이까지 걸어갔다.

히로시가 슈지에게 물었다.

"이 건물 공동현관은 오토 록이야?"

"아뇨. 그냥 들어갈 수 있어요."

"그럼 우리는 입구로 돌아갈게. 휴대전화랑 이어폰 있냐?"

"있습니다."

"끼고 있어."

"알겠습니다."

두 사람은 무전기처럼 각자 이어폰을 귀에 꽂은 뒤 눈으로 신호를 주고받으며 헤어졌다.

히로시, 도모키, 아키라, 다카오 순서로 아파트 현관으로 갔다.

상당히 오래된 건물 같았다. 중앙에 출입구는 있지만 오토 록이나 관리인실 같은 것은 없다. 그대로 나아가니 뒤쪽에 있는 바깥 계단까지 간단히 통과할 수 있었다. 3층 건물이라 엘리베이터도 없다.

오른쪽으로 꺾어서 제일 구석의 문 앞까지 갔다. 바깥 복도는 어깨 높이의 담으로 둘러싸여서 자칫하면 자신들이 막다른 곳에 갇히는 상태가 된다.

히로시는 손짓으로 일단 복도를 돌아가라고 다카오 일행에게 지시했다.

조금 돌아간 곳에 위층으로 올라가는 계단이 있었다. 히로시는 그곳을 가리키며 올라가라고 또 손짓으로 재촉했다. 도모키에게만은 뭔가 귀엣말을 했고, 도모키는 고개를 끄덕였다.

다카오, 아키라, 도모키 순서로 올라갔다. 도모키가 몸을 낮추라고 손으로 지시해서 세 사람은 층계참에 쭈그리고 앉았다. 아래 계단에서 보면 전혀 보이지 않는 것은 아니지만, 굳이 보려고 하지 않으면 눈치채지 못할 곳이긴 하다.

주위를 살피던 히로시가 나중에 올라왔다.

"안쪽…… 이상하게 조용한데요. 불길하네."

길 쪽으로 난 층계참 벽에서 상반신을 내밀면 아래로 현관을 볼 수 있었다.

혼자 얼굴을 내밀고 거리를 내려다보던 히로시가 나지막이 중얼거렸다.

"……차 왔다."

순간 다카오가 몸을 일으킬 뻔했지만 도모키가 저지했다. 섣불리 얼굴 내밀지 마. 맞는 말이다. 다카오는 도모키에게 조그맣게 사과했다.

비교적 조용한 엔진 소리. 무언가 바로 아래에서 정지하더니 이윽고 소리마저 멈추었다. 차문이 하나둘 열리는 소리가 나더니 이내 닫혔다.

또 히로시가 중얼거렸다.

"위험하네…… 저건 '진짜'야."

'진짜'라니. 무슨 의미인가.

20. 도모키의 회한

도우러 가야 하니까……

히로시가 그렇게 말한 순간, 도모키의 뇌리에 어두운 구름처럼 퍼진 것은 삼십 년 가까이 계속 봐온 한심한 얼굴과 늘 들어온 한심한 목소리였다.

도모, 도와줘.

도모, 부탁이야. 도와줘.

도모, 정말 큰일났어. 진짜야. 이번만, 도와줘. 부탁이야.

줄곧 도와주었다. 그러나 딱 한 번, 적당히 좀 하라고 내친 순간에 그 녀석, 시게아키는 죽어버렸다. 정말로 딱 한 번이다. 도모키가 시게아키의 부탁을 거절한 것은 그 한 번뿐이다. 그런데 그 거절이 돌이킬 수 없는 비극으로 이어졌다.

안다. 간단한 일이다. 그런 일이 또 생긴다면 도와주러 가면 된다.

나중에 후회해봐야 소용없다. 그것만큼은 누구보다 잘 안다.

도모키는 히로시의 어깨에 손을 뻗었다.

"히로시 군. 우리도 데려가줘."

드디어 그 악몽에서 한 걸음 빠져나갈 수 있을 것 같았다.

미와, 기다려. 지금 우리가 도우러 갈게.

쓰다 시게아키. 도모키는 '시게'라고 불렀다. 둘은 초등학교 1학년 때 만났다.

집이 가까운 것도, 자리가 옆인 것도 아니었다. 키 순서로 서면 시게아키는 앞에서 두 번째나 세 번째, 도모키는 당시부터 체격이 커서 제일 뒤나 뒤에서 두 번째 정도였다. 굳이 말하자면 두 사람 다 성적은 밑에서 세는 편이 빨랐는데, 공통점이라면 그 정도다. 딱히 사이가 좋아질 요소는 없었다.

그런데 시게아키는 곧잘 도모키 뒤를 따라다녔다.

"도모, 나도 넣어줘."

"좋아."

자주 한 놀이는 '정글 술래'. 정글짐에 올라가서 하는 술래잡기다. 상급생이 정글짐을 점거했을 때는 '경도' 놀이. 경찰과 도둑 두 팀으로 나누어서 하는, 역시 술래잡기의 일종이다. '도경' 놀이였는지도 모르지만 어쨌든 놀이법은 같다.

도망치는 도둑을 경찰이 쫓아가서 잡는다. 다만 도둑은 경찰에 잡힌 동료를 풀어줄 수 있다. 그 점이 '경도'와 보통 술래잡기의 차이이고 묘미이다. 시게아키는 언제나 도모키와 같은 팀에 들어가고 싶어했고 잡히면 꼭 도모키에게 도움을 청했다.

"도모, 빨리!"

"지금 풀어줄게."

땅에 원을 그려서 만든 '감옥' 속 시게아키를 터치해서 풀어준다. 시게아키는 곧잘 희한한 소리를 지르면서 뛰어다녔다. 잡히지 않도록 도망치는 것보다 잡혀서 도모키에게 도움을 받는 편이 즐거운 것 같았다.

'경도'만이 아니다. 피구도, 야구도, 축구도 "그럼 나도 이쪽" 하며 도모키 팀에 슬슬 다가왔다.

좋아해주는데 나쁜 마음이 들 리 없다. 도모키도 저절로 '시게아키는 친구다'라고 생각하게 됐다. 애교 있는 동그란 눈이 어쩐지 좋았다. 깔깔깔 잘 웃어서 같이 있으면 즐거웠다.

시게아키는 의외일 정도로 장난꾸러기이기도 했다. 친구의 지우개를 감추고, 모자를 감추고, 책상에 낙서를 하고, 책가방에 낙엽과 죽은 벌레를 넣는다. 들키면 물론 곤욕을 치렀다. 키가 작은 시게아키는 여자아이에게도 쉽게 당했다. 그래서 이러지도 저러지도 못하다가 도모키에게 울며 매달리기 일쑤였다.

"도모, 도와줘."

나쁜 건 시게아키임을 안다. 하지만 부탁받으면 편을 들어주었다. 남자다움을 보였다.

"이제 그만해. 자꾸 그러면 시게 또 울잖아. 용서해줘."

상대가 울고 있는 여자아이라면 그 정도로는 끝나지 않는다.

"그렇지만, 그렇지만…… 가방에…… 매미……."

결국 뒤처리는 언제나 도모키의 역할이었다.

"어차피 죽은 거잖아? 괜찮아."

시게아키에게는 살아 있는 매미를 맨손으로 잡을 기술이나 배짱이 없다. 게다가 현장을 보면 이미 매미 시체는 가방에서 나와 있다. 요는 가방이 더러워져서 그대로 쓰는 건 찜찜하다, 그런 이유로 우는 것이다.

"시게, 손수건 꺼내."

"응?"

"손수건 꺼내라고. 아니면 안 갖고 다닌다고 바로 선생님한테 이를 거야."

도모키는 시게아키가 마지못해 내민 손수건을 적셔서 여자아이의 책가방 안을 빡빡 닦아주었다.

"시게, 휴지."

"응."

휴지로 물기를 닦고 마무리. 여기까지 할 때쯤이면 여자아이의 기분도 많이 풀렸다.

"다 됐다. 전보다 더 깨끗해졌지?"

실제로 시게아키의 손수건은 걸레처럼 지저분해졌다. 여자아이로서는 그게 오히려 좀 부끄럽기도 할 것이다.

"도모, 고마워."

"뭘. 야, 시게. 빨리 사과해."

"미안해……."

3학년이 되어도 4학년이 되어도 시게아키는 장난꾸러기였다.

"도모, 도와줘."

이 무렵에는 아직 '치마 들추기'가 일상이었다. 시게아키는 상습범으로 일 년 내내 서너 명의 여자아이를 쫓아다녔다.

"어지간히 좀 해."

그렇게 말하면서도 도모키는 양팔을 펴고 양다리를 벌려서 장애물이 되어주었다. 등 뒤로 돌아선 시게아키는 타이밍을 재서 도모키의 가랑이 사이를 빠져나가 원래 온 쪽으로 도망친다. 도모키의 팔과 등에 정신을 빼앗기고 있던 여자아이들은 시게아키의 교묘한 움직임을 따라가지 못해 놓쳐버린다.

물론 여자아이들은 도모키에게 항의한다.

"도모키, 왜 맨날 시게 편만 드는 거야."

"편들지 않았어. 난 상관없다니까. 팔을 들고 있었을 뿐이야."

"그럼 시게 잡는 데 협력해. 너라면 잡을 수 있잖아."

"미안. 나, 화장실…… 아까부터 참고 있었어."

"거짓말. 시게 편들기 좀 적당히 해."

"아니라니까. 정말 쌀 것 같다고."

그래도 중학교 때까지는 그나마 나았다. 시게아키의 장난은 대부분 어린아이 같은 짓이어서 도모키를 포함한 주위 친구들도 그냥저냥 용인하는 분위기였다.

도모키와 시게아키의 관계는 두 사람이 각기 다른 시립 고등학교에 다니게 된 뒤로 달라졌다.

시게아키가 아무래도 좋지 않은 아이들과 어울리는 것 같다는 얘기는 다른 친구에게 들어서 알고 있었다. 다만 솔선해서 나쁜 짓을 한다기보다는 심부름꾼 노릇에 가까운 분위기였다. 실제로 역 주변에서 본 적이 있는데 머리 스타일에 좀 힘을 주었다는 느낌 정도였다. 말을 걸면 평범하게 얘기했고, 동그란 눈도 깔깔 웃는 모습도 변함없어 보였다.

그러나 도모키가 모르는 곳에서 여러 가지 문제를 일으키는 것 같았다. 이제 와서 말해봐야 소용없지만, 같은 고등학교에 다녔더라면 그렇게 되진 않았을 텐데, 하는 생각도 한다.

고등학교 2학년 여름, 시게아키는 갑자기 도모키네 집을 찾아왔다. 그리고 도모키의 방에 들어오자마자 석고대죄하듯 엎드려서 방바닥에 이마를 붙였다.

"도모키, 정말 곤란해. 진짜야. 이번만 도와줘. 부탁해."

입술 왼쪽 끝과 왼쪽 관자놀이에 멍이 있는 것은 도모키도 눈치챘다. 키가 꽤 자라서 이제 꼬맹이는 아니지만 다른 의미에서 이날의 시게아키는 작아 보였다.

"뭐야 갑자기. 도와달라니, 나더러 어떻게 하란 거야."

"돈 좀 빌려줘. 부탁해. 도와줘."

뻔뻔하다고 생각했다. 이 '도와줘'는 '경도' 놀이나 여자아이들에게 쫓길 때와는 전혀 의미가 다르다. 그런데 시게아키는 완전히 똑같은 얼굴, 동그란 눈, 금방이라도 깔깔 웃을 것 같은 입으로 똑같이 '도와줘'라고 한다.

담보는 '우정'이다.

아무리 생각해봐도 시게아키가 도모키를 위해 뭔가 해준 적은 한 번도 없었다. 그래도 '우정'은 있었다. 시게아키가 성가신 일을 만들고, 도모키가 수습하고, 시게아키가 감사한다. 도모키는 약간의 우월감을 얻는다. 거칠게 말하자면 두 사람은 그런 관계였다.

다만 돈이 얽히면 이야기는 달라진다.

어린 시절에는 도모키가 문제를 해결하고, 이제 하지 말라고 타이르고, 시게아키가 고개를 끄덕이면 그걸로 모두 끝이었다. 위도 아래도 없이 어깨동무를 하고 서로 웃었다. 그러나 그 작은 어깨는 이제 거기 없었다. 아무리 끌어안아도 메울 수 없는 거리가 두 사람 사이에 생긴 순간이었다.

아니, 이때는 아직 메울 수 있다고 생각했을지도 모른다.

"……얼마가 필요한데."

"10만. 10만 엔만 있으면 어떻게든 될 거야. 살 수 있어."

"뭘 하는데 그렇게나 필요해."

"그건…… 말할 수 없어. 도모키한테 민폐 끼치면 안 되니까."

그 말도 이 시점에서는 믿었다.

마침 새 기타를 사려고 모은 아르바이트비가 있었다.

"아무리 그래도 10만 엔은 없어."

"어, 얼마라면 돼?"

"7만. 그것밖에 없어."

"7만이어도 좋아. 나머지는 내가 알아서 할게. 7만 엔, 부탁해. 빌려줘. 은혜 잊지 않을게. 꼭 갚을게. 도모키, 부탁해…… 나를 버리지 말아줘."

도모키가 책상 서랍에서 봉투를 꺼내 돈을 세자, 시게아키는 전액 7만4천 엔을 잽싸게 낚아채 갔다.

"살았다. 이제 나 진짜 살았어. 정말 고마워. 큰 은혜를 입었네. 네 친구여서 기쁘다. 꼭 갚을게. 고마워, 진짜 고마워. 이 은혜는 절대 잊지 않을게."

시게아키가 이 일을 은혜라고 생각한 건 사실이리라. 잊지 않았는지 어쨌는지는 모르겠지만 도모키의 친구임을 기쁘게 생각한 것도 사실이리라.

다만 꼭 갚겠다는 말은 거짓이었다.

1엔도 갚지 않은 것은 아니다. 이번 달은 5천 엔, 적어서 미안하지만 2천 엔 하는 식으로 겨우 이자보다 나은 돈을 갚은 적은 있다. 일 년 이상이 지나도 다 갚으려면 턱없이 부족하겠지만, 도모키는 그래도 갚지 않는 것보다 낫다고 자신을 달랬다.

그 후에 열심히 일해서 7만 엔 이상을 모아 애초 생각한 것보다 비싼 기타를 샀다. 펜더USA 스트라토캐스터 중고다. 그 시절의 도모키에게 중학교까지 함께 다닌 질 나쁜 어린 시절 친구를 걱정할 여유는 없었다. 갓 꾸린 밴드 연습에 빠져서 그 이외의 일은 아무것도 생각하고 싶지 않았다. 7만4천 엔은 도모키에게도 큰돈이지만 앞을 향하고 싶었다. 돌아오지 않을 돈으로 안달하고 싶지 않았다.

이윽고 도쿄의 대학에 합격해서 도모키는 가마쿠라를 떠나 자취를 하게 됐다. 흠집투성이인 스트라토를 메고 새로운 세계에 뛰어들었다.

이상을 말하자면, 대학 재학중에 그럴듯한 기회를 잡아 프로로 데뷔하고 싶었다. 하지만 인생은 그렇게 만만하지 않아서 어느새 구직을 해야 하는 학년이 되어 있었다.

"음악은 취직한 뒤에도 계속할 수 있잖아. 매달 일정한 월급이 들어오고 대출도 되니까 오히려 학생 시절보다 더 자유롭게 할 수 있을 거야."

음악 동아리 선배의 말을 믿고 취직하기로 했다. 회사는 취미를 최대한 살려서 악기 회사로 정했다.

비교적 큰 회사여서 부동산 관리부, 해외 사업부 등 악기와 관계없는 일도 몇 년 했다. 그런 만큼 악기 사업부에 배치됐을 때는 기뻤다. 염원하던 전자기타 기획과 개발에도 참여할 수 있었다. 마음속으로는 '펜더 스트라토야말로 궁극의 기타'라고 생각했지만 국산 메이커에 몸담은 자신이 말해봐야 소용없다. 스트라토와는 다른 매력의 기타, 스트라토를 넘는 기타를 만들겠다며 진지하게 임했다. 실제로 만든 모델은 그럭저럭 괜찮은 악기였지만 판매가 부진해서 일년 반 뒤에 생산이 종료됐다.

이제 와서 생각한다. 그 기타를 한 대쯤은 갖고 있어도 좋았을 텐데, 하고.

시게아키와 재회한 것은 절대 우연이 아니었다.

십오 년 만에 중학교 동창회가 있었다. 시게아키는 오지 않았지만 다른 친구와 교환한 휴대전화 번호가 돌고 돌아서 갑자기 전화가 걸려왔다.

"오랜만이야, 도모키…… 나 알아?"

"아니, 모르겠는데. 누구냐."

"시게야. 쓰다 시게아키."

"오오, 시게. 잘 지냈냐."

그쪽도 도쿄에 나와 있다고 하여 신주쿠 언저리에서 한잔하기로 했다.

오랜만에 만난 시게아키는 당연하지만 멀쩡한 어른이 돼 있었다. 비즈니스 슈트에 넥타이, 서류 가방을 든 지극히 평범한 샐러리맨 분위기였다.

"시게, 너 좀 근사해졌다. 무슨 일 하냐?"

"중고차 판매. 뭐 조금씩 하고 있어."

처음에는 평범한 옛날이야기. '경도'며 책가방에 죽은 매미 넣던 이야기 등등 이야깃거리는 끝이 없었다.

하지만 그런 얘기를 계속하다 보면 당연히 고2 여름, 도모키가 7만4천 엔을 빌려준 얘기도 나온다.

시게아키는 자기가 먼저 말했다.

"미안, 지금 갖고 있는 돈이 없어…… 이게 다야. 물론 오늘은 내가 쏠게."

1만 엔짜리를 한 장 내민다. 아마 잔금은 아직 4만 정도였으리라.

"아, 괜찮아. 이미 옛날 일이고."

그 후에도 간격은 달랐지만 일 년에 두세 번은 만나서 술을 마셨다. 그 무렵 시게아키는 "차에 관한 거면 나한테 맡겨"가 말버릇이었다. 어느 날은 도모키가 차를 전봇대에 박아 문이 찌그러졌다는 이야기를 하자 무서울 정도로 눈을 반짝거렸다.

"차종이 뭐야?"

"임프레사. 모델 바뀌기 전의."

"색은?"

"블루. 메탈릭한 것."

"응, 알아, 알아. 그래서 수리 보냈어?"

"아니. 견적 뽑아봤더니 20만 엔은 들 거라고 해서 다음 보너스 날까지 상태를 보기로 했어. 수리할지 새로 살지…… 그때까지 조수석은 못 쓰지만."

며칠 뒤 시게아키에게 전화가 왔다.

"요전에 얘기한 네 차. 그거 수리하지 말고 나한테 갖고 와. 공짜로, 같은 차로 바꿔줄게."

뭐지, 그건.

"그래도 괜찮냐."

"괜찮아, 괜찮아. 너한테 이것저것 신세도 많이 졌으니 이 정도 은혜는 갚아야지. 차 바꿔주면 빚 남는 것 없지?"

그 얘기는 거짓말이 아니었다. 사고차를 오타 구 오모리의 지정한 공장에 갖고 갔더니 며칠 뒤 같은 모양, 같은 색의 임프레사를 주었다. 희한하게 번호까지 같았다.

"이거 다른 차네…… 의자 모양이 미묘하게 달라."

"응, 다른 차야."

"그럼 왜 번호가 똑같지? 명의변경이라든가 이것저것 절차가 많을 텐데."

"그 문제는 귀찮지 않게 해두었어. 도모키 넌 그대로 타기만 하면 돼. 아, 은혜 갚겠다고 생각하지 않아도 괜찮아. 내가 그런 면은 관대하거든."

이상하다고 생각하면서도 딱히 잘못된 것도 없어서 그 차를 탔다. 이 년 정도 지나 다른 차로 바꿀 때도 특별히 문제는 생기지 않았다.

다만 시게아키의 태도에는 노골적으로 변화가 있었다.

"도모키, 부탁해. 5만 엔만 빌려줘. 두 달 뒤에 갚을게."

"그런 소리는 빌려간 거 갚은 뒤에 해."

"앗, 아아."

시게아키는 눈을 동그랗게 뜨고 도모키를 가리켰다.

"차도 공짜로 바꿔줬잖아. 그래서 20만 엔이나 들 뻔한 수리도 안 할 수 있었잖아. 고, 곤란할 때는 서로 도와야지. ……응? 부탁할게. 5만 엔이면 돼. 사람 하나 살려준다 생각하고…… 부탁이야, 부탁합니다."

하긴 거기서 5만 엔 정도 빌려주어도 손해되는 일은 없다.

"할 수 없지. 이번만이다."

"오옷, 땡큐!"

하지만 역시 한 번으로 끝나지 않았다. 다음은 3만, 그다음은 7만, 하고 도모키는 삼 년 동안 30만 엔 가까이 빌려주었다. 물론 매번 순순히 준 건 아니다. 이유도 여러 가지 들었다. 술집에서 뜯겼다, 이상한 차를 물어서 문제가 생겼다, 현금지급기에서 찾아 나오다가 소매치기를 당했다, 야쿠자에게 얽혔다…… 납득이 가는 얘기도, 가지 않는 얘기도 있었다. 납득할 수 없을 때는 원하는 금액의 절반이나 삼분의 일로 한 적도 있다.

자신도 바보였다고 생각한다. 절대 "너밖에 부탁할 사람이 없어"라는 시게아키의 틀에 박힌 달콤한 말을 믿은 건 아니다. 공짜로 해결된 수리비 20만 엔, 바꿔준 차의 중고가를 시세보다 10만 엔 정도 더 받은 것. 이 둘을 더해 30만 엔. 도모키는 거기까지를 마지노선으로 정했다. 그 이상은 절대로 빌려주지 않기로 했다.

이윽고 그때는 찾아왔다.

시게아키에게 전화가 왔다.

"도모키…… 좀 만날 수 있을까?"

"뭐야, 돈 갚으려고?"

"아, 응…… 그것도 있고. 이런저런 얘기도 하고 싶고."

"알았어. 지금은 일정을 잡을 수 없으니까 다시 전화할게."

"다시라니, 언제."

"몰라."

"내일은 전화 줘. 부탁이야."

일도 있고 해서 다음 날인 목요일에 만나기로 했다. 목요일 통화에서도 시게아키는 "지금 당장 만나자"라고 했지만 도모키는 당장은 무리라고 하고 끊었다.

시게아키가 정한 약속 장소는 기치조지 역에서 꽤 떨어진 데 있는 선술집이었다.

먼저 와 있던 시게아키는 처음부터 태도가 몹시 신중했다.

"미안. 바쁠 텐데."

"됐어. 마침 휴가를 낼까 생각하고 있었어."

일단 생맥주를 주문하고 안주를 몇 가지 시켰다.

"하고 싶단 얘기란 게 뭐냐."

"어어……."

시게아키는 좀처럼 말을 꺼내지 못했다. 돈 문제인지 일 문제인지 아니면 여자 얘기인지 이것저것 떠보았지만, 시게아키는 등을 구부린 채 모호한 대답을 할 뿐이었다.

드디어 입을 연 것은 생맥주를 반쯤 마셨을 즈음이었다.

"도모키…… 실은 나 지금 좀 곤란하게 됐어."

역시나, 하고 생각했다.

"네가 곤란하게 된 건 어제오늘 일이 아니지만 말이지."

"그건…… 그렇지."

"일단 들어는 줄게. 하지만 돈 문제라면 난 모른다."

시게아키는 고개를 번쩍 들었지만 이내 원래대로 숙였다.

"이번에는 지금까지하고 사정이 좀 달라……."

"라고 매번 말하지."

"정말이라니까. 이번에는 진짜로 위험해."

도모키의 얼굴을 흘긋 보고는 다시 숙였다. 그 행동을 반복할 뿐.

"지금까지 너한테 말 안 했는데, 내 일…… 지금 하는 일 말이야. 중고차 판매라고 했지만 사실은 대부분 도난차야."

오싹했지만 있을 수 없는 얘기는 아니라고 생각했다. 아니, 오히려 납득이 갔다. 그럼 도모키의 사고차를 무료로 교환해준 것도, 번호판이 그대로인 것도 설명이 된다.

시게아키는 계속했다.

"말하자면 도난차 브로커야……. 처음에는 몰랐어. 근데 월급도 많고 일도 편해서 그만……."

갑자기 분노가 끓어올랐다.

"너 알면서도 나한테 도난차를 넘긴 거냐?"

"그, 그렇지만…… 아무 문제 없었잖아."

"문제가 생길 가능성이 크잖아!"

"도모키 너도 좋아했잖아. 은혜 갚겠다고 그랬잖아."

그런 말을 한 기억은 없다.

"……그런 문제가 아니잖아. 도난은 엄연히 범죄야. 넌 그 막대의 한쪽을 짊어지고 있는 거라고."

"나, 나도 너한테 도움 되고 싶었어. 은혜를 갚고 싶었단 말이야."

"그런 문제가 아니라고 했잖아!"

엉겁결에 일어섰고 목소리도 커졌다. 도모키는 황급히 주위 손님과 점원에게 머리를 숙였다. 무의식중에 움켜쥔 시게아키의 멱살도 놓아주었다.

"……됐으니까 앉아."

시게아키는 맥주를 단숨에 비우더니 다시 이야기를 시작했다.

"나도 죄의식은 있었어. 그래서 매스컴에 슬쩍 흘렸어."

"뭐?"

이야기가 엉뚱한 데로 새서 도무지 따라갈 수 없었다.

"왜 죄의식을 느끼고 갑자기 언론에다 떠든 건데."

"경찰에 말하면 나까지 잡히니까."

"먼저 회사를 그만둬야지. 얘기는 거기부터야."

"갑자기 그만두면 의심받잖아."

"그렇다고 언론에 떠들어서 어쩌겠다는 거야."

시게아키가 힘없이 고개를 끄덕였다.

"맞아…… 실은 기사가 벌써 나가버려서…… 방법이나 장소 같은 게 죄다 밝혀졌어. 근데 어째선지 내가 말했다는 게 들통나버렸어."

그제야 무슨 얘기인지 알아들었다. 한숨밖에 나오지 않았다.

"그래서 회사는 잘렸냐."

"아니. 잘리면 차라리 괜찮지……. 야쿠자인지 마피아인지 잘 모르겠지만 뭔가 이상한 놈한테 쫓기고 있어."

그래서 이런 변두리 술집에서 만나자고 한 건가.

"바보구나, 너."

"응…… 나도 그렇게 생각해."

"앞으로 어떡할 거야."

"뭐…… 도망갈 수밖에 없지."

"어디까지."

"모르겠어. 되도록 멀리까지…… 그러니까 도모키, 부탁이야. 돈 좀 빌려줘."

당연히 그렇게 나오겠지.

하지만 그건 할 수 없다.

"……미안하다. 이제 너한테 빌려줄 돈 없어. 그거 아니어도 30만 엔 가까이 빌려줬어. 차 할부금도 한참 남았고. 그럴 여유 없다."

"3만 엔이라도 괜찮아."

도모키는 바로 고개를 저었다.

"안 돼. 이번만큼은 빌려줄 수 없어. 아니, 네가 지금까지 진 빚을 깨끗이 정리하지 않는 한 앞으로 일절 돈은 빌려주지 않을 거고 만나지도 않을 거야……. 이대로면 친구로 지내지도 않을 거야 나는 네 형도 현금지급기도 아니라고."

"말도 안 돼, 도모키…… 나 이대로 있다가는 살해당해."

"바보 같은 소리 마. 언론에 도난차 상술 수법을 떠든 정도로 살해당하진 않아. 도망치고 싶으면 도망쳐. 기어가든 달려가든 마음대로 해. 난 몰라. 뒤처리하기도 지쳤어."

아무리 끈질기게 부탁해도 도모키는 양보하지 않았다. 계산을 마치고 가게를 나온 뒤에도 "2만 엔만이라도"라며 매달렸지만 적당히 좀 하라고 소리치고 끝냈다.

집 방향이 반대여서 시게아키와는 곧 헤어졌다.

시게아키는 그날 살해됐다.

도모키는 지금도 또렷이 생각난다.

그날 지갑에는 3만 엔 넘게 있었다. 그 돈을 건넸다면 시게아키는 살해당하지 않았을까. 지금도 어딘가에서 살아 있고, 도모키에게 전화해서 물러터진 목소리로 "도와줘"라고 할까.

시게아키와 헤어진 뒤 도모키는 곧장 집으로 돌아갔다. 방에는 당시 사귀던 여자, 이타노 지하루가 있었다.

지하루는 시부야에 있는 악기점 점원이었다. 도모키는 회사 동료와 만든 밴드로 라이브 공연을 한 적이 있다. 지하루와는 그 공연장에서 만났다. 악기보다는 밴드를 좋아하는 여자로, 특히 기타리스트에게 잘 반한다고 본인이 말했다.

지하루와는 사건 이 년 뒤에 헤어졌다. 도모키도 시게아키 일로 정신적으로 타격이 있었다. 끈적끈적하게 달라붙는 지하루의 존재가 성가셔서 점점 귀찮아할 때가 많아졌다. 어쩌면 그런 지하루에게서 시게아키와 공통된 모습을 보았을지도 모른다. 나빠진 관계를 복구할 마음도 들지 않았다. 헤어지자는 지하루의 말에 도모키는 "마음대로 해"라고만 했다.

그리고 일 년 뒤 도모키는 체포됐다. 지하루가 알리바이 증언을 번복했다고 한다. 물론 도모키는 무죄를 주장했다. 하지 않은 일이니 당연하다. 다만 벌받았구나, 하는 마음은 적잖이 있었다.

도와줄 수 있었는데 그러지 않았다. 관계를 복구할 수도 있었는데 게을리했다. 그래서 이렇게 돼버렸구나. 그렇게 생각하니 증언을 번복한 지하루를 원망할 마음도 들지 않았다.

그때 나는 대체 어떻게 해야 했을까…….

시게아키가 죽은 지 칠 년. 도모키는 끊임없이 자신에게 그 질문을 해왔다. 답이 나오는 일은 없다. 어떤 평계를 대도 시게아키는 돌아오지 않을 테고, 자신이 어떻게 살든 죽든 세상에는 별 영향이 없다. 시게아키를 죽인 범인을 체포하는 것도 경찰의 일이지 내가 할 수 있는 일은 없다.

지금 내가 해야 할 일, 할 수 있는 일을 할 수밖에 없다…….

그렇게 마음먹으니 조금 편해졌다. 부탁받은 일을 하고, 준코에게 월세를 내고, 나머지는 기타를 치며 보낸다. 누군가가 곤란해하면 손을 내민다. 자전거 타이어 펑크 수리, 나무선반 만들기, 장 볼 때 물건 들어주기. 뭐든 좋다. 자신이 할 수 있는 일이라면 뭐든 한다.

물론 누군가가 위험한 처지에 놓이면 도우러 간다.

그렇게 사는 것이다.

21. 다카오의 사각 死角

저건 진짜야……

히로시의 한마디에 다카오는 아플 정도로 사타구니가 오그라들었다.

이 상황에서 '진짜'란 뭘까. 야쿠자라는 뜻일까. 한눈에 알 정도로 명백히 그쪽 계통인 걸까.

히로시는 두 칸 아래 계단에 발을 걸치고 1층 복도의 상태를 엿보았다. 도모키와 아키라도 엉거주춤 서 있다. 다카오도 엉거주춤 섰다. 그러나 그 이상은 어떻게 해야 할지 모르겠다. 히로시가 움직이면 뒤를 따라야 할지, 조금 거리를 두고 상태를 봐야 할지. 그것조차 판단할 수 없다.

망설임을 알아차렸는지 도모키가 귓가에 속삭였다.

"됐으니까 너는 보고 있어."

네에? 하는 소리도 목구멍에 걸린 채 나오지 않았다.

도모키가 말을 이었다.

"112에 신고할 준비 하고 있어."

그렇다. 아주 중요한 역할이다. 다카오는 도모키의 눈을 보며 고개를 끄덕였다.

거의 동시에 1층 복도에 왼쪽에서 오른쪽으로 두 남자가 지나갔다. 한 사람은 번들거리는 회색 슈트를 입고 있었다. 다른 한 사람은 검은색 운동복 차림. 현 위치에서는 두 사람 다 얼굴은 보이지 않았다.

귀에서 이어폰을 빼면서 히로시가 계단을 내려갔다. 도모키와 아키라가 조용히 뒤따랐다. 다카오도 조금 간격은 두었지만 그래도 따라갔다.

심장이 몸 한복판에서 바운스를 되풀이했다. 송출된 대량의 피가 온몸을 마구 뛰어다녔다. 기세 좋게 흐르는 혈액 소리가 귓속에서 끊이지 않고 울린다. 빨갛고 탁한 강이 범람하여 머릿속에 있는 것을 거침없이 떠내려 보낸다.

히로시는 마지막 한 칸을 남긴 지점에서 발을 멈추었다. 얼굴을 살짝 내밀고 오른쪽, 계단 막다른 곳의 상태를 엿보았다.

갑자기 낮은 헛기침이 복도에 울렸다. 이어서 "나다" 하는 초조함이 깃든 거친 목소리. 이내 금속제 문고리가 풀리는 딱딱한 소리가 나고, 손잡이가 돌아가고, 문이 무겁게 열리고, 경첩이 경련을 일으키듯 삐걱거리고, 복도와는 다른 공간과 기척이 이어지고…… 그 순간 히로시가 움직였다.

"저······ 아키모토 씨."

도모키와 아키라도 계단을 내려가 히로시 뒤를 따랐다. 다카오는 아직 한 칸 남은 위치에 있었지만 그래도 아키라의 어깨 너머로 안쪽 상태를 볼 수는 있었다.

"······앙?"

슈트를 입은 남자가 돌아보더니 후벼 파듯이 이쪽을 노려보았다. 순간, 얼굴에 큰 상처가 있는가 했지만 아니었다. 문신이다. 얼굴 오른쪽 반에 검은 불꽃이 기어 다녔다. 운동복을 입은 남자는 온몸을 이쪽으로 돌리고 서서 양손을 주머니에 찌른 채 다리를 벌리고 서 있다. 그의 양쪽 뺨에도 뱀 같은 문신이 있다.

또 한 걸음, 히로시가 가볍게 사이를 좁혔다.

"잠깐 얘기 좀 하고 싶은데 괜찮을까."

"넌 뭐야."

"이름을 내세울 만큼 유명인은 아니어서 말이지. 그건 상관없잖아. 공통된 지인 얘기를 하자고."

갑자기 다카오 바로 옆에 다른 그림자가 나타났다. 일행이 가세하러 온 건가, 협공당한 건가 생각했지만 아니었다. 슈지다. 이것으로 이쪽은 다섯 명. 숫자로는 오히려 유리해졌다.

슈트 남자도 이쪽으로 돌아섰다.

"멋대로 남의 이름 불러놓고 자기 이름을 대지 않는 건 뭐야."

히로시와 상대의 거리는 아직 2, 3미터.

"오호, 일리가 있네. 나는 하야시라고 한다. 그 집에 지금 소중한 내 친구가 있을 텐데 좀 만나게 해주겠나. 데리러 왔거든."

찌익, 하고 운동복 남자의 스니커 소리가 났다. 열린 문에서 다른 남자가 또 한 명 나오더니 슈트 남자 옆에 나란히 섰다. 긴팔 티셔츠에 청바지 차림이다. 이제 저쪽은 세 명이 됐다.

슈트 남자와 아키모토는 움직이지 않았다.

"미안하지만 이름도 모르는 아저씨 따위는 상대할 시간이 없네. 낼모레쯤 와봐."

히로시와 아키모토, 둘 중에는 아키모토가 명백히 젊어 보인다. 어쩌면 다카오보다 어릴 가능성도 있다.

히로시가 천천히 고개를 저었다.

"그럴 수는 없지. 이쪽도 어린애 심부름 온 게 아니거든. ……좋아. 그 아이가 여기 볼일이 있어서 온 거라면 잠깐 얼굴만 보고 얌전히 물러나줄게. 근데 이제 그만 가고 싶다고 하면, 마침 차도 와 있고 하니 말이야. 우리가 태워다주는 편이 너희한테도 편하겠지."

한 걸음 앞으로 나서려는 청바지 남자를 아키모토가 왼손으로 저지했다.

"도통 무슨 소린지 모르겠네."

"그러냐? 초등학생도 알 만한 아주 간단한 얘기야."

"어이, 아저씨. 약 올리는 거야?"

"아, 미안 미안. 그럴 생각은 아냐. 정중하게 부탁할 생각이었는데…… 아키모토 씨가 모른다면 할 수 없지. 안에 좀 들어가게 해줘. 내가 착각한 거면, 친구가 거기 없으면 바로 나올게."

한가롭게까지 들리는 히로시의 말투에 비해 아키모토의 그것에는 확실히 초조함이 늘었다. 목소리 자체가 까랑까랑하고 날카롭다.

"대체 친구가 누구야."

"고이케 미와라고 하는데 말이야. 동그란 눈에 다리가 예쁘고 귀여운 아이야."

"몰라."

"이런. 그럴 리가 없는데."

"확인해볼까."

"응. 그럼 감사히 우리도 따라가볼게."

그렇게 말하더니 히로시의 등이 무방비하게 점점 아키모토 쪽으로 다가간다. 안 된다. 이대로라면 서로 멱살을 잡고, 자칫하면 치고받게 된다. 현재는 5대3. 머릿수는 이쪽이 많다. 하지만 다카오는 애초에 전력 외 인원이다. 게다가 아직 실내에 저쪽 편이 몇 명이나 더 있는지 알 수 없다.

슈지가 히로시 옆에 나란히 섰다. 바로 뒤에는 도모키와 아키라가 대기하고 있다. 다카오도 거기에 따랐다. 열린 문 쪽을 보니 아니나 다를까. 네 명째 일행의 얼굴이 보였다.

아키모토가 반걸음 오른쪽, 문 쪽에 몸을 기댔다.

"안을 보고 없으면 어쩔 거야?"

"어쩌지 않아. 다 같이 얌전하게 돌아갈 거야."

"그렇게 끝날 거라 생각하냐."

"당연하지. 확인해보라고 한 건 아키모토 씨잖아. 우린 그 말을 얌전히 들었을 뿐."

히로시가 또 앞으로 나섰다. 이제 두 사람은 완전히 손이 닿을 거리까지 가까워졌다. 아키모토는 히로시의 진로를 막아서는 위치에 있다.

"비켜. 들어가게."

"그냥 끝날 생각하지 말라고 했잖아."

"안심해. 우리 쪽도 나름대로 수습하는 방법은 아니까. 서로 냉정해지자고."

히로시가 아키모토와 벽 사이를 빠져나가서 겨우 문 앞에 섰다. 슈지와 도모키가 그 뒤를 이었다. 운동복과 청바지가 두 사람에게 진로를 양보하듯이 한 걸음씩 물러섰다. 선두의 히로시부터 한 사람씩 문 안으로 들어갔다.

다카오도 어쩔 수 없이 아키라 뒤에 서서 자기 차례를 기다렸다.

그때였다.

"……미와!"

슈지의 목소리가 들렸다. 그 소리가 신호라는 듯이 복도에 나와 있던 전원이 실내로 향했다. 아키모토, 청바지, 운동복. 아키라와 다카오는 그 뒤가 됐다.

들어가자마자 현관 바닥에는 얼핏 보아서 몇 켤레인지도 모를 정도로 신발이 흩어져 있었다. 아키라는 이미 벗고 있다. 다카오도 따라서 스니커를 벗었다.

곧장 이어지는 안쪽 복도에는 아직 사람이 몇 명 모여 있다. 공기에서 숨이 막힐 정도로 담배 냄새가 났다. 안에 있는 방의 상황은 보이지 않지만, 소리는 들렸다.

"어이, 이건 대체 어떻게 된 거야."

히로시의 목소리다.

아키모토가 대답했다.

"어떻게고 뭐고 없어. 본 그대로야."

"그냥 끝나지 않을 건 너희 쪽 아냐?"

"뭐어? 뭐가 그냥 끝나지 않는다는 거야?"

모여 있던 사람이 조금씩 안으로 들어간다. 그러나 아직 실내는 보이지 않는다.

히로시와 아키모토의 대화가 이어졌다.

"어쨌든 이 아이는 데리고 돌아가겠어."

"그건 안 되지. 무엇보다 걔는 너희가 찾는 고이케인가 뭔가 하는 계집애가 아니라고."

"아니, 이 아이가 맞아. 틀림없어."

"틀렸어. 그 계집애는…… 그냥 광견병 걸린 미친개야. 그러니까 여기서 살처분하겠다."

드디어 다카오도 실내를 볼 수 있는 위치에 왔다.

순간 자기도 모르게 미와! 하고 소리를 지를 뻔했다.

창가에 놓인 천 소재의 지저분한 소파. 거기에 누워 있는 사람은 미와가 틀림없었다. 얼굴은 반 이상 머리칼로 가려져 보이지 않지만, 민트그린 니트와 타이트한 청바지는 분명 저녁 무렵까지 입고 있던 옷과 같다. 다만 니트에 여기저기 적갈색 같은 얼룩이 있다. 저건 피일까? 누구의 피? 미와의 피일까……?

히로시는 바로 옆에 서 있었다.

"……슈지. 지금 거 잘 땄냐."

"네."

옆에 있는 슈지가 스윽 하고 품에 손을 넣었다. 대화를 녹음했다는 의미인가.

아키모토가 히로시에게 몸을 확 붙였다.

"무슨 뜻이야, 엉?"

히로시도 가슴을 들이대며 대항했다. 한 걸음도 물러나지 않는다.

"미안하다. 이제 젊지 않아서 말이야. 대신 머리를 써야 하거든. 이 아이를 병원에 데려가고, 경찰 불러서 방금 대화를 들려주면 그냥 끝나지 않을 건 이쪽이 아니란 말이지."

"오호, 그런 짓을…… 하게 둘 줄 알아!"

그 호통 하나에 사태는 갑자기 최악으로 굴러갔다.

아키모토가 히로시의 멱살을 잡았다. 거기에 슈지가 끼어들었다. 다른 누군가가 그 뒤에서 덮치고 출입구 근처에 있던 운동복과 청바지도 일제히 덤벼들었다. 도모키와 아키라도 점점 난투극 속으로 빨려들었다.

위험하다…….

다카오는 황급히 복도로 나와 주머니에서 휴대전화를 꺼냈다. 하지만 무엇을 어떻게 해야 좋을지 몰라서 일단 잠금을 해제하려고 했더니 마침 '긴급 전화' 화면이 떴다.

"아, 아아…… 일, 일일……."

1, 1, 2를 누르고 한 걸음 물러나 송화구를 손으로 가렸다.

상대는 바로 나왔다.

"네. 사건입니까, 사고입니까?"

사건이라고도 사고라고도 할 수 없었다. 어쨌든 아파트 안에서 싸움이 났다, 엄청나다, 빨리 와달라, 하는 말은 전한 것 같다. 주소도 모르는데 그건 문제가 아닌 듯했다.

"부, 부, 부탁합니다!"

일단 신고는 했지만 경찰이 올 때까지 어떡하면 좋지.

그런 생각을 하며 다시 실내를 보러 돌아왔을 때였다.

다른 공간에 발을 들인 것 같은, 그런 위화감을 느꼈다.

소동이 갑자기 조용해지고 모두 움직임을 멈춘 채 그 자리에 서서 움직이지 못하고 있었다.

미와는 아직 소파에 있고 도모키가 상반신을 안아 일으키고 있었다. 슈지는 어디에 있는지 알 수 없고 히로시가 안색이 바뀌어서 소파로 달려갔다.

"아키라 씨!"

미와가 아무렇게나 뻗은 다리 근처에 선 사람이 아키라였다. 짙은 갈색 블루종, 연한 줄무늬가 들어간 셔츠, 아래는 카멜색 슬랙스.

화려한 자수가 놓인 하얀색 운동복의 등이 바로 앞에 보였다. 소매가 빨갛게 얼룩져 있다.

330

아키라의 몸이 휘청하고 옆으로 기울었다.

"이 새끼야!"

히로시가 뭔가 네모난 것을 치켜들어 하얀 운동복의 손목을 내리치는 것은 알았다. 금속 같은 것이 쨍 하고 가벼운 소리를 내며 바닥에 떨어지는 모습도 보였다. 하지만 그러고 나서는 또 사람이 뒤섞여서 수습이 안 되는 상태에 빠졌다. 다카오는 복도로 뒷걸음질 쳐벽에 몸을 붙이고 주저앉은 채 맞거나 차이지 않도록 움츠리고 있을수밖에 없었다.

몇 분쯤 흘렀을까.

멀리서 울리던 사이렌이 바로 근처까지 와서 멈췄다. 이윽고 현관쪽이 시끌시끌해지며 제복 경찰이 안으로 들어왔다.

"전부 다 꼼짝 마. 움직이지 마."

시커먼 바짓자락이 오른쪽에서 왼쪽으로, 왼쪽에서 오른쪽으로몇 번이고 다카오를 넘어 지나갔다. '구급차'라는 소리가 들렸다. '빨리, 빨리' 하는 소리도, '지원'이니 '비밀'이니 '확보'니 하는 소리도들렸다. 누군가 "괜찮아요?" 하고 다카오에게 말을 걸었다. 그냥 고개를 끄덕여주었다.

그날의 광경과 아주 비슷했다.

경찰 몇 명이 줄줄이 나타나 눈 깜빡할 사이에 현장을 장악했다. 관계자는 따로 데리고 나가는 등 소동을 정리해갔다. 저항하는 사람도 있었지만 대부분 얌전하게 따랐다. 물론 다카오는 저항 따위 하지않고 지시대로 순찰차에 탔다. 다만 기분은 그날과 완전히 달랐다.

그날, 그 밤. 갑자기 노래방에 나타난 경찰은 압도적인 권력과 물리력을 가진 공포의 대상이었다. 특히 제복을 입은 모습은 말도 통하지 않는 로봇 병사 같았다. 오늘도 겉모습은 마찬가지였다. 그런데 다카오의 기분은 달랐다.

고맙습니다. 와주어서 기쁩니다…….

소매에 매달려서 울고 싶을 정도였다. 그리고 할 수 있다면 두 가지만 가르쳐주었으면 했다.

소파에 쓰러져 있던 여자아이는 어떻게 됐습니까. 칼에 찔린 남자는 어떻게 됐습니까…….

경찰에 연행되었지만 취조실이 아니라 '형사과'의 넓은 사무실에서 질문을 받았다. 상대는 작업점퍼 같은 웃옷을 입은 마흔 살 정도의 형사였다.

"먼저 이름을 말해주겠나."

요시무라 다카오.

"한자는?"

길일 할 때 '길吉'에 마을 할 때 '촌村', 귀할 '귀貴'에 살 '생生'. 그래서 요시무라 다카오吉村貴生.

"나이는?"

서른 살.

이어서 본적, 현주소, 직업을 줄줄이 물었다. 각성제 사용으로 집행유예 기간이라고 먼저 밝혀야 할지 망설였으나 말하지 못했다.

"자네는 왜 거기 있었나?"

같은 셰어하우스에 사는 고이케 미와라는 여성이 그 집에 끌려들어갔다는 연락이 왔다. 뭔가 트러블에 휘말린 것 같아서 걱정된 몇 명이 데리러 갔다.

"그 집은 전부터 알았나?"

오늘 처음 갔다.

"끌려갔다는 정보는 누가 줬나?"

꽃집 종업원이라는데 이름은 잘 생각나지 않는다.

"고이케 미와하고는 어떤 관계지?"

여자친구……. 아니, 셰어하우스에 같이 사는 친구인가.

"함께 간 사람은?"

역시 같은 셰어하우스에 사는 가토 도모키, 노구치 아키라. 그리고 단골손님인 하야시 히로시, 성은 모르지만 슈지. 거기에 자신까지 모두 다섯 명.

차에서 기다리던 세 명에 관해서는 물을 때까지 말하지 않을 생각이었다.

"단골손님이란 게 무슨 말이지?"

셰어하우스 아래층이 카페 내지 주점 같은 가게인데, 두 사람은 그곳 단골손님이다. 자신은 거기서 아르바이트를 하고 있다.

"아, 그렇군……."

과거야 어쨌든 오늘 현재의 다카오에게 켕기는 일은 없다. 그 집에서 있었던 것, 본 것, 들은 것은 포장 없이 그대로 이야기했다. 다만 한 가지, 미와하고 자신은 육체 관계가 있다는 부분만큼은 말하지 않았다. 오늘과 관계없는 이야기다.

모르는 것은 모른다고 했다. 자기도 짜증날 정도로 모르는 것이 많았다. 아키모토의 동료가 뭐 하는 자들인지도, 아키라를 찌른 사람이 누구인지도 모른다. 집 안에 모두 몇 명이 있었는지, 미와 외에 여자가 있었는지 없었는지도 모른다.

이윽고 형사는 포기한 듯이 한숨을 쉬었다.

"자네도 어엿한 성인이니 말이야. 이렇게 남의 집에 몰려가서 사람 패는 짓은 하지 말라고."

네, 하고 고개를 끄덕였지만 그건 아니라고 생각했다. 남의 집에 가서 사람 패는 짓을 할 생각은 없었다. 그저 미와를 구하러 가야 한다는 생각만 했다.

"정말로 자네는 아무도 때리거나 위해를 가하지 않았지?"

하지 않았다. 한 것은 112 신고뿐이다.

"집 안에도 거의 들어가지 않았고."

신고한 뒤 잠깐 들어갔지만 아키라의 배가 피투성이가 된 모습을 보고 무서워서 얼른 복도로 나왔다. 적어도 그렇게 기억한다.

형사는 입을 삐죽이며 도통 납득되지 않는다는 듯이 고개를 갸웃거렸다.

"근데 말이야, 고이케 미와 씨가 위험한 일을 당할지 모른다는 정보를 얻었을 때 곧바로 경찰에 신고할 수 있지 않았을까. 안 그래?"

일이 일어난 뒤에 보니 그랬던 것 같다. 다만 그때는 히로시의 견해가 설득력 있다고 느꼈다. 그 정도 정보로 경찰은 움직이지 않는다. 실제로 그런 사례도 과거에 있었던 게 아닐까.

대답 없이 있으니 형사가 말을 계속했다.

"아니면 뭔가 경찰에 연락하기 어려운 사정이라도 있었나?"

스윽, 하고 가슴팍을 찌르는 얇은 칼날을 느꼈다.

"자네나 고이케 미와 씨나 다른 동료나……."

다카오를 바라보는 형사의 눈에 뭔가 무겁고 어두운 것이 서렸다.

"그런 것 없어? 무슨 일이 생겨도 쉽게 경찰에 의지하기가 어려운…… 그런 것 있지 않아?"

무슨 뜻인가. 무슨 말을 하고 싶은가.

우리가 전과자여서 께름칙하니까 경찰을 부르지 못한 거 아니냐고, 그렇게 말하고 싶은가.

22. 준코의 기도

현관에 걸린 팻말을 'CLOSED'로 돌리고 다들 돌아오기를 기다렸다. 시오리와 신스케가 가까이 있지만 한참 동안 대화는 나누지 않고 있다.

여자란 무력하구나, 하는 생각이 새삼 절실하게 든다.

카운터에 양 팔꿈치를 짚은 다음 코앞에서 깍지를 끼고 눈을 감으면 이 가게에 있는 것은 자기 혼자뿐. 그런 기분이 들었다. 눈두덩에 비친 붉은 어둠을 바라보고 있으면 마음은 플라주가 아닌 어딘가로 헤매 다닌다. 먼 곳, 먼 과거……

그렇다. 그때의 자신도 무력했다. 아직 어리고 겁쟁이에 철부지였다. 그래서 아무것도 할 수 없었다.

늘 닫혀 있는 덧문. 소리를 내지 않는 습관. 부재를 가장한 날들. 현관 초인종 소리가 너무 무서워서 급기야 배선을 끊었다. 엄마가 울면 준코가 위로하고, 준코가 울면 엄마가 위로했다. 아빠를 믿자. 그것은 두 사람의 암호이자 유일한 희망이며 자신들이 안은 어둠 그 자체였다.

그러나 아버지는 배신했다.

아버지는 자기 혼자 편해지는 길을 선택했다.

아버지는 기타리스트였다. 이른바 '스튜디오 뮤지션'이었을 거라 생각한다. 누군가가 만든 곡을 누군가가 부른다. 그 반주를 녹음할 때 불려가서 지시대로 연주하고 연주료를 받는 그런 일이다. 잘나가는 사람은 아니었다.

준코의 기억 속 아버지는 절대 음악을 좋아하는 사람이 아니었다. 오히려 텔레비전 음악 프로그램을 보며 투덜거리던 기억만 남아 있다. 곡이 유치하다. 개똥같은 노래다. 저 정도 기타는 중학생도 치겠다. 어디서 들은 것 같은 편곡만 하고 앉았다.

누군가의 이름을 거론하며 비판하는 일도 적지 않았다. 저 자식은 제자 아이디어를 모아서 자기 곡으로 만들었어. 제대로 된 곡을 쓰지 못하니 전조로 얼버무리네. 결국 이 녀석한테는 세 가지 패턴밖에 없어. 치지도 못하는 기타 들고 나오지 마. 볼썽사납게. 이 능력 없는 놈. 뻔뻔한 놈.

어린 마음에도 이상했다. 음악이 직업이면서 어째서 그토록 비판만 할까.

직접 물어본 적도 있다.

"아빠는 어떤 노래를 해요?"

아버지는 대답하지 않았다. 그저 말없이 ES-335를 안고 눈을 감은 채 은색 현을 튕겼다. 오래된 아파트라서 앰프에 연결하지도 못했다. 작고 힘없을 정도로 가녀린 전기기타의 생음. 완성형과는 한참 먼 음악의 조각 혹은 파편. 그러나 그것이 아버지에게는 전부였으리라. 아버지의 음악이 그 이상 커지는 일은 없다. 완성되는 일도 없다. 그 사실은 준코도 어렴풋이 알고 있었다.

어느 날 엄마가 말했다.

"아빠는 말이야, 원래 밴드를 했어. 밴드는 같이 음악을 연주하는 그룹이라는 뜻이야. 하드록 밴드의 기타리스트였지."

어린 준코에게는 '밴드'도 '하드록'도 이미지가 그려지지 않았지만 아는 척하고 흘려 넘겼다.

"근데 데뷔하자마자 해체했어. 그 뒤로 아빠는 자기 밴드가 아닌 곳에서 남의 곡을 연주하는 일을 하게 된 거야. 엄마랑 준코가 이 집에 살고, 밥을 먹고, 옷을 사고, 생일 선물도 받고…… 그런 건 아빠가 연주 일을 해줘서란다. 아빠는 참 대단해."

지금은 엄마가 무슨 말을 하고 싶었는지 안다. 어떤 기분이었을지 이해한다. 그러나 당시의 준코에게는 어려웠다.

"하지만 아빠…… 노래를 싫어해. 맨날 무서운 얼굴 해."

그때 엄마가 보여준 울상의 의미도 지금은 안다.

"아냐. 아빠는 노래를 좋아해서, 음악이 너무 좋아 어쩔 줄 몰라서, 그래서 그래……."

그런 아버지가 사건을 일으켰다. 준코가 초등학교 4학년 때다.

스튜디오 뮤지션이라고 언제나 기타를 메고 나가는 건 아니다. 현금 약간과 집 열쇠, 담배를 주머니에 찔러 넣고 "다녀올게" 하는 일도 드물지 않았다. 하지만 육감 같은 것일까. 그날 저녁 무렵, 아버지가 기타를 들지 않고 나가는 데서 준코는 표현할 수 없는 불안을 느꼈다. 바삭해진 검은색 가죽점퍼를 입은 깡마른 등, 통이 좁은 검은색 진, 낡은 뱀가죽 부츠. 현관문을 열고 스윽 나가는 뒷모습에 불길한 그림자 같은 것이 포개졌다.

"다녀오세요."

몇 년이 지나 인터넷을 일상적으로 사용하게 된 뒤에 안 사실이지만, 그날 아버지는 대형 기획사 관계자를 만나러 나간 모양이었다. 그 기획사의 젊은 배우를 가수로 팔기 위해 밴드를 결성한다. 아버지에게 그 밴드에서 기타를 치지 않겠느냐 제안했다고 한다. 예전에 아버지가 했던 밴드도 같은 기획사 소속이어서 그 인연으로 제안한 것 같았다.

당시 양쪽 관계는 어땠을까. 자세히는 모르지만, 아버지의 밴드가 해체한 경위에는 기획사 측의 배임이나 다름없는 매니지먼트 탓도 있다는 것까지는 조사했다. 레코드사 쪽이 준비한 제작비 대부분을 기획사가 다른 용도로 사용했다, 착복했다, 개사 가요 같은 타이업 곡_{홍보를 위해 온갖 주제가로 사용되는 노래}을 거의 공짜로 몇 곡이나 만들게 했다, 유령 작가 같은 일까지 시켰다, 보컬만 솔로로 빼가려고 했다 등등. 전부 인터넷에서 얻은 진위를 알기 힘든 정보지만, 몇 할은 사실

일 거라고 준코는 생각했다.

아마 그날도 얘기가 순조롭지 않았던 것 같다. 롯폰기의 가게를 나온 뒤에도 아버지와 사무실 직원의 언쟁은 계속된 끝에 급기야 멱살잡이에 주먹다짐까지 갔다고 한다.

준코는 재판 기록을 읽은 것도, 사건 현장에서 같이 얘기를 들은 것도 아니다. 따라서 진상은 잘 모른다. 다만 콘크리트 연석인지 가드레일인지에 뒤통수를 부딪혀 이미 의식을 잃은 상대를 아버지가 때려서 죽음에 이르게 한 건 맞는 것 같다. 그러나 가게에 있을 때 먼저 손을 댄 사람은 사무실 직원이다, 아버지는 상당히 굴욕적인 말을 내뱉은 끝에 폭행을 당했다는 이야기도 있다.

아버지는 그날 바로 체포됐다.

피해자는 대형 기획사 직원, 가해자는 전직 밴드 멤버라는 사실만으로 다음 날부터 신문과 주간지, 텔레비전 같은 언론이 연신 집을 찾아왔다. 엄마도 처음에는 "죄송합니다, 죄송합니다" 하고 사과하며 되도록 정중하게 응대했다. 그러나 일 주일, 이 주일 넘게 같은 상태가 계속되자 이불에서 나오지도 못하게 됐다. 덧문을 닫고, 현관 초인종 배선을 자르고, 어둑한 방에서 둘이 서로 껴안은 채 하루가 지나기를 기다렸다. 한 달쯤 지나자 소동은 꽤 진정됐지만 예전 같은 생활을 되찾기는 쉽지 않았다. 아니, 불가능했다.

연예 프로그램에서 대대적으로 떠드는 시대이긴 했지만 아파트 외관과 동네 모습에 모자이크를 넣는 배려도 없이 방송된 것이다. 당연히 "저 아파트 저 집에는 아직 살인범 마누라와 애가 살고 있어"라는 소문이 돌게 된다.

준코도 학교에서 상당한 왕따를 당했다.

살인자, 살인자, 너희 아빠는 살인자.

이런 건 시작에 지나지 않았다. 준코를 청소용구함에 밀어 넣고 문을 닫아 나오지 못하게 한 뒤 "부인, 부인, 얘기 좀 들려주세욧" 하고 밖에서 소리치며 쾅쾅 문을 두드리는 놀이까지 유행했다. 그래도 쉽게 이사할 수 없었다. 엄마한테는 저축도 기댈 친척도 없었기 때문이다.

"미안하다, 준코…… 하지만 아빠는 괜찮을 거야. 뭔가 착오가 있나 봐. 아빠를 믿고 기다리자."

그러나 그 기도는 통하지 않았다.

재판 결과, 다행이라고 해야 할지, 아버지의 범행은 '살인'이 아니라 '상해치사'로 인정됐다. 하지만 징역 오 년 육 개월. 집행유예 없는 실형 판결이 내려졌다.

별로 모범적인 수형자가 아니었으리라. 아버지는 꼬박 오 년 반 만기를 채우고 겨우 석방됐다. 그때 이미 준코는 고등학교 1학년. 아버지가 없는 가정에도 새로운 동네의 생활에도 익숙해져 있었다. 그래도 아버지를 맞이하니 기뻤다.

"……어서 오세요. 아빠."

세 식구는 서로 부둥켜안고 울었다. 아버지는 맥주 한 컵을 아까워하듯이 한 모금씩 마셨다.

"아빠, 쳐봐요."

준코가 신주쿠의 악기점에 갖고 가서 현을 새로 바꾸어놓은 ES-335. 아버지는 아무 기구도 사용하지 않고 튜닝하여 초밥을 먹는 동안에도 계속 쳤다. 고양이를 쓰다듬듯이 무릎에 올린 채 대화가 끊어질 때마다 한 프레이즈, 잠시 후 또 한 프레이즈. 감촉을 확인하듯 손톱으로 튕겼다.

그 시절로 돌아간 것 같았다. 가난하지만 평온하던 초등학교 4학년 때까지의 생활로…… 아니, 다르다. 시작하는 것이다. 이곳에서 우리는 완전히 새로운 생활을 시작하는 것이다.

그런 예감이 확실히 있었다.

그러나 자신들 편한 대로 생각한, 단순한 망상에 지나지 않았다.

아버지가 새 일자리를 구하기 위해 옛 지인에게 부탁한 것이 잘못의 근원이었다. 아버지가 출소했다는 정보는 눈 깜짝할 사이에 업계에 퍼졌다. 당연히 옛날 기획사 관계자 귀에도 들어갔을 터. 그 시점에서 아버지의 뮤지션 생명은 완전히 끊겼다. 그 기획사는 업계에서 영향력이 더 막대해졌다. 게다가 세상을 떠난 직원이 실은 기획사 사장 애인의 아들이라는 소문도 있었다. 그게 사실이라면 아버지를 기타리스트로 기용할 모험가가 있을 리 없다.

그래도 아버지는 낙심하지 않았다. 막노동이든 택배든 뭐든 했다. 처음부터 다시 시작하겠다. 그렇게 준코와 엄마에게 선언했다.

"앞으로 이보다 힘들게 하지 않을 거야."

하지만 그 말도 얼마 뒤부터 하지 않게 됐다.

어쩐지 괴롭힘을 받는 모양이었다.

새로운 일자리를 구해도 매번 누군가가 직장에 찾아와 사건을 퍼트리고 다녔다. 다니기 힘들어져서 직장을 바꾸어도 바로 찾아내 같은 짓을 했다. 뒷골목으로 끌려가 린치를 당한 적도 있었던 것 같다. 기획사 사람이 한 짓인지 고용된 야쿠자였는지는 모르겠다.

두 해 정도 비슷한 상황이 이어졌다.

"이 이상 나한테 뭘 보상하라는 거야……."

괴롭힘의 손길이 엄마 직장까지는 뻗치지 않아서 생활을 못 할 수준은 아니었다. 다만 그 또한 아버지에게는 자신을 책망할 거리에 지나지 않았던 모양이다.

일을 하고 싶어도 할 수 없다. 아내에게 빌붙어서 먹고살기나 하고 아무 도움이 되지 못한다. 그런 생각에 빠져 있으니 술도 마시지 못하고, 파친코 등으로 기분 전환을 하러 나가지도 못했다. 그저 우울하게 하루하루를 집에서 보내게 됐다.

어느 날 저녁. 준코와 둘이 있을 때, 아버지는 집 열쇠와 담배를 주머니에 넣고 웬일로 낡은 가죽점퍼를 걸치더니 현관으로 향했다.

"잠깐…… 나갔다 올게."

까슬까슬하게 모래 섞인 바람이 준코의 뺨을, 가슴속을 긁고 지나갔다.

그 사건이 일어난 날의 뒷모습과 너무 비슷했다.

설마 기획사에 싸우러 가는 건 아니겠지…….

아플 만큼 불길한 예감이 들었지만 아버지에게 뭐 하러 나가는지 확인하면 그 예감이 현실이 되어버릴 것 같았다. 무서워서 차마 묻지 못했다.

　예감은 어떤 의미에서는 틀렸고, 어떤 의미에서는 적중했다.

　아버지는 스스로 목숨을 끊었다.

　기획사 빌딩 옥상에서 투신자살했다.

　다시 엄마와 둘뿐인 생활이 됐지만 아버지가 죽었다는 실감은 약
했다. 아버지는 또 교도소에 갔다. 꾹 참고 기다리면 언젠가 다시 돌
아온다. 그런 믿음이 마음 한구석에 자리 잡고 있었다.

　그러나 엄마마저 세상을 떠나자 그 실감은 두 사람분이 한꺼번에
준코를 덮쳤다. 그나마 불행 중 다행으로, 조리사 전문학교를 졸업
하고 비교적 유명한 호텔 레스토랑에 취직도 해서 생활 자체에 불안
은 없었다. 더 말하자면, 준코는 두 사람분의 생명보험금을 받았다.
상당한 액수였다. 이십대 초반 여성치고는 제법 부자였다.

　하지만 한번 마음에 생긴 구멍은 그런 돈으로 일 센티미터도 메
워지지 않았다.

　이 이상 나한테 뭘 보상하라는 거야…….

　등을 구부린 채 중얼거리던 아버지의 그 모습이 지금도 잊히지
않는다.

　아버지는 분명 한 사람의 생명을 빼앗았다. 돌이킬 수 없는 짓을
저질렀다. 그러나 이 나라는 법치국가다. 설령 죄를 저질렀어도 제
대로 벌을 받으면 용서해주어도 좋지 않은가. 그 사람이 제대로 갱
생했는지 어떤지, 재범 가능성이 높은지 낮은지 그건 또 다른 문제

일 터다. 일단 벌을 받은 사람에게는 재출발할 기회를 준다. 그 정도는 사회가 보장해주어도 좋지 않은가.

이 생각이 그대로 플라주를 만든 동기가 됐다.

준코는 스물아홉 살에 레스토랑을 그만두고 물건을 찾았다. 중개해준 부동산업자에게 "이곳을 셰어하우스로 만들어서 전과자를 적극적으로 받아들이고 싶습니다" 하고 선언했다. 그러자 마침 좋은 사람이 있다며 부동산을 하는 스기이와 보호사 고스게를 소개해주었다.

준비한 방 여섯 개는 금세 다 찼다. 첫 입주자 가운데 지금도 남아 있는 사람은 한 명도 없다. 모두 안정된 일자리를 찾았고 "더 곤란한 사람에게 방을 비워주고 싶다"라며 플라주를 졸업하고 나갔다. 살인, 상해, 절도, 사기, 횡령, 전직 야쿠자. 다양한 사람이 있었다. 처음에는 문을 만들지 않는 이곳 스타일에 불안도 있었다. 그러나 먼저 믿는다, 먼저 용서한다, 먼저 인정한다…… 준코는 그 자세를 굽히지 않았다.

스기이나 고스게, 그 밖의 관계자들도 처음에는 위험하니 그만두는 편이 좋을 거라고 했다. 벌을 받고 나왔다 한들 인간의 바탕까지 변하는 건 아니다. 할 놈은 두 번이든 세 번이든 한다. 쉽게 믿거나 정을 주어서는 안 된다. 그런 말도 거듭 들었다.

조언은 감사히 들었다. 그래도 방침을 바꿀 생각은 없었다.

"우리 아버지는 정확히 말하면 살인범이 아니지만, 분명 사람을 죽였어요. 복역 후에는 엄청난 박해를 받았고 결국은 투신자살했어요. 그렇게 사회 전체에서 추방돼야 할 만큼 나쁜 사람이 아니었는데 끝까지 몰아붙여서 결국 자살에 이르렀어요. 벌을 받았지만 용서는 받지 못한 거죠. ……그래서, 라는 것이 큰 이유입니다. 나는 전과자라는 사실만으로 사람을 판단하고 싶지 않아요. 물론 전과 10범이라든가 여자한테 함부로 완력을 쓰는 사람은 거절할 겁니다. 입주시킬 때 면접 같은 건 볼 거예요. 그러나 성실하게 살고 싶다, 다시 시작할 기회를 얻고 싶다, 진심으로 그렇게 생각하는 사람이라면 설령 살인범이어도 받아들이겠어요. 그런 걸 판단할 안목은 있다고 생각해요."

그래서 솔직히 다카오 같은 사람은 들이고 싶지 않았다. 각성제 문제는 더 전문시설에 가야 한다고 생각했다. 지금까지 플라주에 약물중독자는 한 사람도 받지 않았다. 다만 다카오는 초범에 집행유예 기간이었다. 어쩌다 한 번 실수를 한 거라면 상태를 지켜봐도 되겠네, 하고 생각을 고쳐먹었다. 나중에 '불이 나서 쫓겨났다'라는 말을 듣고 그렇다면 더 받아주어야겠다고 생각했다.

세월은 빨라서 벌써 오픈한 지 사 년이 지났다. 입주자 전원이 전과자이다 보니 지금까지 온갖 크고 작은 트러블은 있었다. 입주자끼리 싸움을 하거나 물건이 없어지기도 했고 강간 소동도 있었다. 그러나 당사자끼리 어떻게든 해결했다. 머리로는 나쁜 일을 생각하더라도 실행에는 옮기지 않는 이성이 중요하다고 준코는 생각한다. 혹은 이제 나쁜 쪽으로 가지 않겠다, 가담하지 않겠다는 확고한 의지. 전과자를 나쁜 일이 불가능한 환경에 밀어 넣고 꼼짝도 못 하게 하는 일이 중요한 것은 아니다.

그래서 이번에도 그렇게 되길 바랐다.

나쁜 일이 일어나지 않기를. 아무 일도 일어나지 않기를.

다들 무사히 돌아와줘…….

그렇게 기도하며 기다렸다.

플라주의 전화가 울린 것은 10시 반이 조금 지나서였다. 히로시의 후배 중 가장 어린 다카였다.

"아, 저기…… 히로시 씨하고 슈지 씨하고, 플라주 세 명하고 미와 씨가…… 아, 미와 씨는 아니구나. 암튼 다섯 명은 다들 경찰에 끌려가서……."

갑자기 정수리에 얼음물을 뒤집어쓴 것 같았다.

경찰이라니…….

몇 가지 확인하고 싶었지만 턱이 떨려서 말이 제대로 나오지 않았다. 걱정스럽게 들여다보는 시오리와 신스케, 조금 전에 돌아온 미치히코에게 눈으로 뭔가 전할 여유도 없다.

"그래서?"

"그리고 어, 구급차도 와서 두 사람이 병원에 실려갔고…… 한 사람은 미와 씨 같은데 한 사람은 누군지 모르겠어요."

도모키가 아니기를 가장 간절히 바랐다. 그러나 뇌리에 떠오른, 들것에 실린 사람은 아무리 봐도 피투성이가 된 도모키다.

다카가 말을 이었다.

"다른 사람들도 경찰에 잔뜩 끌려갔어요. 전부 열 명쯤요. 안에서 무슨 일이 있었는지는 잘 모르겠는데 이럴 때는 원래 그 자리에 있던 사람을 전부 조사하려고 데려가니까요. 전원이 잘못한 건 아닐 겁니다."

준코는 하아, 하고 억지로 숨을 가다듬었다.

"그래서 다카 군은 지금 어디야?"

"경찰서 앞입니다. 아니, 맞은편입니다."

"어디 경찰서?"

"가와사키의 나카하라 경찰서입니다. 어딘지 아세요?"

"모르지만 택시로 가면 돼. 또 연락할지도 모르니까 다카 군 전화번호 좀 가르쳐줘."

열한 자리 숫자를 메모지에 받아적고 고맙다고 한 뒤 전화를 끊었다.

"뭐래?"

"잘 모르겠어. 미와는 병원에 실려 가고 나머지 다섯 명은 경찰에 연행됐대."

미치히코가 스툴에 내려둔 가방을 들고 일어섰다.

"당장 갑시다. 신원보증인 찾고 어쩌고 하면 다들 분명히 곤란할 테니까. 그리고……."

시오리가 의중을 알아차리고 고개를 끄덕였다.

"미와의 보험증은 내가 찾아올게."

준코는 현금도 필요할지 모른다는 생각에 계산대로 향했다. 점심

350

장사가 끝난 그대로여서 대부분 1천 엔짜리지만 없는 것보다는 낫다.

신스케가 허둥거리며 출입구로 향했다.

"그럼 나는 택시를……."

미치히코가 괜찮다며 말렸다.

"한 블록 더 나가야 택시를 잡을 수 있으니 제가 뛰어가서 잡아 올게요. 이쪽으로 돌려올 테니 다들 기다려주세요."

미치히코가 잡아 온 택시에 보험증을 찾아 온 시오리까지 네 명 모두 탄 것이 11시 정각. "가와사키의 나카하라 경찰서"라고 행선지를 말하고는 "서둘러 주세요" 하고 덧붙였다.

조수석에 앉은 미치히코가 안전띠를 매면서 뒤쪽을 돌아보았다.

"이럴 때는 커튼이 편리하네."

뒷좌석 가운데에 앉은 시오리가 고개를 끄덕였다.

"가구도 적어서 넣어둘 만한 장소도 알기 쉽고."

운전사는 내비게이션을 켜지도 않고 사이드브레이크를 푼 뒤, 차를 출발시켰다.

우회전을 두 번 해서 비교적 넓은 도도都道 311호선으로 나왔다. 길가에는 중저층 아파트가 많고 상점은 비교적 적었다. 그나마도 이 시간에는 대부분 영업을 마쳤다. 색 없는 가로등 불빛만 소리도 없이 비스듬하게 위쪽으로 지나갔다.

대화가 끊기자 차 안 공기가 서서히 무겁게 내려앉았다.

다들 같은 생각을 하고 있을 터다.

무슨 일이 일어난 걸까.

좋지 않은 사태인 것은 틀림없지만 섣부른 상상은 하고 싶지 않았다. 현실이 된다면, 이라고 생각하니 무서워서 견딜 수 없었다. 그렇다고 낙관할 수도 없다. 경찰서까지 갔다. 이미 "별일 아냐"라는 건 물 건너갔다.

차는 왼쪽으로 꺾어 편도 1차로의 조금 좁은 길로 들어갔다. 그대로 다마 강을 지나는 다리를 달렸다. 헤드라이트가 경사를 핥듯이 떠올랐다.

밤의 다마 강은 당연하지만 먹물을 부은 듯이 까맣게 어둠에 가라앉았다.

까닭도 없이 눈물이 쏟아졌다.

도모키, 아키라, 미와, 다카오의 얼굴이 어둠 위로 떠올랐다 사라지고, 떠올랐다 지워졌다. 또는 히로시, 슈지. 어제까지 플라주에서 벌인 야단법석. 전부 사랑스럽다. 두 팔로 감싸고 지킬 수 있다면 얼마든지 그렇게 하고 싶다. 소중하게 키워온 작은 세계. 죄를 인정하고, 벌을 받아들이고, 속죄하면 용서받는 세계. 사람은 바뀔 수 있다고 믿는 사회…….

운전석 뒤에서 신스케가 불쑥 말했다.

"저긴가…… 아, 저거다, 저거."

교도소의 높은 담을 연상시키는, 콘크리트가 그대로 드러난 밋밋한 벽. 나카하라 경찰서 같았다. 그 근처에는 정말로 히로시의 검은색 승합차와 비슷한 차가 이쪽을 향해 서 있다.

"기사님, 저기쯤 적당히 세워주세요."

승합차를 몇 미터 스쳐 지난 곳에서 택시는 섰다. 3천 엔이 좀 넘어서 1천 엔짜리 네 장을 건넸다.

"잔돈 받아와요."

조수석 미치히코에게 말하고 준코는 문을 열고 내렸다.

저쪽에서도 알아본 모양이다. 준코가 승합차 쪽을 돌아보았을 때는 이미 운전석 문이 열리고 마루가 내리고 있었다.

총총걸음으로 길을 건너 마루 쪽으로 서둘러 다가갔다. 이미 도모키 일행이 다 풀려나서 차 안에⋯⋯ 그런 상황을 상상했지만 마루는 말을 나누기도 전에 슬픈 듯이 고개를 저었다.

준코는 고개를 끄덕이면서 물었다.

"아직?"

"예. 휴대전화가 되나 하고 몇 번 걸어봤는데 전원이 꺼진 것 같아요."

"히로시 군도 슈지 군도?"

"예, 둘 다요."

나중에 온 미치히코가 잔돈을 내밀었다. 시오리는 신스케와 함께 왔다. 두 사람 다 미간을 찡그린 채 경찰서 건물을 올려다보고 있다.

마루가 네 사람을 둘러보았다.

"일단 차에서 기다리죠. 여기서 기다린다고 문자를 보내놓으면 전원 켰을 때 볼 테니 그때까지 같이 기다려요."

"응, 고마워."

슬라이드 도어를 열어주어서 삼 열에 미치히코, 중앙열에 신스케와 시오리와 준코가 앉았다. 앞 열에는 미카와하고 다카도 있었다. 여기까지의 경위를 설명해주었지만 아파트에서 무슨 일이 일어났는지는 미카와도 모르는 것 같았다.

"미와 씨를 억지로 차에 태운 뒤 아파트로 끌고갔다는 것만은 틀림없습니다. 저, 그 증언은 언제라도 할 생각입니다. 뭣하다면 지금이라도……."

운전석의 마루가 말렸다.

"증언은 지금이 아니어도 괜찮아. 안의 상황을 알고 히로시 씨랑 사람들이 어떤 상황에서 조사받고 있는지, 그런 걸 알고 난 다음에 미카와 군의 증언이 우리 쪽에 유리해지면 그때 가도 돼. 지금은 상태를 보는 편이 나아…… 맞지, 그치?"

시오리가 마루에게 물었다.

"슈지 군 어머니한테는 연락했어?"

"예, 아까 했어요. 아주머니는 어느 정도 이런 일에 면역이 돼서요. 상황 알면 또 연락드릴 테니 지금은 움직이지 마시라고 했습니다. 휴대전화가 없으셔서 섣불리 움직이면 오히려 연락이 되질 않거든요."

마루는 그 외에도 가던 도중의 얘기나 아파트가 어떤 건물이었는지, 경찰이 얼마나 왔는지 등 아는 범위에서 시시콜콜 설명해주었다. 순찰차가 몇 대인가 와서 주위를 봉쇄하기 시작한 뒤로는 수상한 차량으로 보이면 곤란하므로 코인 주차장에 차를 세우고, 구경꾼틈에 섞여서 상태를 보았다고 한다.

이야기가 끊기면, 준코는 이내 운전석 근처 디지털시계를 보았다. 오 분, 십 분이라는 시간이 한없이 길었다. 한참 보지 않기로 하다가 또 보면 아직 일 분밖에 지나지 않아서 무의식중에 한숨이 나왔다. 좋지 않다는 건 알지만 그래도 나왔다.

시오리가 가만히 손을 잡아주었다. 잠시 눈을 감고 있어보라고 말해주었지만 눈을 감는 것이 오히려 무서웠다. 이대로 아침까지 기다릴 가능성도 있고 이삼 일 넘도록 나오지 않을 가능성도 있지 않은가. 그런 불안한 어둠에 혼자 가라앉기는 싫었다.

갑자기 누군가의 휴대전화가 울렸다. 마루의 전화였다. 시계는 2시 7분. 그걸 확인한 순간, 준코의 전화도 울렸다. 이어서 시오리의 것도.

황급히 주머니에서 꺼내 화면을 확인하니 '도모키'라고 떠 있다.

"여보세요."

"아, 여보세요…… 저기, 우리."

"알아. 지금 경찰서 옆에 있어."

"경찰서? 여기?"

"응, 나카하라 경찰서. 마루 군하고 미카와 군, 다카 군도 같이 기다리고 있어. 시오리 씨도 신스케 씨도 미치히코 씨도 모두 함께."

꿀꺽하고 침을 삼키는 듯한 사이가 생겼다.

"……그렇구나."

"다른 사람은? 미와나 히로시 군은?"

"여기 모두 함께 있어. 경찰서 1층까지 내려와서 합류했어. 다들 전화를 걸고 있으니 들었으려나."

갑자기 시오리가 옆에서 "아앗" 하고 날카로운 소리를 흘렸다.

준코는 휴대전화를 고쳐 들었다.

"뭐야, 무슨 일이야?"

"저기, 모두라는 건…… 히로시 군과 슈지 군, 다카오 군은 여기 함께 있어. 미와는 병원으로 실려 갔어. 많이 맞긴 한 것 같은데 생명에는 지장이 없다고 하고. 다만 아키라 씨가……."

무음의 바람이 불고 주위의 소리가 전부 멈추었다. 전화 너머의 목소리, 도모키의 말만 남아서 준코의 귓속에 떨어졌다.

"지금 막 세상을 떠났다고…… 형사한테 들었어. ……칼에 찔렸어. 우리 눈앞에서…… 몇 번이나. 상대 패거리의 이름도 모르는 놈한테…… 몇 번이고, 몇 번이고 찔려서…… 아키라 씨는 그래도 미와를 지키려고 그 녀석을…… 배를 찔려서 온통 피투성이인데 그녀석을 놓지 않고……."

모든 것이 차가워져 있었다.

자신의 몸도, 창으로 보이는 거리도, 먼 밤하늘도, 추억도, 내일부터의 미래도…… 모든 것이 차갑게 돌처럼 움직임을 잃었다.

아키라는 준코에게 사람의 목숨을 빼앗은 과거를 얘기한 적 있다. 후회한다. 죽고 싶을 정도로 후회한다. 그렇게 말하며 눈물을 흘렸다. 거기에 또 잘못을 더해서 죄로 범벅이 되어, 자신도 어떻게 해야 좋을지 모를 지경이 됐다고 했다. 정말로 괴로운 것 같았다. 꼭 안아주어도 아키라의 오열은 멈추지 않았다. 두 사람뿐인 플라주에서 준코는 줄곧 아키라의 떨리는 등을 다독여주었다.

그러면 안 되는 건가.

한번 죄를 지은 사람은 죽을 때까지 용서받지 못하는 건가.

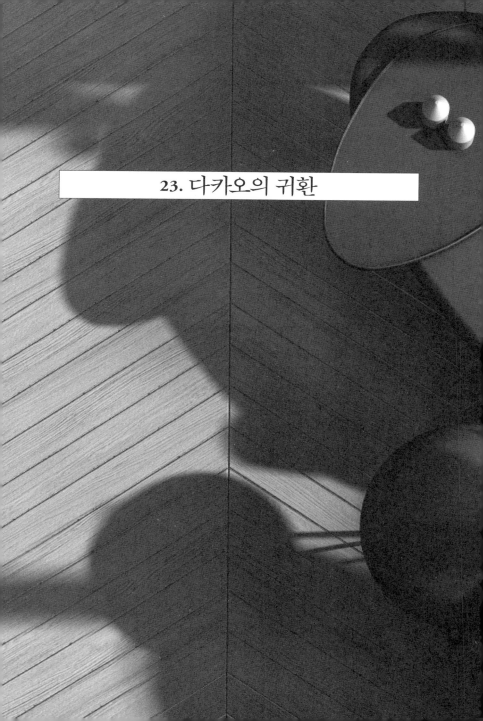

23. 다카오의 귀환

경찰서 현관에 마지막으로 내려온 사람은 다카오였다. 이유는 확실하다. 얘기를 하는 동안 다른 경찰관이 다카오에 관해 조사하다 집행유예 기간이라는 것이 드러났기 때문이다.

어디까지나 '임의로'라고 양해를 구한 뒤 형사는 말을 꺼냈다.

"……타액과 소변검사를 해도 될까."

거부할 이유는 없었다. 다카오는 검사 키트인 하얀 판에 타액을 적시고, 검사 용기에 소변을 담아 제출했다.

제출물을 들고 간 경찰이 형사과에 돌아온 것은 이십 분 정도 지난 뒤. 표정은 비교적 부드러웠다.

"오케이. 음성이에요. 요시무라 씨, 협력해주셔서 감사합니다."

사정 청취를 한 형사도 조금 안도한 듯이 숨을 내쉬었다.

"늦게까지 미안하네. 같이 온 사람들은 벌써 다 내려갔어. 같이 돌아가면 돼.”

형사와 함께 형사과에서 나왔다. 복도는 어둡고 좁았다. 이런 복도였던가. 기억이 조금 혼란스러웠다. 형사는 엘리베이터가 아니라 계단 쪽으로 다카오를 유도했다. 앞장서서 내려가는 형사의 정수리가 눈에 들어왔다. 머리숱이 적어져 가고 있다. 처음으로 형사도 사람이구나 생각했다.

다카오는 과감히 물어보았다.

“저기…… 병원에 실려 간 두 사람은요?”

형사는 “음” 하고 고개를 끄덕였지만 그 자리에서 구체적 설명은 없었다.

1층에 도착해 안내 데스크가 있는 현관홀까지 가자 벤치에 앉아 있던 도모키, 히로시, 슈지가 일제히 일어났다. 다른 형사도 두 명 같이 있었다. 둘 다 다카오와 나이가 비슷해 보였다.

가까이 가자 도모키가 조그맣게 고개를 끄덕였다.

“……다행이다.”

그러자 한 걸음, 끼어들듯이 형사가 다가선다.

“실은 알려줄 게 있는데…….”

다카오는 처음으로 아키라가 세상을 떠났음을 알게 됐다.

갑자기 몸의 심지가 무거워졌다. 간신히 서 있었다.

아키라가 세상을 떠났다. 그 아키라가 죽었다. 살해당했다…….

살인사건으로 죽든 병사했든 사람의 죽음을 애도하는 방법에 그리 차이는 없다. 장례식장을 빌려서 상주를 포함한 유족이 제단 가까이에 나란히 앉고, 조문객이 차례대로 분향을 한다.

다만 다카오 일행에게 그 장례식은 더없이 기이했다. 위화감이라고 해도 좋다.

　고 하야미 요이치 님 장례식장

고인의 이름이 달랐다. 제단의 크고 검은 액자 속 밝은 미소를 짓고 있는 사람은 틀림없이 아키라인데, 아무도 그 인물을 '노구치 아키라'라고 부르지 않는다. 하야미 요이치. 아무리 생각해도 아무리 마음속으로 되뇌어도, 그 글자가 다카오의 기억에 있는 아키라와 겹치지 않는다.

조화에는 개인 이름이 많았지만, 회사 이름도 몇 개 눈에 들어왔다. 아는 이름도 있고 모르는 이름도 있지만, 모두 출판사인 것 같았다. 유족은 여든 살 가까이 되어 보이는 여성과 오십대의 남성 및 그 가족. 아키라의…… 하야미 요이치의 아내나 자식인 듯한 사람은 보이지 않았다.

분향을 마치고 장례식장 밖에 여섯 명이 모였다.

준코, 시오리, 도모키, 미치히코, 다카오. 그리고 목발을 짚은 미와.

시오리가 미와의 팔꿈치를 가볍게 잡아주고 있다.

"괜찮아? 피곤하지?"

미와가 조그맣게 고개를 끄덕였다. 왼쪽 눈에는 안대를 하고 있다. 안와저골절이었다. 그 외에 오른쪽 손목골절, 오른쪽 늑골균열골절, 왼쪽 무릎 인대 파열 및 반월판 손상. 전치 십육 주 진단이 내려졌다. 오른손을 쓸 수 없어서 목발은 왼쪽밖에 짚지 못한다.

도모키가 "여기서 기다려" 하고 자리에서 벗어났다.

"차를 이리로 돌려올게."

준코가 "부탁해" 하고 고개를 끄덕인다.

상태로 보면 미와는 플라주에서 안정을 취해야 하지만 장례식에 꼭 참석하고 싶다고 했다. 장례식장은 사이타마 현의 고시가야 시. 전철은 무리라고 판단한 준코가 렌터카를 조달했고 도모키가 운전해서 여기까지 왔다.

은색 승합차가 조용히 다카오 일행 앞에 섰다. 히로시의 차와 달리 슬라이드 도어도 자동 개폐라서 편했다.

다카오가 먼저 타서 미와에게 어깨를 빌려주었다.

"이쪽에 기대도 돼. 자…… 여기 잡을 수 있어? 좀 더 깊이 ……그래, 그래, 오케이."

오늘 굳이 히로시나 슈지, 신스케를 부르지 않은 것은 장례식 상황을 모르기 때문이었다. 왜 하야미 요이치는 플라주에서 자기를 '노구치 아키라'라고 했나. 그 이유를 모르는 동안은 얘기를 퍼트리지 않는 편이 좋지 않을까. 준코가 그렇게 말했고 나머지 다섯 명이 찬성한 결과였다.

달리기 시작하자마자 앞 유리에 빗방울이 떨어졌다.

뒷좌석의 시오리가 누구에게랄 것도 없이 중얼거렸다.

"역시 차로 오길 잘했네."

조수석의 미치히코는 이미 넥타이를 느슨하게 풀었다.

"역에서도 떨어져 있고 말이지. 차를 빌린 게 정답이었어."

중앙 좌석, 미와는 다카오의 어깨에 머리를 기대고 막 잠이 들었다. 사건 이후 미와는 말수가 더 적어졌다. 거의 말을 하지 않는다고 하는 편이 맞다. 만신창이가 된 탓도 있겠지만 그보다 정신적인 충격 쪽이 걱정이었다.

거짓 웃음인 건 알지만, 다카오는 그래도 미와의 웃는 얼굴이 좋았다. 실례일 정도로 타인의 눈을 빤히 들여다보는 아이 같은 솔직함이 좋았다. 그런데 그것을 지켜주지 못했다.

사건 직전까지 미와와 함께 있던 건 자신이다. 사건 현장에도 모두와 함께 달려갔다. 그런데 아무것도 하지 못했다. 실제로 미와를 지켜준 사람은 아키라였다. 문자 그대로 목숨을 바쳐 미와를 지켰다. 그렇게까지 할 만큼 아키라와 미와가 친하다는 인상은 없었다. 내가 모르는 것뿐일 수 있다고 생각했지만 모두 의문으로 생각하는 것 같았다. 다른 사람도 아닌 미와가 중얼거렸다.

"아키라 씨…… 어째서 나 같은 걸……."

어깨에 올린 미와의 얼굴을 들여다보니 아직 멍이 남은 뺨을 타고 눈물이 주룩 흘렀다. 오른쪽 눈만 반짝반짝 젖어 있었다.

이상하게도 장례식을 마친 지 며칠이 지났는데 유족에게서 연락이 없었다. 도모키와 다카오는 각기 다른 날에 경찰에 불려가서 수

차례에 걸쳐 사정 청취를 받았다. 플라주에도 몇 번이나 형사가 와서 준코와 미와에게 질문을 한 것 같지만, 하야미 요이치…… 아키라의 방을 수색한다거나 그런 일은 없었다.

어느 날 청취 끝에 형사가 가르쳐주었다.

"돌아가신 하야미 씨 말이지. 자유기고가였던 것 같아. 뭔가 잠입 취재 같은 걸 한 게 아닐까. 그래서 가명으로 셰어하우스에 들어갔을 거야. 뭐 사건 자체는 돌발적인 상해치사로 기소하게 될 테니, 이이상은 개인적 사정에 관해 조사하지 않겠지만…… 뭔가 의문스러운 게 있으면 말해주게."

살인이 아니라 상해치사인가. 그 점이 최대의 의문이었지만 여기서 그런 말을 해도 소용없다. 다카오는 "네" 하며 머리를 숙이고 자리에서 일어섰다.

배웅해주지 않아도 괜찮다고 했는데도 형사는 "그럼 저기까지만"이라며 엘리베이터 앞까지 나왔다.

그곳에서 문득 생각난 듯이 형사는 덧붙였다.

"아, 참…… '플라주'가 셰어하우스 아래에 있는 카페 이름이지?"

"네, 그렇습니다."

"하야미 씨 말이야, 구급차 안에서 몇 번이나 그 말을 되풀이했다더군. 구급대원이 말하지 말라고 하는데도 플라주, 팔아줘, 플라주, 팔아, 하고…… 그 가게를 하야미 씨가 사고 싶다는 얘기 같은 게 있었나?"

다카오는 고개를 갸우뚱거렸다.

"그런 얘기는 없었을 텐데요. 준코 씨는 가게를 절대 팔지 않을 겁니다."

"그런가. 뭐, 그것뿐이지만 말이야. 몇 번이나 오게 해서 미안했네. 조심해서 돌아가게."

엘리베이터 문이 닫히고 가벼운 부유감과 함께 아래로 내려갔다.

팔아줘, 팔아줘, 팔아줘, 팔아……

아키라는 복부를 네 군데나 찔려서 과다출혈로 의식도 몽롱했을 터이다. 사고思考 역시 혼란스러웠을 테니 큰 의미는 없을지도 모른다. 다만 신경은 쓰였다.

아키라에게 플라주는 어떤 곳이었을까. 자신들과 마찬가지로, 아키라에게도 더할 나위 없이 소중한 곳이었을 거라 생각하고 싶었다.

사건이 난 지 삼 주가 지났다. 미와의 상처 이외에는 플라주도 일상으로 돌아가고 있었다.

히로시 패거리는 여전히 자주 오고 가끔은 신스케도 얼굴을 내밀었다.

"미와는 상태가 어떤가."

대부분 준코가 상대를 해준다.

"밖에는 별로 나오지 않아요. 그래도 경과는 좋은 것 같아요. 무릎 인대는 수술하지 않아도 되는 것 같고."

응응, 하고 신스케가 고개를 끄덕인다.

"그런가. 다행이군. 이쪽 사람이 하나도 걸리지 않아서 무엇보다 다행이지만…… 아키라 군이 참 유감이네……."

　사건은 신문과 텔레비전에도 보도되었다. 당연히 피해자는 '하야미 요이치'로 되어 있지만 여전히 플라주 사람들은 그를 '아키라'라고 부른다. 그 점을 추궁하려는 사람도 없다. 아키라는 아키라. 모두 그렇게 생각한다.

　시끌벅적한 밤을 보내고, 뒷정리를 하고, 각자 잠자리에 든다. 이렇게 있으니 사건 전 플라주와 하나도 달라진 데가 없는 것 같다. 원래 아키라는 입주자들과 생활 주기가 달랐다. 마침 오늘은 보지 못했을 뿐이다. 그런 날이 계속되고 있을 뿐이다. 그런 식으로 생각하지 못할 것도 없다.

　다만 2층에 올라가면 현실은 그렇지 않다는 걸 깨닫게 된다.

　아키라의 방에 불이 켜지는 일도 없고, 욕실을 먼저 사용해도 되냐고 말을 거는 일도 없고, 화장실에서 나오다 마주치는 일도 없다. 아키라는 이제 없다. 그렇게 인정해야 했다.

　그날 밤 헤어질 무렵. 준코는 다카오의 방 앞에서 잠시 멈춰 섰다.

　"아키라 씨 방을 슬슬 정리하려고."

　다카오는 "네"라고 대답할 수밖에 없었다.

　"일단 형사한테 물어봤어. 남은 짐은 이쪽에서 처분해도 되느냐고. 그랬더니 그쪽 가족에게 확인했나봐. 적당히 처분해달라고 하더래. 아키라 씨는 가족과 별로 연락도 않고 지낸 것 같아. 처분해도 될지 먼저 물어놓고 이상하지만…… '적당히'라니 좀 충격이었어. 불쌍해."

처음 만났을 때 어째서 이 사람을 '세다'라고 느꼈는지 모르겠다. 이렇게 부드러운 사람인데.

다카오는 고개를 끄덕였다.

"도울게요. 아키라 씨 방 정리."

준코가 앗, 하는 얼굴로 시선을 들었다.

"고마워. 그렇구나. 정리한다고 하는 편이 뭔가 더 좋네. 표현도 부드럽고. 처분이라고 하니 왠지 차갑게 들리지? 음…… 나도 앞으로는 정리한다고 해야지."

준코도 상당히 피곤한 것 같았다.

"아닙니다, 준코 씨. 처음에는 정리한다고 말했어요. 경찰 얘기가 나온 뒤에 처분한다고 했을 뿐."

준코가 그러잖아도 큰 눈을 더 크게 떴다.

"아, 그래? ……그랬나. 음, 알았어. 그럼 내일모레 일요일에라도 할까. 약속 있어?"

"아뇨, 없습니다. 도모키 씨도 언젠가 정리해야 할 텐데, 했으니 일요일에 같이 하자고 말해둘게요."

"그렇구나. 수고했어. 잘 자."

아주 잠깐, 형사에게 들은, 아키라가 구급차에서 되풀이했다는 말이 떠올랐다. 하지만 지금 물을 정도의 일은 아니라고 생각했다. 플라주, 팔아……. 그런 얘기를 했든 안 했든 어차피 아키라는 이제 이 세상에 없다.

"네. 주무세요."

준코가 걸어간다. 그 복도 끝의 창에는 커튼이 없다.

그저 잠이 든 도시가 한 장의 그림처럼 네모난 액자에 들어 있다.

잠이 들면 분노도 슬픔도 일단은 사라진다.

사라지지 않는다면 그것은 잠이 오지 않는 밤이기 때문이다.

미치히코와 시오리는 일이 있어서 일요일 정리에 불참하게 됐다.

"자, 뭐부터 하면 좋을까."

분홍색 두건을 머리에 두른 준코가 양손을 허리에 올리고 방 안을 둘러보았다. 구조는 다카오의 방과 반대. 들어가서 오른쪽에 침대, 왼쪽에 선반이 설치되어 있다. 선반에는 큼직한 플라스틱 상자 네 개가 정리장 역할을 하고 있다. 그리고 책과 CD, 시계 등 잡화가 있다. 선반 위에는 노트북과 프린터. 사소한 사무용품과 서류. 바퀴 달린 의자가 그 앞에 있어서 선반을 책상처럼 사용했음을 엿볼 수 있다. 발밑은 상당히 좁았을 것 같지만.

도모키가 선반 앞까지 갔다.

"옷부터 할까. 미치히코 씨가 팔릴 만한 건 따로 잘 챙겨두라고 했는데."

좀 놀랐다.

"유품을 팔아서 돈을 번다고요?"

준코가 "아냐, 아냐" 하고 대답했다.

"폐품이 있으면 처분하는 비용이 들잖아. 거기에 보태면 좋겠다는 거야."

"아하, 그렇군요…… 죄송합니다. 미처 생각하지 못했네요."

"자, 얼른 해치웁시다."

도모키가 선반에서 플라스틱 상자를 차례대로 꺼냈다.

다카오에게도 낯익은 옷이 많았다. 봄에 처음 만난 무렵에 입었던 검은색 점퍼, 회색 니트, 갈색 재킷. 청바지는 브랜드 제품은 아니지만, 훼손이나 마모 없이 모두 깨끗하게 입었다. 속옷류는 전부 처분. 셔츠는 두세 장은 새것이어서 팔 수 있는 상태지만, 그 이외에는 색이 누래져서 처분하기로 했다.

버리지 않을 옷은 준코가 다시 접었다.

"기준이 있으니 척척 진행되네."

"그러게요."

의류가 끝나자 책과 CD. 전부 중고서점행이다.

판단하기 곤란한 건 노트북이었다.

준코가 디스플레이 부분을 세웠다.

"이건 중고로 팔아야 될 것 같지?"

도모키가 고개를 갸웃거렸다.

"근데 데이터가 유출되면 곤란할지도 모르잖아. 초기화해도 할 줄 아는 사람은 데이터를 복구시키기도 하니까."

다카오도 그건 좀 걱정되었다.

"확실히 초기화만 해서 파는 건 무서워요. 전에 회사 지인은 팔기 전에 하드디스크를 빼냈대요. 아키라 씨는 자유기고가였으니까 이 안의 원고 같은 걸 원하는 회사도 있지 않을까요."

그러네, 하고 준코가 조그맣게 고개를 끄덕였다.

"그럼 일단…… 전원을 켜기만 해볼까. 문서 파일이나 중요해 보이는 게 있으면 그건 그때 생각하기로 하자. 일과 관계된 사람들을 경찰에게 소개받아서 처분해도 좋을지 물어봐도 좋고."

어떨까 싶었지만 준코는 전원 단추를 눌렀다.

비교적 새 기종인지 켜지는 시간도 빠르고, 화면이 뜰 때까지 별로 시간이 걸리지 않았다.

"어, 의외로 심플하네."

"그러네요."

화면 중앙에 휴지통, 왼쪽에 폴더 네 개. 그뿐이었다. 폴더 제목은 '메모' '집필중' '연재끝' '7·3사건'으로 되어 있다. 준코가 패드를 조작해 각 폴더에 커서를 맞추자 팝업창에 대략의 내용이 표시됐다.

하지만 채 읽기도 전에 도모키가 약간 무서운 어조로 말하며 화면을 가리켰다.

"……어이, 이거."

"뭐야, 갑자기."

"이 '7·3사건'이라는 폴더 열어줘."

"왜 그래, 도모키 씨."

"하여간 열어줘!"

준코가 겁먹은 눈으로 도모키를 보았다. 다카오도 이런 모습의 도모키를 보는 것은 처음이었다. 평소의 온화함은 자취를 감추고 숨겨진 얼굴이 드러났다. 아니, 그런 평범한 게 아니다. 이빨을 드러낸 맹

수, 사정없는 위협과 격렬한 공격성, 그것이 본성이든 인격이든 의심하지 않을 수 없는 그런 얼굴이다.

떨리는 손가락으로 준코가 커서를 폴더에 맞추었다. 폴더 안에는 문서 파일이 다섯 개 들어 있었다. 파일명은 모두 연도와 날짜를 나란히 쓴 숫자로 되어 있다.

"이거 열어봐."

도모키가 왼쪽 제일 위의 파일을 가리킨다.

준코가 도모키를 보았다.

"왜 그래. 이상해, 도모키 씨."

"됐으니까 열어줘."

"안 돼. 아무리 도모키 씨라도 남의……."

"이거 내…… 내 친구가 죽은 날짜야!"

찌지직 하고 유리창에 금이 갈 듯 날카로운 한마디였다.

문득 다카오의 뇌리에 몇 가지 말이 되살아났다.

자유기고가, 잠입 취재, 가명, 위장 입주…….

형사가 해준 말이 이런 것이었나. 하야미 요이치가 자신은 '노구치 아키라'라며, 플라주에 위장 입주해 진행한 취재는 도모키 관련 사건이었다…… 그런 건가.

"비켜. 내가 해. 내가 책임지고 내가 할게. 너희는 몰랐던 거로 해. 아키라 씨, 어째서 그날 일을……."

절대 거칠지 않았지만, 도모키는 준코를 밀어내고 직접 패드를 조작해 파일을 열려고 했다.

하지만 열리지 않는다.

"……빌어먹을."

잠겨 있다. 비밀번호가 필요하다.

도모키가 준코를 보았다.

"아키라 씨 생일이 언제야."

"그만해. 그렇게까지 하지 마."

"아, 어차피 가명이었지. 생일도 엉터리려나. 그럼 뭐지. 휴대전화 번호인가? 아니면…….

다카오는 문득 복도 쪽에서 기척을 느끼고 돌아보았다. 목발을 짚은 미와가 커튼을 들추고 있다. 아무 말도 하지 않고, 오른쪽 눈만으로 실내를 보고 있다. 도모키의 목소리를 듣고 무슨 일인가 하고 왔을 것이다.

"미와, 괜찮아. 아무것도 아냐."

그래도 들어오려고 해서 다카오가 부축하러 갔다.

"여기 정리하는 중이야. 발밑 조심해."

원래 있던 장소로 돌아온 다카오는 도모키의 어깨를 두드렸다. 한 가지 생각난 것이 있었다.

"도모키 씨."

"뭐야."

"시험 삼아 '플라주'라고 한번 쳐보시겠어요."

"뭐? 플라주?"

"피, 엘, 에이, 지, 이입니다."

"스펠링 정도는 알아. 그게 뭐 어쨌다는 거야."

"그러니까 쳐보세요. 비밀번호, '플라주'라고요."

"……플라주?"

도모키는 차례대로 다섯 개의 키를 누르고 엔터를 쳤다. 그러자.

"……아."

"열렸다."

문서 파일이 화면 가득 표시됐다.

도모키가 이쪽을 돌아보았다.

"다카오 군, 어떻게……."

"형사한테 들었어요. 아키라 씨가 구급차 안에서 '플라주, 팔아, 플라주, 팔아' 하고 되뇌었대요. 형사도 구급대원에게 전해들은 거라 뉘앙스는 잘 모르지만 아무래도 '팔아'라는 말을 매매할 때의 '팔다'라고 생각한 것 같아요. 아키라 씨가 플라주를 매수한다는 얘기가 있었느냐고 묻더라고요. 그런 일은 없을 거라고 말했지만요. 문득 자판을 '치다'란 뜻이 아니었을까 '팔다売って'와 '치다打って'는 일본어로 발음이 같을 싶어서요……."

다카오는 준코에게로 시선을 옮겼다.

"저기…… 아키라 씨는 만에 하나 본인한테 무슨 일이 생기면, 이 글을 플라주 사람들이 읽어주길 바라지 않았을까요. 그게 아니면 비밀번호를 이렇게 설정하진 않았을 것 같아요."

준코는 아무 대답도 하지 않았다.

도모키도 준코를 보았다.

"준코 씨…… 아까는 큰 소리 내서 미안해. 미와도 깨워서 미안해. 그렇지만 다카오 군 말이 맞다면 난 읽어보고 싶어. 그 사람이 가명까지 써가며 여기 잠입해서 뭘 조사하려고 했는지, 뭘 쓰려고 했는지 알고 싶어……. 허락해주겠어?"

색이 옅은 준코의 입술이 천천히 열렸다.

"음…… 알았어. 처음 부분만 읽어보고 도모키 씨와 관계있는 내용이면 계속 읽어도 좋아. 하지만 전혀 다른 내용이면 거기서 그만두기. 이 정도면 돼?"

"알았어. 그렇게 할게."

도모키는 선 채로 글을 읽기 시작했다.

하지만 아키라가 쓴 글은 너무 길었다.

미와는 몰라도 준코와 도모키와 다카오 세 사람이 한 화면에 뜬 장문의 글을 읽는 것은 애초에 자세부터 무리가 있었다.

준코가 먼저 제안했다.

"제대로 프린트해서 볼래?"

도모키가 화면 아래 문서 페이지수를 가리켰다.

"근데 이거 꽤 길어. 종이가……."

"제가 사올게요. 그때까지 두 분이 읽고 계세요."

첫날 정리는 그 시점에서 중단됐다. 점심도 준코가 만든 주먹밥만 두세 개 먹었다. 오후에는 프린트해서 읽고, 또 프린트해서 읽기를 되풀이했다.

문서는 역시 도모키가 관련된 사건에 대한 내용이었다.

유죄인지 무죄인지 알 수 없어졌으니 여기서는 편의상 피고인 남성을 'A'라고 해두자. 피해 남성은 'B'. 재판의 중요 인물이자 A의 알리바이를 쥔 여자는 'C'라고 하자. 관계자가 그리 많지 않으니 이 정도면 설명은 충분히 가능하리라.

읽으면서 도모키가 설명을 보탰다.

"A가 나야. 살해당한 B는 쓰다 시게아키. 내 불알친구인 녀석이야. C는 당시 사귀던 여성…… 이타노 지하루. 실제로 관계자는 이 세 명 정도야."

지금 막 알게 됐지만 실은 지금까지 다카오는 도모키가 왜 플라주 입주자가 됐는지 모르고 있었다. 살인죄로 고소당했지만 증언 번복으로 무죄가 됐구나…….

그래도 글 쓰는 사람인 기자답게 하야미 요이치는 보통 이상의 집념을 갖고 있는 것 같았다.

살인범은 지금도, 아무렇지 않은 얼굴로 도쿄에 살고 있다.
그렇다. 이 사건에는 내 인생이 걸려 있다.
어떻게든 상품으로 만들어야 한다.

솔직히 위화감이 느껴지지 않는 것은 아니었다. 왜 이 사건의 취재에 그렇게까지 집념을 품은 걸까. 게다가 르포를 시작한 지 얼마 되지 않아서 A인 도모키는 무죄로 풀려났다. 기자도 썼지만, 일본의 형사소송법에는 일사부재리 원칙이 있다. 아무리 매스컴이 기사를 써대도 도모키에게 다시 죄를 묻는 일은 없다. 물론 도모키가 정말로 B인 쓰다 시게아키를 죽인 거라면 치안 유지 관점에서도 규탄받아야 할지 모른다. 그러나 이 르포에는, 적어도 도입 부분에는, 도모키가 쓰다 시게아키를 죽였다는 근거가 쓰여 있지 않다. 마지막까지 읽으면 제대로 쓰여 있을지도 모른다. 그런 흥미에 이끌려서 페이지를 자꾸자꾸 넘기게 된다. 하지만 그것은 동시에, 지금 옆에 있는 도모키가 살인자라면, 그의 과거를 파헤치는 작업이기도 하다. 도모키는 모두 함께 읽는 것이 고통스럽지 않을까. 무섭지 않을까.

게다가 기자는 C 즉 이타노 지하루와 경찰 및 검찰의 사법 거래까지 의심하기 시작했다. 본론은 그게 아니잖아, 도모키가 죽였다는 근거를 제시하는 게 먼저잖아, 라고 생각했지만 이야기는 좀처럼 진전이 없다. 오히려 기자는 생각지도 못한 방법을 썼다.

바로 플라주 잠입이다.

어느새 기자의 목적은 은폐된 진실을 파헤치는 것이 아니라, 가토 도모키라는 한 남자의 인격을 부정하는 것으로 바뀌었다. A는 살인자다, A는 살인자다……. 그렇게 되풀이함으로써 사실로 만들려고 하는 듯했다.

정말로 이 글을 쓴 사람이 아키라일까. 아키라는 플라주에서 함께 시간을 보내면서 이렇게도 도모키를 미워하고, 있는지 없는지도 모르는 죄 많은 과거를 이끌어내려 했던 건가.

아니, 그렇지 않은 것 같았다.

플라주에서 하루하루 보내는 사이 기자의 심경에도 변화가 찾아온 것 같았다. 실제로 본인도 자각하고 있고, 글도 점점 부드러워졌다. 나중에 들어온 다카오 얘기도 쓰여 있었다. 그 전에 플라주에 있던 호소노라는 사람에 관해서도 언급했다. 그 밖에도 히로시나 슈지 같은 익숙한 인물도 실명으로 등장한다. 그야말로 다카오도 잘 아는 플라주를 아키라의 시점에서 묘사한 것이었다.

결정적인 것은 준코의 발언이라고 기록된 이 부분이다.

뭔가 얼굴이 부드러워졌네요.

그렇다. 다카오가 아는 아키라는 아주 부드러운 분위기의 남자였다. 도모키처럼 와일드하지도 않고, 미치히코처럼 마구 떠들지도 않았다. 특이한 사람이 모인 플라주에서는 오히려 존재감이 없는 편이지만 좋은 사람이라고 생각했다. 이 사람은 왜 플라주에 들어왔을까. 한두 번쯤은 의문을 떠올리기도 했다.

그런데 정말일까.

정말로 아키라는 내면에 이런 어둠을 안고 있었을까.

그리고 한 가지. 읽어나갈수록 나아가던 생채기를 건드린 것처럼 따갑게 생각나는 문장이 있었다.

그런 사람이 아니었다는 것이다.

A도, 나도.

그 진의는 아직 수수께끼로 남은 채 다카오는 드디어 마지막 장, 다섯 번째 파일을 읽기 시작했다.

☽

《북풍과 태양》이라는 이솝 우화가 있다. 북풍과 태양이 나그네의 옷을 벗기려고 경쟁하지만, 바람으로 옷을 벗기려 한 북풍의 시도는 실패로 끝나고 나그네를 따뜻하게 비추는 태양이 옷을 벗기는 데 성공했다는 얘기다.

일이 여기까지 이른 지금, 내 역할은 대체 무엇인지 알 수 없다.

A의 죄를 세상에 드러내려고 기를 쓰는 북풍인가. 아니면 태양의 따뜻함에 옷을 벗은 나그네인가. 그렇다면 태양은 누구인가. 말할 것도 없다. 태양은 준코다.

준코가 전과자의 사회 복귀를 응원하려는 목적으로 셰어하우스를 시작했다는 데 의심의 여지는 없다. 각 방에 문은 달지 않고 커튼으로만 칸막이를 하는 시도도 목적이 확실해서 가능했을 것이다. 상식으로 말하자면 커튼 한 장으로 사생활은 지켜지지 않는다. 비밀도 유지할 수 없다. 신변 안전이 보장되지 않을 뿐만 아니라 소지품을 지키는 것조차 쉽지 않다. 이 조건으로 그걸 전부 가능하게 하는 방법은 요컨대 한 가지밖에 없다.

각자 어디까지나 자발적으로 질서를 지키는 것이다. 규칙이라서 지켜야 하는 게 아니다. 벌이 무서우니 지키는 것도 아니다. 그 질서를 지키고 싶어서 지킨다. 그런 사람이 되도록 이끄는 것이다. '질서'를 '환경'으로 바꿔 말해도 좋다. 그 환경을 지키고 싶다는 의사意思, 자신도 그 환경의 일부라는 의식. 그 환경을 만들기 위해서라면 자신은 어떤 희생이든 치르겠다. 아사다 준코는 그런 여자다.

준코가 선택한 수단에 대해 너무 성선설이라고 비판하기 쉽다. 모든 전과자가 그렇게까지 갱생하겠느냐는 지적도 지극히 정당하다. 《북풍과 태양》에도 실은 전혀 다른 전개를 쓴 전 단계가 존재한다. 나그네 모자 벗기기 경쟁에서 북풍이 한 번에 간단히 성공한다는 얘기다. 차갑고 매서운 수단이 유효한 경우도 있다. 그것도 한편으로는 진리다. 하지만 사회에서 거부당한 전과자가 다시 범죄를 저지르는 사례는 손으로 다 꼽을 수 없다. 일본 사회는 그에 관해 뭔가 유효한 해결 수단을 갖고 있을까. 나는 도저히 생각할 수 없다.

어느 날 밤 준코에게 내 죄를 고백했다. 처음에는 플라주에 들어오기 위해 꾸민 가짜 과거 얘기를 할 생각이었다. 그러나 도중부터 이야기의 흐름이 바뀌었다. 준코의 눈은 진실을 원했다. 진실 그 자체를 원했다. 물론 거짓말을 할 수도 있었다. 하지만 그렇게 하지 않았다. 아니, 할 수 없었다.

준코가 태양이었기 때문이다. 이미 내 몸은 거짓말을 겹겹이 입은 두꺼운 옷을 견딜 수 없을 정도로 따뜻해져 있었다. 아사다 준코라는 한 여성으로 인해. 아니, 그녀가 만든 플라주라는 질서로 인해.

그렇다. 나는 준코에게 거짓말은 하지 않았다. 그러나 진실을 전부 얘기한 것도 아니다. 준코도 알 것이다. 그리고 언젠가 내가 죄를 전부 고백하기를 바라고 있으리라. 그렇게 하겠다. 내가 저지른 죄를 전부 여기에 적기로 한다.

먼저 지금까지 'A'라고 지칭한 인물은 가토 도모키다. 'B'는 쓰다 시게아키, 'C'는 이타노 지하루라고 한다.

가토 도모키의 불알친구, 쓰다 시게아키를 살해한 사람은 다름 아닌 나다.

사건이 일어나기 일 년쯤 전부터 나는 도난차 부정 유출에 관해 취재하고 있었다. 차를 훔친 실행범, 그 차를 사들이는 브로커, 수출하기 쉽도록 해체하고 개조하는 수리업자, 수출 루트를 꿰고 있는 코디네이터, 현지에서 판매하는 해외 마피아. 그 구조는 극히 중층적이라 취재도 여간 어렵지 않았다.

그러던 중 내가 주목한 것이 쓰다였다. 그가 근무하는 회사는 겉보기에는 평범한 중고차 판매업체이지만, 실태는 해마다 억 단위의 돈을 버는 도난차 중개소였다. 당연히 폭력단도 연루되어 있다. 그 사실을 모르고 입사했을 수도 있지만 적어도 내가 주목한 시점에서 이미 쓰다는 어엿한 중개인이었다.

이런 반사회 세력과 접촉해야만 하는 취재의 경우, 나는 반드시

가공의 신분을 준비한다. 가짜 이름, 나이, 명함, 회사 이름, 주소. 휴대전화도 평소 사용하는 번호와는 다른 것을 준비한다. 특히 나중에 추적당하지 않도록 가짜 명의로 된 '대포폰'을 챙긴다. 다만 딱 한 번 쓰다와 약속 장소에 내 차로 간 적이 있다. 이 일을 나는 지금도 몹시 후회하고 있다.

취재는 일단 점포를 찾아가 중고차를 구경하는 척하며 접근한 다음, 이후에 우연을 가장하여 술집에서 말을 거는 방법을 취했다. 경기가 안 좋네요, 뭐 좋은 돈벌이 없을까요. 처음에는 그런 시시한 잡담부터 들어갔다. 나는 대화 사이사이에 자꾸 쓰다를 칭찬했다. 옷 입는 센스가 좋다, 생기 있는 목소리가 부럽다, 눈빛이 다르다, 영업사원이나 세일즈맨으로는 타고난 기질이 있다, 더 큰 회사에 가도 성공할 수 있지 않겠는가, 그럼 지금 다니는 회사가 곤란하겠네, 쓰다 씨처럼 매력적인 사원을 회사는 절대로 놓아주고 싶지 않겠지…….

쓰다는 어이없을 정도로 간단히 넘어왔다. 지금 회사, 겉모습은 좀 그렇지만 매출은 장난이 아니다, 자랑 같지만 영업사원 중에서 제일 실적 좋은 사람이 나다, 내가 스카우트되면 회사는 정말 곤란해질 거다.

우쭐해져서 멋대로 떠들었지만 그런 건 아무래도 좋다. 쓰다가 내게 마음을 허락하고 회사 뒷사정을 줄줄이 떠들 그날까지 인내심을 갖고 기다렸다. 술도 꽤 사주었다. 어제 경마에서 땄다, 긴자에서 호스티스 하는 애인에게 용돈을 받았다 등등 적당한 이유를 대고 쓰다를 유혹해 매일 밤 실컷 마시게 했다. 처음에는 쓰다도 사양했다. 하지만, 당신과 있으면 즐겁다, 나까지 능력 있는 사람이 된 것 같다, 나도 아직 할 수 있다, 힘내자! 하는 기분이 든다…… 이런 식으로 거듭 추켜세우자 쓰다도 그리 싫지 않은 얼굴을 했다.

드디어 쓰다는 의기양양하게 떠들기 시작했다. 여기서만 하는 얘긴데, 하고 전제한 뒤 도난차 수출 비즈니스의 내부 사정에 관해 얘기했다. 대단하다, 나도 해보고 싶다고 선동하며 더 구체적인 정보를 구했다. 어떤 사람이 실행범 역할을 맡는지, 수리업자는 어느 정도까지 분해하고 개조하는지, 각자 보수는 어느 정도인지, 수출 코디네이터란 뭐 하는 사람인지, 수출국의 마피아와는 어느 정도 교류가 있는지.

다 듣고 나니 이제 쓰다 같은 졸때기에게 볼일은 없었다. 나는 내 신분을 밝히고 기사로 쓸 생각이라고 쓰다에게 말했다. 의외로 쓰다는 그리 놀라지 않았다. 내가 매스컴 쪽 사람인 걸 어렴풋이 눈치챘을지도 모른다. 쓰다는 "뭐, 할 수 없지" 하고 몸을 뒤로 젖히더니 이내 "그럼 정보료 내놔" 하며 손을 내밀었다. 나는 일을 무난히 마무리하기 위해 3만 엔을 건넸다.

나는 당장 쓰다에게 얻은 정보를 바탕으로 글을 써서 어두운 세계 얘기를 즐겨 다루는 주간지나 월간지에 팔았다. 물론 개인 이름까지는 쓰지 않았다. 수리업자나 코디네이터, 마피아에 관해서도 세부는 모자이크하여 특정할 수 없도록 배려했다. 내 이름도 내지 않았다.

하지만 어떤 기사든 문제가 일어날 때는 일어난다. 내 기사를 실은 주간지가 가판대에 진열되고 사흘 뒤부터 편집부에 공갈 전화가 오기 시작했다. 편집부는 나를 감싸주었다. 실제로 내가 사는 곳에 직접 항의나 공갈이 오는 일은 없었다.

쓰다 시게아키, 본인의 접촉을 제외하면.

사건 당일 밤 9시 경. 쓰다는 느닷없이 고가네이 시 세키노초에 있는 다세대주택, 그러니까 우리 집 앞에 나타났다. 마침 근처 편의점에 담배를 사러 나갔다가 돌아오는데 누가 집 앞에 서 있었다. 불을 켜놓고 나간 바람에 집에 있다고 착각했는지도 모른다. 나도 참 나다. 설마 쓰다일 줄 모르고 "무슨 일입니까" 하고 말을 걸어버렸다.

돌아본 남자의 얼굴을 보고 쓰다라는 걸 안 순간 나는 발길을 돌려 도망쳤다.

어째서 놈한테 집을 들킨 거지.

짐작 가는 건 한 가지밖에 없었다. 자동차다. 어느 날, 오전부터 다른 사건 취재를 하느라 쓰다와의 약속 장소에는 차로 가야 했다. 그래도 조심은 했다. 약속 장소에서 조금 떨어진 코인주차장에 세우고는 쓰다에게 차를 보이지 않도록 주의했다. 그러나 그날 밤, 술을 마시지 않은 시점에서 쓰다는 내가 차로 왔다는 것을 간파했을지도 모른다. 그리고 은밀히 내 뒤를 미행하여 차량번호를 확인했다…….

일반인이 차량번호로 소유자의 개인 정보를 알아내는 일은 주차

위반 같은 특별한 사정이 없으면 불가능하다. 하지만 쓰다는 중고차 판매업자다. 차량등록사업소에 손을 써서 차량번호로 주소지를 알아내는 건 일도 아니었을 것이다.

내가 달리고 달려서 도착한 곳이 도립 고가네이 공원이었다. 집 근처라서 별 생각 없이 뛰어 들어갔을 뿐 내부 구조는 잘 몰랐다. 또 필사적이라는 의미에서는 쓰다 쪽이 더했던 게 사실이다. 쓰다는 나를 궁지로 몰아넣고 심하게 몰아세웠다.

왜 말한 사람이 나라는 걸 알도록 썼냐.

그러지 않았다. 개인을 특정할 수 없게 세심히 주의를 기울었다.

그럼 왜 내가 조직에 쫓기고 있냐.

모른다. 그쪽 사정과 나는 전연 관계없다.

어쨌든 좋다. 요전처럼 푼돈으로는 어림도 없다. 더 큰돈을 내놔. 100만 엔. 지금 당장 100만 엔 준비해.

그만큼 큰돈은 없다. 프리랜서 기자가 100만 엔이나 있을 리 없잖아.

그럼 50만. 50만 엔이라면 현금지급기에서 뽑을 수 있지.

50만도 무리야. 봐줘.

안 돼. 내놓지 않으면 너를 마피아에 팔 테다. 기사를 쓴 건 하야미 요이치라는 남자다, 놈을 처치하지 않으면 앞으로도 위험한 정보가 계속 기사화된다. 그렇게 말할 거야. 주소고 뭐고 전부 퍼트려주마. 넌 틀림없이 사라지게 될 거야.

잠깐만. 나는 그런 기사 쓰지 않아.

바보냐. 그딴 건 어쨌든 상관없어. 나한테 성의를 보이라는 거야. 됐으니까 현금카드 내놔. 거기 있는 금액 정도로 용서해주지.

어이, 그만해, 제발…….

서로 몸싸움하다가 정신을 차리고 보니 양손으로 쓰다의 목을 졸라 죽인 뒤였다.

그때는 죄의식보다 이제 마피아의 적이 될 걱정은 없어졌다는 안도감이 컸다. 한편 머리는 비교적 냉정하게 움직였다. 소지품에 뭔가 나와 관련된 것이 있으면 곤란하다고 생각, 쓰다의 주머니를 뒤졌다. 당연히 지문이 묻지 않도록 손수건을 사용했다. 목 언저리도 꼼꼼하게 닦았다. 피부에서도 지문 검출은 가능하므로 주의했다. 현장에서 사라질 소지품은 지갑뿐이지만, 열어보니 별것 없었다. 현금이 3천 엔 정도. 나와 연결될 정보는 메모 한 장 없었다.

집에 돌아오니 그제야 무서워졌다. 기자 시절에는 경찰 담당도 했다. 경찰의 수사 수법이나 그 집요함은 물릴 정도로 잘 안다. 나는 조만간 체포될 것이다. 그러나 적어도 그때까지는, 지금까지와 다름없이 생활하자…….

그런데 예상과 달리 수사의 손길은 시간이 지나도 나한테까지 뻗치지 않았다. 설상가상, 기적 같은 정보가 날아왔다.

쓰다 시게아키 살해 혐의로 서른여덟 살 회사원 체포.

와아, 웃음이 멎질 않았다. 저널리스트로서 말하자면, 억울하게 뒤집어쓴 죄는 가장 미워해야 할 실수이고 수사 기관의 태만이지만 이때만큼은 정말로 감사했다. 더 놀랍게도 재판에서는 피고 가토 도모키에게 징역 십이 년의 실형 판결을 내렸다.

잘됐다. 경찰도 검찰도 변호사도 법원도 바보뿐이어서 정말 다행이었다. 고맙다, 등신들. 너희는 일본에서 제일 멍청한 극단이야.

이 시점에서 나는 완전히 긴장이 풀린 것 같다. 사건을 머리 한 구석으로 몰아내고는 떠올리는 일조차 없는 날이 많아졌다. 혹은 그날 밤 쓰다 시게아키의 목을 조르고 지갑을 갖고 간 것은 사실이지만 실은 완전히 죽지 않았을지도 모른다. 그 후에 누가 현장에 나타나 의식이 오락가락하는 쓰다의 숨통을 끊었다. 그게 가토 도모키 아닐까…… 그런 터무니없는 망상을 믿게 됐는지도 모른다.

그래서 2심에서 내린 무죄 판결에 미칠 정도로 초조했다.

이대로는 안 된다. 어떻게 하지.

그래. 1심에서는 유죄 판결이 내려진 만큼 가토를 범인으로 하는 견해에는 나름대로 설득력이 있을 터. 그 점을 어떻게 할 수 없을까. 그 부분을 뒤집어서 검경이나 사법의 태만을 규탄하는 형태로 만들 수 없을까. 혹은 뒤에서 사법 거래가 있었던 것 같은 냄새를 풍겨서 역시 진범은 가토 도모키라는 식으로 끌고 갈 수 없을까. 아니면 아예 가토 도모키라는 인간의 추악함을 폭로하여 역시 이 녀석이 범인인 게 틀림없다, 세상 사람들이 그렇게 믿게 만들 수도 있지 않을까.

이것이 내가 가토 도모키에게 접근한 이유이고 플라주에 잠입한 목적의 전부다.

다만 지금은…….

한심하게도 몹시 괴로워하고 있다.

내 추악함이 진심으로 역겹다.

그러나 감사도 하고 있다. 짧았지만 플라주 입주자로 세월을 보낼 수 있어서 정말 행운이었다.

도모키. 정말로 미안했다. 당신 인생을 엉망진창으로 만든 건 바로 나야. 당신에게서 친구를 빼앗은 것도 나야. 용서해달라는 말은 할 수도 없고, 하지도 않겠어. 마음껏 미워해도 돼. 할 수 있다면 법정에서 재판받는 추한 나를 보고 욕해줘. 저주해줘. 다만 용서받을 수 없는 건 당연하지만 사죄는 하게 해주길. 진심으로 미안합니다. 생애를 바쳐서 당신과 쓰다 시게아키 씨에게 사죄하고 속죄하겠습니다.

시오리 씨. 멋진 노래 고마워.

미와. 언제나 아침식사 때 내 쟁반까지 치워주어서 고마워.

다카오 군. 여러 가지로 고마워.

준코 씨. 정말로 고마워요. 당신을 만나지 못했다면 나는 언제까지나 사람도 아닌 상태였을 겁니다. 지금도 그렇지만, 이곳에서 다시 시작하고 싶습니다. 그리고 정말 미안하지만 한 달째 월세가 밀렸습니다. 지금 쓰는 원고를 마무리해서 보내면 출판사에서 원고료가 들어오니 다음 달 것과 합쳐서 삼 개월분을 한꺼번에 낼 수 있습니다. 그때까지 방도 정리하겠습니다.

그리고 월세를 깨끗이 내고 나면 그날 안에 자수하겠습니다.

고마워요, 플라주. 내 마음의 해변…….

388

다 읽고 나서 제일 먼저 소리를 낸 사람은 미와였다.

짐승처럼 울부짖으며 깁스 감은 오른손으로 바닥을 치기 시작했다. 다카오가 바로 말렸다. 미와는 더 거칠어져서 자해하려고 했지만 다카오가 못 하게 했다. 뭔가 해줄 말이 없을까 찾았다. 너는 잘못하지 않았어, 라는 말을 찾았지만 입 밖으로 내지 않았다. 미와를 꽉 껴안는 게 고작이었다.

준코는 앞치마 자락을 양손으로 꽉 쥔 채 말없이 떨고 있었다. 창으로 가늘게 들어오는 석양이 무릎을 비추었다.

도모키는 출력한 원고를 정중하게 간추렸다. 가로 세로를 맞춘 뒤 잡동사니 통에 있던 대형 더블클립으로 왼쪽 끝을 집어 노트북과 나란히 선반에 올렸다.

도모키는 한동안 그 원고를 내려다보았다. 뭔가가 빠져나간 듯한, 공허한 옆얼굴이었다.

이윽고 근처에 있던 재떨이를 끌어당기더니 담배에 불을 붙였다. 그리고 그대로 재떨이에 놓았다. 또 한 개비를 꺼내 불을 붙이고 이번에는 자기가 피웠다. 크게 내뱉은 연기가 석양에 비쳐 하얗게 떠올랐다. 구름자락 사이로 비치는 태양의 빛과도 비슷했다.

한 모금 더 뱉으면서 도모키가 중얼거렸다.

"그렇다고 그건 아니지…… 아키라 씨, 반칙이야."

미와는 어느샌가 다카오의 품속에서 얌전해졌다.

노트북 화면도 꺼졌다.

바깥에서 "달리면 안 돼" 하는 성인 남성의 목소리가 들렸다. 산책하러 데리고 나온 자기 아이에게 한 말이 아닐까.

아키라의 목소리와 닮았다.

그런 그의 미래나 과거도 어딘가에 있었을지도 모른다.

☾

사무실 문 앞에서 정중하게 머리를 숙이고 마무리 인사를 했다.

"바쁘신 가운데 시간 내주셔서 감사합니다. 혹시 생각이 바뀌시면 편하게 연락주십시오. 언제라도 상담하러 찾아뵙겠습니다. 그럼 실례하겠습니다."

오늘 여섯 번째로 들어간 곳은 부지에 상당히 여유가 있는 선술집이었다. 도로 쪽으로 난 땅 일부를 코인주차로 활용해보시겠습니까. 대수는 최소 두 대부터, 기간은 최단 삼 개월부터 가능합니다. 간단히 말하면 지금 다카오는 이런 일을 하고 있다. 코인주차 영업사원. 적성에 맞는다고도, 맞지 않는다고도 생각하지 않지만 어쨌든 열심히 하고 있다. 일이 있고 매달 일정한 월급도 나온다. 그것만으로 정말로 감사하게 생각한다.

손목시계를 보니 오후 4시 20분. 아직 한두 집 더 돌 수 있는 시간이다. 이런 일은 백 집 돌아서 한 집 걸리면 성공이다. 반대로 백 집 돌면 한 집은 걸린다는 마음가짐으로 다니는 게 좋다. 삼 년쯤 계속

하다 보니 그 정도는 배짱이 생겼다. 어쨌든 숫자를 채운다. 지치지
않고 계속 돈다. 그것밖에 없다.

"실례합니다. 저는 '두 파크'의 요시무라라고 합니다."

지금 회사에는 면접 때 집행유예 기간이라고 고백했다. "월급을
받을 수 있다면 어떤 일이든 하겠습니다. 죽을 각오로 열심히 하겠
습니다. 열심히 일해서 지금 신세지고 있는 분들에게 은혜를 갚고
싶습니다. 한 달이어도 좋습니다. 시험 삼아 써봐주십시오. 그 한 달
로 저를 판단해주십시오. 무사히 지나면 다음 한 달을 봐주십시오.
언제든 잘릴 각오는 되어 있습니다. 매일이 채용 시험이라 생각하고
열심히 하겠습니다. 부디 잘 부탁드립니다."

큰 소리로 말하고 머리를 숙였더니 채용됐다.

나중에, 면접관이었던 영업부 부장이 슬쩍 가르쳐주었다.

"우리 사장, 아들이 옛날에 꽤 양아치였던 것 같아. 이런 입사 희
망자가 있는데 어떻게 할까요 물었더니 히죽 웃으면서 써줘, 라는
거야. 나는 들은 적도 없는 다정한 목소리로 말하더라고. 요시무라.
자네, 정말 열심히 해. 다들 보고 있으니까."

그 기대에 부응하고 있는지 어떤지 자신은 모른다. 그러나 삼 년
째 잘리지 않고 있다. 영업실적도 조금씩이지만 오르고 있다. 그걸
기뻐하는 자신이, 지금 다카오는 무엇보다 기쁘다.

"감사합니다. 그럼 다음 주 화요일에 연락드리고 사장님 시간 괜
찮으실 때 다시 상담하러 찾아뵙겠습니다. 바쁜 저녁 시간에 실례
많았습니다."

이곳은 보류지만 적어도 NG는 아니었다.

좋아. 한 집 더 가볼까.

미와하고는 조시키 역 개찰구 앞에서 저녁 7시에 만나기로 했다.

다카오가 오 분쯤 지각했지만 그런 데 일일이 기분 나빠하는 미와가 아니다.

"미안. 퇴근이 좀 늦었어."

"상관없어."

여전히 무뚝뚝하다. 그런데 신기하게도 불쾌하지 않다고 할까. 아니, 오히려 이상하게 편하다.

다만 나란히 걸으면 미묘하게 보조가 맞지 않는다.

"왜 그래. 오늘 무릎 아파?"

"전철이 흔들려서 문에 부딪혔어. 금세 나을 거야. 괜찮아."

"그랬구나."

그 사건에서 다친 왼쪽 눈과 오른쪽 옆구리, 오른쪽 손목은 완치한 것 같지만, 왼쪽 무릎은 지금도 계절이나 날씨에 따라 아플 때가 있는 모양이다. 그래서 다카오도 이내 신경 쓰게 된다.

"요즘 일은 어때?"

"괜찮아. 문제없어."

미와는 사건이 있고 난 뒤에 2종 운전면허, 올해 중형면허한국의 1종 보통과 1종 대형 중간에 해당를 따서 현재는 덤프트럭 운전을 하고 있다. 주위에 거친 남자뿐인 거 아닐까 다카오는 걱정했지만 미와는 별 문제

없다고 아무렇지도 않게 말한다. 힘든 것은 "세차뿐"이라고 한다.

정처 없이 걷다 보니 둘이서 처음 간 커피숍 앞까지 왔다. 이미 밤이어서 닫은 건가 생각했다.

"……어라, 없어졌네."

"응. 망했어."

간판은 철거하고, 출입구에는 합판을 쳐놓았다.

"대단한 가게는 아니었지만 없어지니 쓸쓸하네."

"응. 쓸쓸해."

뜻밖의 말을 듣고 다카오는 무심결에 미와의 얼굴을 보았다.

"미와…… 쓸쓸하구나. 여기 없어져서."

"응, 쓸쓸해. 있다가 없어지면 쓸쓸한 건 알아. 의자는 마음에 안 들었지만."

"맞아. 의자가 별로 좋지 않았지. 오오, 근데 의외네."

"뭘. 전혀 의외 아냐."

그런 말을 하는 사이에 도착했다. 당연히 플라주는 예전과 다름없이 영업하고 있다. 'OPEN' 팻말은 조금 큼직하게 새로 만들었지만 바깥 벽도 문 양쪽 조명도 바뀌지 않았다. 다카오가 처음 왔을 때 그대로다.

단 오늘 밤은 '대관'이라고 쓴 종이 한 장이 문 옆에 붙어 있다.

"안녕하세요오."

"아아, 다카오 군, 미와. 어서 와!"

준코가 카운터 안에서 총총거리며 다가왔다. 요즘은 머리를 기르는지 하나로 묶은 머리칼이 어깨에서 찰랑 흔들렸다.

"오오, 오랜만!"

카운터석에서 미치히코가 손을 든다. 플라주를 나가서 지금은 도지마 구에 살고 있다. 두 번 정도 이케부쿠로에서 같이 술을 마신 적도 있다.

"오랜만입니다…… 어, 미치히코 씨. 여기 좀 살찌지 않았어요?"

다카오가 턱 언저리를 가리키자 미치히코는 자못 기분 나쁜 듯이 미간을 찡그렸다.

"뭐야, 슈트 입고 일한다고 잘난 척하는 거냐."

"잘난 척이랑은 상관없지 않습니까."

그런 말을 하는데 문 쪽에 커다란 그림자가 천천히 나타났다.

"오, 모였네."

도모키다. 아무렇게나 기른 수염은 여전하지만, 옷은 예전보다 세련됐다. 밀리터리풍 디자인의 데님 셔츠. 꽤 잘 어울렸다.

"도모키 씨 오랜만입니다."

"다카오 군, 슈트…… 뭐 생각보다 어울리……나."

"뭡니까 다들. 저 여기 올 때는 운동복 차림이었지만 그전에는 제대로 슈트만 입고 일했다니까요. 전혀 신기할 것 없다고요."

오늘은 슈트 이야기뿐이지만 다들 작년에도 재작년에도 이맘때 만났다. 그때는 마침 휴일이어서 캐주얼한 차림으로 왔을 뿐이다.

오히려 지난 일 년 동안 변화가 있던 건 다른 사람들이다.

"도모키 씨, 있었어?"

"어. 이거면 되지?"

"응, 맞아. 고마워."

도모키가 준코에게 무슨 병이 든 종이가방을 건네주었다. 두 사람은 작년 겨울에 혼인신고를 하고 지금은 근처 아파트에서 살고 있다. 그래서 현재 위층의 방 일곱 개는 전부 월세를 주고 있을 터다.

더 큰 변화가 있는 것은 이 두 사람이리라.

"안녕!"

"아, 시오리 씨, 히로시 군. 어서 와요."

"안녕. 아앗, 미와랑 다카오 군도 오랜만이얏."

아니, 세 사람이라고 해야 할까.

시오리는 카운터로 가까이 가서 안고 있던 아기를 "영차" 하고 들어 준코 쪽으로 향했다. 준코의 얼굴이 우스울 정도로 잔뜩 쭈글쭈글해진다.

"에리카도 어서 오떼요. 에리카 맘마도 준비해쩌요."

시오리와 히로시의 결혼이 그 사건 반년 뒤. 에리카는 작년 가을 무렵에 태어났던가.

히로시와 마찬가지로 옛날부터 시오리를 마음에 두었던 미치히코가 심통을 낼 거라고 생각했지만, 실제로는 그렇지도 않았다.

"오오, 나한테도 안겨줘. 에리카, 삼촌한테 와봐. 자, 이리 와."

미치히코가 양팔을 내밀자 히로시가 어른스럽지 않게 방해했다.

"안 돼, 안 돼. 이런 아저씨한테 안기면 바로 임신한다니까."

"애한테 무슨 소리냐. 비유가 쓰레기야, 맨날."

이 흐름을 멈추는 것은 옛날이나 지금이나 시오리의 역할이다.

"둘 다 적당히 좀 해. 나이도 먹을 만큼 먹어서 언제까지 똑같은 만담 하고 있을 거야."

적절한 타이밍에 준코가 "자, 자" 하고 손뼉을 쳤다.

"그럼 슬슬 시작할까요. 다들 음료는 뭐가 좋아요?"

난 코로나, 나는 생맥주, 나 우롱차. 제각기 주문했다.

다카오는 자신도 놀랄 만큼 자연스럽게 카운터 끝에 놓인 전표 끼운 클립보드에 손을 뻗쳤다.

"네, 잠깐만 기다려주세요. 히로시 씨가 코로나, 시오리 씨가 우롱차, 미치히코 씨가……."

정말로 자신들은 비슷한 짓을 되풀이하고 있다. 이곳에 오면 옛날과 다르지 않은 밤이 있고 웃음소리를 들을 수 있다. 그래도 조금씩 자신들은 달라져갔다. 오지 못하게 된 사람도 있다. 아키라뿐만 아니라 신스케도 재작년에 세상을 떠났다. 사인은 심부전이지만 이른바 '자연사'였다고 한다.

함께 장례식장을 다녀오는 길에 미와는 말했다.

"신스케 씨가 자기는 언제 죽어도, 혼자일 때 죽어도 고독사가 아니라고 했어. 그러니까 자기가 죽어도 나는 울면 안 된다고…… 그래서 나 안 울어."

날마다 똑같아 보이는, 밀려왔다 밀려가는 파도도 어느 하나 같은 파도가 아니다. 달라지는 것을 두려워해서는 안 되고 달라진 것을 슬퍼해서도 안 된다.

미와가 다카오의 팔꿈치를 잡아당겼다.

"다카오 군. 난 스미노프."

"오케이. 미와는 스미노프⋯⋯."

이제 음료 주문은 다 받았나.

8시쯤에는 슈지와 마루도 왔다. 현역 입주자도 가세했다. 9시쯤
에는 도모키가 기타를 쳐서 모두 같이 노래를 불렀다.

그렇게 되니 젖먹이 아이를 데리고 있는 시오리가 곤란해졌다.

"준코 씨. 지금 방 다 찼어?"

"아니. 오른쪽 제일 앞, 옛날 도모키 씨 방이 비어 있으니까 써. 아,
에리카가 졸릴 시간이구나. 잠깐 기다려. 이불 준비해놓을게."

"고마워. 그럼 미안하지만 부탁할게."

조금씩 사람이 줄기 시작한 것은 11시 무렵이었을까. 12시쯤에는
현역 입주자도 다 물러나고 마지막은 '그 시절' 입주자만 남았다.

도모키는 기타를 구석 벽에 돌려놓고 카운터에서 얼리타임스 온
더록스를 마시고 있다.

그 옆에서는 미와가 소주 미즈와리를 마신다.

한 칸 건너서 미치히코, 역시 얼리타임스 온더록스.

그 옆은 시오리. 에리카가 잠들어서 히로시에게 맡기고 내려왔다.
술을 완전히 끊은 시오리는 따뜻한 우유.

다카오는 준코와 함께 카운터 안에 있다. 음료도 나란히 진토닉.

미와와 미치히코 사이 카운터에는 큼직한 봉투가 하나 놓였다. 안

에는 아키라의 원고가 들어 있다. 그 옆에는 역시 얼리타임스를 따른 온더록스 글라스가 있다. 준코에 따르면 아키라는 어느 때부터인가 도모키처럼 이 술을 즐겨 마셨다고 한다.

준코가 잔을 들었다.

"그럼 아키라 씨를 위해 건배."

"건배."

여섯 개의 잔이 봉투 바로 위에서 모인다. 그리고 한 사람씩 옆에 둔 글라스에 부딪히고는 흩어진다.

마지막에 부딪힌 것은 준코다.

"미안해요 아키라 씨. 올해도 성묘 못 가서."

그러게, 하고 도모키가 고개를 끄덕였다.

"고시가야 시는 여기서 너무 멀어."

시오리가 두 손으로 들고 있던 머그컵을 카운터에 내려놓았다.

"기일이 아니어도 괜찮으니까 한번 다 같이 다녀오면 좋겠다."

미치히코의 잔에서 달그락 얼음이 소리가 났다.

"그럼 또 갈까. 렌터카 빌려서."

그 말에 미와도 고개를 끄덕였다.

"……운전은 내가 할게요."

그렇지, 하고 미치히코가 놀리는 얼굴로 미와를 보았다.

"프로 운전기사잖아. 덤프트럭."

그 말에도 미와는 깊게 고개를 끄덕였다.

"그 정도는 하고 싶어요. 난 그 정도밖에 할 줄 몰라서."

도모키가 미와의 정수리를 마구 쓰다듬었다.

"아냐, 미와. 그렇지 않아."

몇 번이나 되풀이한 것 같은 밤이 또다시 지나가고 있다.

같은 밤은 한 번도 없지만, 어느 밤이고 똑같이 사랑스럽다.

모두 제각기 죄를 저질렀지만, 하나도 같은 죄가 아니고, 한 사람 한 사람 다른 인간이었다.

내일은 또 일이 있다.

두 번 다시 되풀이할 수 없는 하루가 자신을 기다리고 있다.

요즘 다카오는 그런 것이 너무 소중하게 느껴졌다.

셰어하우스 플라주 블랙&화이트 090

1판 1쇄 인쇄 2020년 5월 15일 **1판 1쇄 발행** 2020년 6월 1일
지은이 혼다 데쓰야 **옮긴이** 권남희
펴낸이 고세규
편집 박정선 **디자인** 박주희 **마케팅** 백미숙 **홍보** 김하은

발행처 김영사
주소 경기도 파주시 문발로 197(문발동) 우편번호 10881
등록 1979년 5월 17일(제406-2003-036호)
주문 및 문의 전화 031)955-3200 **팩스** 031)955-3111
편집부 전화 02)3668-3291 **팩스** 02)745-4827 **전자우편** literature@gimmyoung.com
비채 카페 cafe.naver.com/vichebooks **인스타그램** @drviche **카카오톡** @비채책
트위터 @vichebook **페이스북** www.facebook.com/vichebook
ISBN 978-89-349-9184-7 03830 책값은 뒤표지에 있습니다.

비채는 김영사의 문학 브랜드입니다.
이 도서의 국립중앙도서관 출판시도서목록(CIP)은 서지정보유통지원시스템 홈페이지(http://seoji.
nl.go.kr)와 국가자료공동목록시스템(http://www.nl.go.kr/kolisnet)에서 이용하실 수 있습니다.
(CIP제어번호: CIP2020019377)